WUNDERRAUM

Lesen ist ankommen.

Cornelia Achenbach

Nacht wanderung

Roman

WUNDERRAUM

I

Ines

Ines war vierzehn, als sie ihre beste Freundin verlor. In der Zeitung stand nicht, dass Ines' beste Freundin verschwunden war. Da stand nicht »beste Freundin«, da stand nicht einmal »Mädchen«, da stand nur »Schülerin«, denn das war damals ihre Funktion in der Gesellschaft: Sie waren Schülerinnen. »Vierzehnjährige Schülerin spurlos verschwunden.«

Das stand da.

In der letzten Stunde saß Kirsten neben Ines. Sie hatten Deutsch bei Schröder. Er quälte sie mit Rilke.

Und du wartest, erwartest das Eine,
das dein Leben unendlich vermehrt.

Draußen, in der richtigen Welt, war es so warm, dass sie täglich auf Hitzefrei hofften, und Kurt Cobain war schon eine ganze Weile tot, was auch immer in diesem Alter *eine ganze Weile* bedeuten sollte.

Seit Kirsten ging und nie wiederkam, hat Ines keine beste Freundin mehr gehabt. Sicher: Sie hatte Freunde. Sie hat Freunde. Man sagt von Ines, sie sei gesellig und schlagfertig, manchmal zynisch, doch nicht verletzend, denn es geht gegen die Welt, nicht gegen Einzelne. Man sagt, Ines setze sich ein, sei zuverlässig und vernünftig, und damit ist wohl etwas Gutes gemeint.

Dennoch. Bei niemandem steht Ines oben auf der Liste.

Von Geheimnissen erfährt sie erst als Zweite oder Dritte oder gar nicht. Nie wurde sie als Trauzeugin oder Patentante ausgewählt. Ines hat keinen engsten Vertrauten. Wenn ihr etwas auf der Seele brennt, wenn es Neuigkeiten zu berichten gibt, dann streut sie diese wahllos, erzählt sie fünf, sechs Menschen, die ihr nahestehen oder auch nicht, sodass sie am Ende nicht mehr sicher sagen kann, mit wem sie schon über was gesprochen hat. Sie hört sich reden, Wörter aneinanderreihen, Sätze formulieren, weiß aber nicht mehr, wer ihr gegenübersaß und zuhörte und nickte. Als würde sie das ewig gleiche Gespräch mit einer beliebig austauschbaren grauen Masse führen, deren Antworten und Ansichten ohne Belang sind. Und da es ohnehin nicht viel zu sagen gibt, wiederholt sie sich zwangsläufig, was niemanden zu stören scheint.

Da ist noch Martin. Aber mit ihm spricht sie am Ende doch nur über Marie oder über die Arbeit. Martins war mal ganz interessant. Damals, als er noch für den Kulturteil der Zeitung geschrieben hat. Doch die Zeitung gibt es nicht mehr, und seit er als Pressesprecher in einem Unternehmen für Verpackungsmaterial arbeitet, kann sie ihm kaum noch folgen. Womöglich sind Aluminium und Luftpolsterfolie spannende Themen. Womöglich gibt es da sogar Skandale, die aufgedeckt werden sollten. Doch es fällt Ines schwer, sich zu konzentrieren, wenn Wörter auf -yde, -onen oder -yne enden. Sie versteht es in dem Moment, in dem Martin davon erzählt, und hat es schon wenige Minuten später wieder vergessen. So reden sie schließlich doch über Marie und die Menschen, die sie beide kennen, und versuchen sich an das zu erinnern, was sie verbindet.

Worüber Ines nachdenkt, jedoch selten redet: In welchem Alter werden Freundschaften geschlossen, die etwas bedeuten, und wann ist es dafür zu spät? Gibt es ein Maximalalter für Freunde fürs Leben? Welches Fundament ist nötig?

Ines erinnert sich, wie es war: gemeinsam mit Kirsten im Wald Höhlen zu bauen und Bäume zu erklimmen. Im November beim Martinsumzug Lieder zu singen und die andere zu trösten, wenn die Laterne ausging. Im Sommer nackt durch den Garten. Und dann: zwei zahnlückige Mädchen mit geflochtenen Zöpfen, in den Händen die Schultüten. Keine Frage, wer in der Klasse neben einem sitzen sollte. Wen man auswählte für die Gruppenarbeit, für die Mannschaft beim Sport. Wer am Geburtstagstisch neben dem Geburtstagskind Platz nehmen durfte.

Und wie hätte es sein können?

Eine gemeinsame Schulabschlussfeier und dann, vielleicht, eine gemeinsame Studentenbude? Gemeinsame Reisen, Pläne schmieden, Liebeskummer durchstehen oder Schwangerschaften, Lachen über die ersten Falten und die Wechseljahre, Weinen über den Tod der Eltern und gemeinsamer Weggefährten. Dazu natürlich Streit und Wut, aber doch die Gewissheit, dass die andere die *Eine* ist, immer da und unersetzbar, über jeden Liebhaber erhaben, so wie ein dickbäuchiges rotes Grablicht, das ewig brennt und jede blitzeschleudernde Wunderkerze überdauert.

Es heißt: Die Zeit heilt alle Wunden. Es heißt: Menschen ändern sich. Es heißt: Jeder ist ersetzbar, und der Friedhof ist voll von Menschen, die sich für unersetzbar gehalten haben. Doch die Tatsache, dass etwas oft gesagt wird, macht es nicht wahr. Und Ines weiß, dass auch jetzt noch, 23 Jahre nach Deutsch bei Schröder und noch mehr Jahre nach Kurt Cobain, Kirsten die Eine wäre. Die Eine, der sie alles sagen könnte und der sie nichts erklären müsste. Die Eine, die fehlt.

2

»Wirst du hingehen?«, fragt Martin, der an der Spüle steht und mit großem Körpereinsatz die Pfanne von der Fettschicht des gestrigen Abendessens befreit. Seine Hände stecken in gelben Plastikhandschuhen. Die Haut ist mit den Jahren empfindlich geworden. Ines sieht seine rüttelnden Bewegungen, sieht, wie seine Hüfte vibriert. Im Gegensatz zu den meisten anderen Männern ist es bei Martin die Hüfte, die Fett ansetzt. Bei jedem Schrubben wackelt es links und rechts vom Hosenbund, eine Fleischwurst, die sich deutlich unter dem grünen T-Shirt mit nichtssagendem schwarzem Emblem abzeichnet und Martin etwas Weiches, Weibliches verleiht. Ines fragt sich, ob sie ihn attraktiver fände, wenn sich das Fett am Bauch statt an der Hüfte niedergelassen hätte.

»Wirst du hingehen?«, fragt er noch einmal, dreht sich diesmal kurz zu ihr um, kleine Schaumkronen auf den Gummihandschuhen, und deutet mit seinem Kinn in Richtung Küchentisch, auf dem eine schlichte vanillegelbe Karte liegt.

So jung kommen wir nicht mehr zusammen.

Ines nimmt die Einladung in die Hand, dreht sie um, liest

noch einmal: ein Abijahrgangstreffen nach neunzehn Jahren. »Weil zwanzig jeder kann«.

Eine ironische Einladung zu einem ironischen Treffen, auf dem zu schlechter Musik aus den 90er-Jahren ironisch getanzt wird. Das soll es den Mittdreißigern leichter machen. Die Hemmschwelle senken. Mit Augenzwinkern und so. Aber vielleicht erreicht die Ironie auch das Gegenteil, denn Ironie muss man sich erst einmal leisten können.

»Bisschen kurzfristig für so eine Veranstaltung«, sagt Martin. »Aber immerhin. Nach meinem Abi waren alle so froh wegzukommen, da hat es nie auch nur den Versuch gegeben, den alten Jahrgang zusammenzutrommeln.«

Sie sieht ihn mit der Pfanne kämpfen. Er könnte Spüli reinkippen, das Ganze ein paar Stunden einweichen lassen, es würde die Sache erleichtern. Sie muss es ihm nicht sagen, er weiß es. Aber es muss *jetzt* sein. Er kann die Pfanne so nicht stehen lassen, will Ordnung schaffen, ehe er das Haus verlässt.

»Gehst du hin?«, fragt er noch einmal. Alles soll an seinem Platz sein. Die Pfanne, das Klassentreffen, die Beziehung. Bitte keine offenen Fragen.

»Ich weiß es noch nicht«, sagt sie, und es soll beiläufig klingen. Doch in Wahrheit hat die Karte sie getroffen wie ein Schlag. Neun gemeinsame Jahre, drei Klassen, 92 Schüler. Zu keinem hat sie noch Kontakt. Zwar gibt es da welche, mit denen sie laut Facebook befreundet ist, doch selten tauchen sie in ihrer Timeline auf. Wohl zu wenige Verbindungen oder zu wenig Aktivität oder sonst ein schlauer Algorithmus, der recht hat in seiner Annahme, dass es sie nicht interessiert, was diese Menschen so treiben, ob sie noch Haare haben oder nicht, ob sie mit Kindern, Katzen oder in Scheidung leben, Ski fahren oder Berge besteigen, an thailändischen Stränden schaukeln oder Hefezopf backen. Sie will es gar nicht wissen, so wird es doch sein. Was hat sie mit diesen Menschen schon gemein außer ein paar Jahren Vergangenheit? Noch dazu Jahre voll Unmündigkeit, Fremdbestimmung und peinlicher Frisurenexperimente.

»Es ist eine lange Anfahrt für ein Klassentreffen«, sagt Ines und dreht die Heizung runter. Der Sommer kippt allmählich in den Herbst, doch es scheint ihr noch zu früh zum Heizen. Wieso trägt Martin nur ein T-Shirt, wenn ihm kalt ist? Kurz überlegt sie, daraus eine Frage zu formulieren, die nicht nach einem Vorwurf klingt, doch dann sagt er etwas, und sie verliert das Interesse. Er sagt: »Ich dachte, du besuchst noch deine Eltern.« Martin befreit seine Hände von den Gummihandschuhen, während das Wasser mit einem Gluckern in der Tiefe versinkt. Er fährt sich mit der Hand über das Kinn, an dem rotblonde Bartstoppeln sprießen. »Du könntest Marie mitnehmen. Sie sieht ihre Großeltern so selten.«

»Ja, das könnte ich«, sagt Ines und spürt dem Neid nach, den sie empfindet bei dem Gedanken, dass Martin die Wohnung ein paar Tage für sich allein haben könnte. Morgens ausschlafen und nicht sprechen müssen, beim Frühstück einen Zeitungsartikel zu Ende lesen, ohne nebenbei Marmeladebrote zu schmieren und unsinnige Fragen zu beantworten, im Bad laut Musik hören, zu Mittag was vom Asiaten bestellen und dabei Bier trinken und mitten am Tag Netflix.

Sturmfreie Bude.

Ein Begriff, der für Jugendliche reserviert scheint, jedoch durchaus auch auf Eltern zutrifft.

Als sie selbst noch jugendlich war, eine Schülerin in einem Leben kurz nach Kirsten, hat sie sich nie Gedanken darüber gemacht, was ihre Eltern wohl so taten, wenn sie einmal nicht da war. Das Austauschjahr in Frankreich. Die Klassenfahrten nach Prag und Berlin. Die Nachmittage im Freibad, die Discobesuche. Sie ging einfach davon aus, dass ihre Eltern das Leben fortsetzten, das sie auch in ihrer Gegenwart führten, und das in ihren Augen vor allem eines war: trostlos. Sofa, Erdnüsse, Fernsehen, Bier. Netflix klingt so viel besser als Fernsehen.

»Ich überlege es mir«, sagt sie und hat sich längst entschieden. »Ich muss los«, und auch das eine Lüge. Marie ist im Kindergarten, im Büro muss Ines erst zwischen neun und zehn auftauchen, sie hat noch eine halbe Stunde Zeit. Sie könnte sich einen Kaffee kochen. Sie könnte die Wäsche in den Schrank räumen. Sie könnte mit Martin schlafen. Aber sie sagt: »Ich muss los«, und denkt an das Stehcafé zwei Ecken von ihrer Arbeit entfernt, in dem sie gerne noch einen richtigen Cappuccino trinkt, einen, in dessen Milchschaum jemand Muster gezogen hat, ein Herz oder ein Blatt, und den sie langsam trinkt und ohne zu sprechen, während sie die geschäftigen Menschen in der Fußgängerzone beobachtet. Schnelle, forsche Schritte, nur wer schnell geht, bringt es zu was.

Martin erlaubt ihr die Lüge, fordert lediglich »Bringst du eben noch den Müll runter?« als Gegenleistung und trocknet das Geschirr ab. Vielleicht ist dies das Geheimnis ihrer Harmonie: Dass sie lügt, und er weiß, dass sie lügt, und sie weiß, dass er es weiß. Die Wahrheit ist oft zu anstrengend.

Ines zieht sich Stiefel und einen dünnen Mantel an. Es ist Spätsommer, Frühherbst, was auch immer. Ein letzter prüfender Blick in den Spiegel. Die kurzen dunklen Haare, der schwarze Mantel, die graue Jeans. Ein dünner Strich, der Kopf ein Punkt wie bei einem Ausrufezeichen, das auf dem Kopf steht. Ein Schritt zurück, auch das Spiegelgegenüber entfernt sich, es stimmt also. Tür auf und los.

3

Maries roten Regenmantel sieht Ines schon von Weitem. Ihn zu kaufen war eine gute Wahl, und er gefällt Marie sogar. Unwillkürlich hat Ines eine Melodie im Kopf. *Was zieh ich an, was zieh ich an, damit man mich auch gut sehen kann?*

Ines drückt das grün lackierte Gartentor zur Kita auf und lächelt die Erzieherinnen an, denn sie freut sich ja darauf, ihr Kind wieder in Empfang zu nehmen, auch wenn sie weiß, was gleich kommt. Sie winkt Marie zu, die beim Anblick ihrer Mutter davonrennt und sich in einem kleinen Holzhäuschen verbarrikadiert. Wieder einmal.

»Hallo Marie, hattest du einen schönen Tag?«

»Ich geh nicht nach Hause!«, schallt es ihr aus dem Spielhäuschen entgegen.

Ines dreht sich um, lächelt, es ist ja noch gar nichts passiert, sie nickt einer anderen Mutter zu, die gerade ankommt. Mit einem lauten »Mamaaa« stürmt ein Junge in grünen Gummistiefeln auf die Frau in der Jack-Wolfskin-Jacke zu, wirft sich in ihre Arme, und sie lässt es trotz verdreckter Händchen geschehen und lacht. Ines lächelt immer noch, auch wenn die Wangen schmerzen, denn natürlich ist nichts schöner, als das Kind, das sie den Tag über vermisst hat, endlich wieder mit nach Hause nehmen zu können. Wo bleibt es denn nur, das Kind?

Sie klopft an die Holzhütte. »Kommst du jetzt bitte da raus?«

Die Erzieherinnen gucken.

Wieder eine dieser Mütter, die zu Hause keine Grenzen, typisch Einzelkind, auf der Nase herumtanzt, alles hört auf mein Kommando, kommt von der Kuschelpädagogik, klare Regeln, Kante zeigen, wer ist hier Chef?

»Nein!«, brüllt es von drinnen.

Kurz lauscht Ines, versucht auszuloten, ob sich noch weitere Kinder in dem Häuschen befinden, ob sie eine Allianz gegen sie geschmiedet haben. Doch Marie scheint allein zu sein.

»Ich hol schon mal deine Sachen«, sagt sie. Das Häuschen bleibt still.

Auf dem Flur liegt Sand und im Waschraum Papier auf dem Boden. Ines nimmt Maries Rucksack vom Haken. Sie braucht die Brotdose nicht zu öffnen. Das Gewicht verrät, dass Marie nichts gegessen hat. Vollkornbrot mit Frischkäse und Gurke. Sie versucht es immer wieder. Aber sie weiß, dass Marie die Nutellabrote ihrer Freundinnen isst, die selbst am liebsten gar nicht frühstücken.

Zu der Dose hat Marie dreckverkrustete Steine, zwei

Stöcke, ein Stück Stoff und einen zackig ausgeschnittenen Joghurtbecher gepackt. Ines lässt ihr die Steine und den Stoff, packt den Rest wieder aus und legt ihn auf die Bank, in der Hoffnung, dass sich das Problem von selbst löst.

Durch die Glasscheibe sieht sie, wie sich ein Mädchen in pinker Matschhose an der Hütte zu schaffen macht, wie es die Tür einen Spaltbreit öffnet, die daraufhin von innen abrupt wieder zugezogen wird. Ines schließt kurz die Augen gegen einen plötzlichen Schwindel, öffnet sie wieder. Über Maries Fach klebt ein Bild, auf dem man mit viel Wohlwollen eine Burg und rote Rosen erkennen kann. Märchenwoche im Kindergarten. Sie zählt bis drei und geht wieder hinaus.

Alle sind sie da. Die Erzieherinnen und die anderen Eltern und die kuhäugig dreinglotzenden Kinder, als Ines einen Fuß gegen das Häuschen stemmt und die Tür aufreißt. Es gelingt ihr, nicht gleich das ganze Haus zu zerstören. Sie brüllt: »Ich gehe jetzt!«, und Marie antwortet: »Mach doch!« Alle sind sie da, als Ines schließlich wirklich geht, zumindest bis zum grün lackierten Tor, woraufhin ihr just in dem Moment, als sie die Klinke nach unten drückt, ein sirenenartig heulendes Kind hinterhergerannt kommt.

Was muss man nicht alles tun, um ein Mädchen aus seiner Hütte zu locken.

Ines wünscht sich, sie würden weiter weg wohnen und mit dem Auto zum Kindergarten fahren. Dann würde sie Marie jetzt einpacken, anschnallen und Gas geben. Aber sie wohnen ganz in der Nähe. Sie müssen zu Fuß gehen, alles andere wäre absurd.

Marie brüllt und heult den gesamten Heimweg lang, und die Nachbarn, die im Garten Laub zusammenfegen und Unkraut jäten, lächeln verständnisvoll, was ähnlich schlimm ist wie die Leute, die den Kopf schütteln und sich über das laute Kind ärgern, da Ines selbst den Kopf schüttelt und sich über das Kind an ihrer Seite ärgert, das in einem nicht enden wollenden Reigen die Wörter: »Mama!« und »Nicht so schnell!« wiederholt, sich den Rotz am roten Mäntelchen abwischt, das süße Gesicht so aufgequollen, dass Ines kaum mehr weiß, wie hübsch ihre Tochter eigentlich ist, wie wundervoll und einzigartig. Die Liebe ihres Lebens.

4

Die Uhr tickt. In der Küche wächst kein Gras, der Boden ist kahl und unbemoost. Zwei Vierecke sind in die Wand geschnitten, ich blicke durch das rechte, alles ist hellgrau, schmutzweiß. Wenn ich lang genug warte, kann ich eine Taube vorbeifliegen sehen. Auch sie: grau. Das Leben spielt sich so viel tiefer ab, hier oben nur der leere Himmel. Wieso wohnen wir hier?

»Hörst du mir überhaupt zu?«

Ines schreckt hoch und blickt auf ihre Hände, die weiß vor ihr liegen.

»Was hast du gesagt?« Sie steht auf, stellt sich ans Fenster, damit sich Bäume in den Blick schieben. Grüne Zweige, die das Grau zerfetzen. Die Wohnung liegt im vierten Stock. Wenn es draußen stürmt, kratzen die Äste an der Hauswand wie lange Fingernägel.

»Du romantisierst, habe ich gesagt.« Martin lehnt am Kühlschrank. Stumm hat er ihr zugehört, das kann er gut. Aber jetzt will er doch etwas dazu sagen.

Das sei ganz normal, man habe ja nur das eine Leben, also lässt man wie in einem Film eine bestimmte Hintergrundmusik laufen und malt es sich schön. Die Kindheit, in der man im Herbst immer im Wald Kastanien sammelte und daraus Männchen bastelte, jeden Herbst, Kastanienmännchen eine Kindheit lang, ganze Armeen von Kastanienmännchen, dabei waren es in Wirklichkeit nur ein oder zwei Male, zwei richtig gute Herbsttage, Nachmittage, insgesamt vielleicht vier Stunden, drei Stunden Wald und dann je eine halbe Stunde basteln, und dann keine Lust mehr oder Zeit fürs Abendbrot oder die Sendung mit der Maus. Oder die Studienzeit, in der man so viel feierte, dass einem der Besuch der Neun-Uhr-Vorlesung unmöglich war. Aber wenn man in sich ginge, da fielen einem doch die vielen trägen Sonntagvormittage ein und die ständigen Zweifel. So viele schlechte und langweilige Referate, dazu die ständige Panik, in welchen Beruf das Ganze einmal münden solle, welchen Nutzen für die Menschheit und überhaupt.

»Ich romantisiere nicht«, sagt Ines. Ihre Schulzeit ist furchtbar gewesen. Die Zeit nach Kirstens Verschwinden. Das Jahr in Frankreich hat sie wie in Trance erlebt. Eine wandelnde Menschenhülle, die Dinge über sich ergehen ließ. Joints und Marilyn Manson und die ersten Küsse. Und ganz nebenbei Leistung zeigen, fleißig sein, gute Noten abliefern, so wie die große Schwester, die einmal Biologie studieren wollte oder Chemie und ganz konkret die Welt verbessern.

Nach der Rückkehr aus Frankreich die letzten Schuljahre: ein Warten auf das Ende. Ines bestaunte ihre Mitschüler, die es in ihren Elternhäusern offenbar kaum mehr aushielten. Sie tranken Wodka Brause oder Caipirinhas, die sie neu für sich entdeckt hatten und schick fanden, und ein Junge aus der Parallelklasse erzählte, dass er es endlich geschafft habe, seinen eigenen Schwanz zu lutschen. Ines hörte sich all das an. War manchmal mit dabei, wenn sie nachts ins Freibad einbrachen. Sie war immer irgendwie mit dabei. Und war es doch nicht.

Ines nahm alles mit, was Jugendliche mitnehmen sollten, alles, was unausweichlich war. Die Scham, die Schande, die Komplexe und den Größenwahn. Sie durchlitt den pubertären Zwiespalt zwischen dem Wunsch, gesehen zu werden, und der Sehnsucht nach Unsichtbarkeit. Doch trotz der Fülle an Ereignissen, die auf sie einprasselten, erschienen ihr die Jahre seltsam hohl und leer. Da war keine Kirsten, mit der sie Dinge besprechen konnte. Zeitweise hatte sie das Gefühl, in einem Traum gefangen zu sein. Sie saß fest unter ihrer Glasglocke, zum Zuschauen verdammt. In dem engen Sozialgefüge ihrer Stufe waren Freundschaften und Feindschaften längst zementiert. Ines war vor Jahren ein Platz zugewiesen worden, und der war der neben Kirsten. Dass die nicht mehr da war, dafür konnte doch keiner was.

Die Jahre nach Kirstens Verschwinden waren furchtbar.

Aber die Jahre davor, die waren schön.

Ines stellt sich ans Fenster und blickt wieder in den Himmel. Es ist kurz nach neun. Draußen dämmert es, und das graue Viereck färbt sich langsam rosa. Marie ist eingeschlafen, mal ein Abend ohne Kampf. Das Brüllen auf dem Heimweg hat sie müde gemacht. Jetzt sitzen sie in der Küche und trinken Flaschenbier. Das Deckenlicht flackert, ein Wackelkontakt, schon seit Monaten. Doch niemand kümmert sich, niemand will den Vermieter anrufen.

Seit ein paar Jahren verbringen Ines und Martin ihre Abende in der Küche, da sie am weitesten vom Kinderzimmer entfernt liegt. So müssen sie keine Angst haben, Marie durch ihre Gespräche aufzuwecken.

Erst wollten sie Sex haben, aber sie waren zu müde. Dann wollten sie einen Film sehen, konnten sich aber auf keinen einigen, zumal bei zweistündigen Filmen die Wahrscheinlichkeit groß ist, dass Marie wach wird und sie den Film stoppen müssen. Martin wollte joggen gehen, aber müde. Die Wäsche müsste noch. Müde. Dann halt Flaschenbier.

Sie wippt mit dem Fuß. Nagt an der Unterlippe. Ein Thema, bitte, aber ein anderes als das offensichtliche.

Martin kennt das schon. Wenn er zu lange schweigt, platzt es aus Ines heraus: Ich mache zu wenig, uns geht es viel zu gut. Vielleicht kann ich noch ehrenamtlich, einer muss es doch tun, und kennst du dieses oder jenes Kind aus Maries Kindergarten? Wir sollten sie einladen, sie sprechen kaum Deutsch. Und kennst du diesen Unverpackt-Laden in der Altstadt? Ja, sicher ist das teuer, aber man könnte es einmal probieren. Und würde es Marie wirklich so viel ausmachen, wenn wir künftig ohne Fleisch? Diese vegetarischen Ersatzprodukte schmecken doch eigentlich ganz gut, leider sind sie meistens in Plastik eingeschweißt. Und hast du das Foto von diesem Hund in der Wochenzeitung gesehen? Hund sucht

Herrchen. Aber Frauchen geht doch bestimmt auch. Und ich bin mir sicher, dass unser Vermieter, also wenn wir ihn in einem günstigen Moment erwischen.

Alle paar Monate überfällt es sie. Ein Redeschwall, der aus ihr herausbricht. Eine Suada, die meistens in eine schlaflose Nacht mündet, in der sich Ines von der einen auf die andere Seite wälzt, sämtliche Optionen abwägt, um am Ende gar nichts zu tun, erschöpft und überfordert, wie sie ist.

Martin weiß, dass es der falsche Moment ist, um über das zweite Kind zu reden. »Wir könnten mal wieder was spenden«, sagt er daher schnell. Ein ganz konkreter Vorschlag. Leicht umzusetzen. »Von meiner Oma haben wir noch einen ganzen Karton mit Geschirr und Pfannen, den haben wir noch nicht einmal aufgemacht, den könnten wir wegbringen.«

Er sieht ihre Zweifel, Falten auf der Stirn, die sich fächerartig zusammenschieben. Doch er hat Glück. Sie trinkt einen Schluck und sagt: »So machen wir's.«

Sonnenuntergang vorm Fenster. Klappt auch, ohne dass einer hinsieht. Morgen kommt der nächste.

»Fährst du denn jetzt hin?«, fragt er. Surren und Flackern. Die Stille am Abend ist zu schön, um sie mit Musik zu trüben. Ines ist nicht mehr müde. Nur noch schläfrig. Sie trinkt. Das Bier schäumt im Mund, sie verschluckt sich, hustet.

»Ich weiß es noch nicht«, sagt sie mit gepresster Stimme, sagt es nur für Martin, der ihr auch diese Lüge lässt. Ist doch alles längst entschieden.

5

In der Abstellkammer stehen Pappkartons voller Erinnerungen. Einer von Martin, einer von ihr. Urkunden und Zeugnisse, ein stoffbezogenes Album für die Jahre null bis zwölf, jede Seite getrennt von der nächsten durch ein Pergaminpapier. Dann noch ein deutlich schmaleres für die Jahre bis zur Volljährigkeit. Wer will sich als Jugendlicher schon fotografieren lassen?

Alle Erinnerungen an Maries Babyzeit, an ihre ersten Schritte und die ersten Urlaube zu dritt liegen in der Cloud, sind längst mehrfach geteilt und breit gestreut. Martin will Fotobücher gestalten und drucken lassen, Ines ist es egal. Sie braucht keine Stütze, keine beschrifteten Bilder voller Ohs und Ahs und weißt du noch? Natürlich weiß sie noch. Marie ist vier. Und die schönsten Erinnerungen kann man nicht drucken.

Zwischen den Seiten des zweiten Fotoalbums liegt ein Zeitungsausschnitt. Wie ist der da hineingeraten? Und wo sind die anderen? Das Zeitungspapier ist vergilbt.

Kirsten in einer hellen Bluse und mit geflochtenen Zöpfen. Ein Foto aus einem Fotostudio. Kirstens Mutter hat es ausgesucht; wenn die eigene Tochter in der Zeitung zu sehen ist, sollte sie wenigstens anständig aussehen. Dabei trug Kirsten nie Blusen, sondern karierte Flanellhemden, Grobstrickpullover und Jeans mit Löchern an den Knien. Die langen Haare offen und zur Seite gekämmt. Sie band sich dünne Lederbänder um die Handgelenke, manchmal baumelte ein türkisfarbener Stein um ihren Hals, und ihre Hände waren fast immer mit Kuli bemalt. Sterne oder Peace-Zeichen, Pentagramme oder Yin und Yang.

Einmal färbten sie sich gegenseitig die Haare mit Henna. Sie hofften auf ein Rot, aber es wurde eher ein Orange. Danach wollte sich Kirsten die Haare schwarz färben, aber dazu kam es nicht mehr, denn dann hatten sie Deutsch bei Schröder, und Kirsten verschwand.

Ines und Kirsten schafften es gerade noch rechtzeitig, Nirvana cool zu finden, ehe sich Kurt Cobain eine Kugel in den Kopf jagte. Aber das machte die Musik nur noch besser. Es war der perfekte Soundtrack für Jahre voll Schwermut, Langeweile und Selbstmitleid.

Kirsten hätte sich den Richkids anschließen können, die Lacoste-Poloshirts, Seglerschuhe oder Perlohrringe trugen. Schließlich trugen auch Kirstens Eltern Pastell. Aber Kirsten entschied sich für Ines und Kurt Cobain und Nazis raus und Geld ist nicht alles.

Damit waren sie nicht allein. Da war zum Beispiel Jonas, der in der Pause in der Raucherecke stand. Der nicht nur Nirvana mochte, sondern auch Pink Floyd oder The Clash oder andere Bands, die Ines damals noch nicht kannte. Jonas ging schon in die Oberstufe, trug selbst im Winter eine dünne abgegriffene schwarze Lederjacke und rauchte in jeder Pause Lucky Strikes oder Selbstgedrehte. Sein Vater war Arzt, und es hieß, er verdiene *irre viel Kohle,* setze seinen Sohn aber permanent unter Druck. Mehr Einsatz, bessere Noten, solche Dinge. Über die Mutter wussten sie nichts.

Jonas war blass, und die dunklen, fast schwarzen Haare ließen ihn kränklich aussehen, was ihn in Ines' Augen nur noch attraktiver machte. Armer Jonas. Jonas mit dem strengen Vater. Die Blässe verlieh ihm etwas Zerbrechliches, und Zerbrechlichkeit war gleichbedeutend mit Tiefe.

Auch Kirsten mochte Jonas. Das wusste Ines, obwohl Kirsten es nicht offen aussprach, sondern als Schwärmerei abtat, denn der Junge, der ihr wirklich gefallen konnte, schien nicht von dieser Welt, konnte also unmöglich die Oberstufe des Droste-Hülshoff-Gymnasiums besuchen.

Ines schließt kurz die Augen. Sieht vor sich den alten Tennisball, den Jonas an seinen Rucksack gehängt hatte, sieht ihn unter einer der Eichen auf dem Pausenhof stehen und sich die Haarsträhnen aus dem Gesicht streichen. Kurz zieht sich ihr Herz zusammen, ein Tropfen Säure auf dieses seltsame Tier, das sie am Leben erhält. Zweimal blinzeln, und es geht wieder, pumpt weiter fleißig Blut. Nur eine kurze Ahnung, nichts Ernstes. Nicht denken. Lesen:

Die 14-jährige Kirsten Neumann wird seit dem Nachmittag des 3. Juni 1996 vermisst. Zuletzt wurde sie von den Mitschülern des Droste-Hülshoff-Gymnasiums nach Unterrichtsschluss gegen 15.35 Uhr gesehen. Laut Aussage mehrerer Zeugen gab sie an, nach Hause gehen zu wollen. Dort sei sie jedoch nie angekommen, heißt es nach Angaben der Polizei.

Am 3. Juni 1996 trug Jan Hofer einen dunkelblauen Anzug mit Nadelstreifen und Einstecktuch, dazu eine breite gelbe Krawatte mit einem Muster, das an Fußbälle erinnerte. Er verlas die Nachrichten, sprach von der Strukturreform der NATO, vom Kampf gegen BSE und dem Protest des Deutschen Beamtenbunds gegen Sparpläne. Von Kirsten sprach er nicht. Klaus Kinkel reiste nach China, Hafiz al-Assad und Husni Mubarak saßen gemeinsam auf einem seidenbezogenen Sofa, Michael Stich gewann gegen Thomas Muster, dünne Schleierwolken, schwacher Wind, 24 Grad, hohe Ozonkonzentration. Wer wollte das wissen?

Kirsten war ein halbes Jahr älter als Ines. Sie hatte einen Onkel, der in der Modeindustrie arbeitete und ihr häufig Pakete mit Kleidung und Schmuck schickte; Dinge, für die diese kleine Stadt mit ihren kleinen Jugendlichen noch nicht bereit war.

Einmal kam Kirsten mit großen silbernen Ohrringen in die Schule. Sie erschienen absurd riesig, wie sie da links und rechts des dünnen blassen Halses baumelten. »Fehlen nur noch die Augenklappe und der Papagei auf der Schulter«, sagte Patrick aus ihrer Klasse. Doch Kirsten ließ sich nicht beirren, und etwa ein halbes Jahr später lief ein Großteil der Mittel- und Oberstufenschülerinnen des Droste-Hülshoff-Gymnasiums, aber auch jeder anderen Schule in Deutschland, mit Creolen herum. Nur Ines trug keine, schließlich hatte Kirsten damit angefangen, und es war auch so schon schwer genug, neben ihr zu bestehen. Sie wäre in Kirstens Achtung gesunken, wenn sie sich dieselben Ohrringe zugelegt hätte wie die Freundin. Darum sagte sie: »Mode ist mir egal«, denn das hätte Kurt Cobain auch gesagt.

Ines und Kirsten lasen Bücher. Das unterschied sie von den meisten Mitschülern, und sie bildeten sich nicht wenig darauf ein. Sie bevorzugten Umwelthorror, Apokalypse, Endzeit. Die letzten Kinder von Schewenborn. Die Wolke. Z wie Zacharias.

Sie lasen alles von Christine Nöstlinger und Klaus Kordon, das Tagebuch der Anne Frank, Heißt du wirklich Hasan Schmidt?, Denken heißt zum Teufel beten, Damals war es Friedrich – und eigentlich die gesamte rororo-Rotfuchs-reihe, die mit dem roten Streifen erschien, für so etwas wie »Problembücher« stand und auf der Rückseite Fuchscomics hatte.

Viele Taschenbücher waren gebraucht und abgenutzt, hatten bereits irgendwelchen Cousinen gehört oder Anne, Ines' großer, ernsthafter Schwester, die sich jedoch zu diesem Zeitpunkt schon zu alt dafür fühlte und *lieber etwas tun* wollte, anstatt über das Elend der Welt zu lesen.

Ines fand im Bücherregal ihrer Eltern eine alte Ausgabe von Wir Kinder vom Bahnhof Zoo und las sie gleich dreimal. Sie war fasziniert von der schönen Stella, von Babsi mit den dunkel geschminkten Augen (»Sie war erst 14«), vom sensiblen Detlev. Die Fotos der Drogentoten auf der Toilette schockierten sie angenehm, und insgeheim beneidete sie Christiane F. um eine Kindheit in der Gropiusstadt, während sie in einer Straße mit Reihen- und Einfamilienhäusern wohnte, in denen Finanzbeamte, Lehrer und Hausfrauen Kabelfernsehen glotzten und abends ihre Vorgärten bewässerten. Ines ging es gut, und das wusste sie auch. Doch sie schaffte es einfach nicht, sich gut zu fühlen, wofür sie sich schämte. Kirsten, deren Eltern wohlhabend waren, schien die einzige Person auf Erden zu sein, die auch so fühlte. Warum sind wir und gerade hier, und was war davor?

Sie wussten: Die Welt ist schlecht, daran gab es nichts zu rütteln. Allerdings gab es noch keine alles in den Schatten stellende unmittelbare Katastrophe, die die jungen Menschen in ihrem Zorn vereint hätte. Das Elend auf Erden war immens und so breit gestreut, dass man gar nicht wusste, wo man anfangen sollte. In Afrika verhungerten Kinder, die Atomkraftwerke produzierten radioaktiven Müll, Neonazis warfen Molotowcocktails auf Flüchtlingsheime, Tiere wurden gequält, in Jugoslawien tobten Kriege. Und so saßen die Freundinnen oft unentschlossen an ihrem Lieblingsplatz in der Krone eines alten Baums, den ein Blitz in zwei Teile zerschlagen hatte. Sie blickten auf Strommasten, Wiesen und Ackerland, auf dem ein Bauer mit seinem Traktor seine Bahnen zog, hörten die Grillen im Gras zirpen und befanden, dass die Welt nicht zu retten sei.

Nachmittags klingelte Ines bei Kirsten, Kirsten bei Ines. Ines öffnete, und da stand sie, nach Niveacreme und Kräutershampoo duftend, im Gesicht ein Cowboylächeln. »Hallo, Reihenhausmädchen!« Oder: »Hallo, Reihenhausschönheit!«

Sie waren nicht direkte Nachbarn, aber sie wohnten auf demselben Berg, den Serpentinen in Scheiben schnitten. Jede Scheibe eine Schicht, jeder Straßenzug ein Milieu. Kirsten wohnte ganz oben. Ines in der Mitte. Am Fuße des Bergs lagen Wohnblöcke mit Betonbalkonen, Satellitenschüsseln und blau flimmernden Röhrenfernsehern. Ein bisschen Armut, doch keine Gropiusstadt.

Über die Treppen war man schnell beim anderen. Nach 15 Uhr durfte man klingeln, vorher war Mittagsruhe. Anrufe generell eher unerwünscht.

Oft fuhren sie Inlineskates oder radelten ziellos durch eine Schrebergartensiedlung, die auf der Kuppe des Berges lag und an eine Streuobstwiese grenzte, hinter der ihr zerblitzter Baum stand. Wenige Hundert Meter weiter führte eine Fußgängerbrücke über die Autobahn. Sie stellten sich in die Mitte, beobachteten den Strom sich jagender Autos, spuckten hin und wieder hinunter.

Sie fuhren gerne schnell, freuten sich über dramatische Wolkenformationen am Himmel und sprachen erregt über sauren Regen, der ihnen die Haare vom Kopf spülen würde wie den Kindern von Schewenborn, und manchmal sangen sie: I'm so happy.

Ines legt den Zeitungsausschnitt zurück in das Fotoalbum. Warum hat sie ihn überhaupt aufbewahrt? Warum hat sie eine Schere genommen und ihn ausgeschnitten? Und warum findet sie die kurze Meldung mit der Titelzeile »Vermisste Jugendliche wiederaufgetaucht« nicht? Vielleicht, weil es nicht stimmt? Weil Kirsten nie wiederaufgetaucht ist? Nicht für Ines.

Sie blättert weiter durch das schmale Album. Keine Schnappschüsse, nur Meilensteine: Ines bei ihrer Konfirmation mit einem Gesichtsausdruck, der klar besagte: »Ich bin gegen meinen Willen hier«. Familienaufstellung beim 80. Geburtstag ihres Großvaters. Noch mal die Familie vorm Weihnachtsbaum mit echten Bienenwachskerzen, vor sich eine Geschenkepyramide auf dem Orientteppich.

Ines erinnert sich an Regennachmittage mit Kirsten im Wohnzimmer der Eltern. An ihre Mutter, die – »zur Abwechslung mal was Gesundes« – für peinliche Obstteller-momente sorgte, die beiden Mädchen sonst aber weitestgehend in Ruhe ließ.

Ihr Taschengeld sparten sie für CDs, auf denen oft nur

28

ein einziger guter Song drauf war. Das wussten sie beim Kauf aber nicht, da man bei Hertie nur in wenige CDs reinhören durfte und die Verkäufer irgendwann fragten, ob man denn auch die Absicht habe, etwas zu kaufen, oder nur zum Musikhören gekommen sei. Ähnlich war es in der Spielzeugabteilung, in der man fest installierte Gameboys und Sega Game Gears testen konnte. Immer wurde man verjagt. Von Verkäufern oder anderen Kindern und Jugendlichen. Ines durfte keinen Gameboy haben, und bei ihrem knapp bemessenen Taschengeld hätte sie Jahre auf einen sparen müssen. Zum Trost hatten ihre Eltern ihr im Urlaub in Italien einmal einen gelben Plastikschrott geschenkt, auf dem man nur Tennis spielen konnte. Dann doch lieber Musik.

Manchmal versuchten sie, mit dem Kassettenrekorder Lieder im Radio abzupassen, und ärgerten sich, wenn der Moderator in die Aufnahme quatschte oder das Kassettenband eher zu Ende war als der Song. Doch schließlich fanden sie auch ein paar Schallplatten von Ines' Eltern ganz schön: Kate Bush, die Beatles, Simon & Garfunkel – Musik, die in dem Haus kaum noch aufgelegt wurde. Warum stattdessen ein seelenloses Radio dudelte, wusste Ines nicht. Heute denkt sie, dass es ihre Eltern vielleicht zu sehr schmerzte, Musik zu hören aus einer Zeit, in der sie jung gewesen waren und leidenschaftlich und kinderlos. Vielleicht hatten sie sich aber auch einfach nie viel aus Musik gemacht und diese Platten nur gekauft, weil alle sie damals kauften.

Vorsichtig zogen Ines und Kirsten die schwarzen Scheiben aus dem seidigen Papier und legten sie auf den Plattenteller. Sie hörten nicht einfach Musik – sie zelebrierten sie. Das knarzige Geräusch der Nadel, die durch die Rillen schabte, der muffige Geruch des Orientteppichs, dazu Kirstens helle braune Augen, die die kreisende Scheibe verfolgten. Schläfrig-warm wurde einem beim Plattenhören. Es war ein Gefühl wie in der Vorweihnachtszeit, eingelullt von Blockflötenbarock und Mandarinenduft. Draußen schon dunkel und drinnen Kerzenlicht. Eine feierliche Stimmung, der sogar die Apfelschnitze und der lauwarme Pfefferminztee ihrer Mutter nichts anhaben konnten. »Bei Schallplatten sieht man richtig, wie die Musik entsteht«, sagte Kirsten.

6

Marie hat auf dem Spielplatz eine neue beste Freundin gefunden, deren Namen sie nicht kennt und die sie morgen wieder vergessen haben wird. Mit vier findet man überall beste Freundinnen.

Ines sitzt auf einer Bank, neben ihr der Rucksack voll mit Plastikdosen und Trinkflaschen, Sonnencreme und Strickjacke. Sie sieht die Mädchen, die Blätter von Sträuchern abreißen, ohne dass jemand etwas dagegen unternimmt. Sie brauchen Blätter und Dreck für ihr Spiel, den Zaubertrank, die köstliche Suppe.

Mein rechter, rechter Platz ist frei, ich wünsche mir die Kirsten herbei.

Kirsten!

Sie schließt die Augen und versucht es sich vorzustellen.

Du, hier. Auf dem Spielplatz unter den Kastanienbäumen. Am

30

Rand des Sandkastens, mit angewinkelten Beinen. Vor dir buntes Plastikspielzeug und Frauen (Mütter), denn es sind ja doch fast immer nur Frauen (Mütter), die keinen Beruf haben und keine Musik hören und keine Nachrichten sehen und nicht zur Wahl gehen und keine Bücher lesen, die sich zurücknehmen und ausradieren. Ich trage ihre Namen und ihre Nummern in meinem Smartphone ein und setze in Klammern die Namen der Kinder dahinter, damit ich meine fünf Julias und acht Kathrins auseinanderhalten kann, denn für Nachnamen habe ich keine Geduld.

Kirsten!

Ich stehe auf und setze mich auf die Schaukel, nur einen kurzen Moment lang, will den Kindern ja nichts wegnehmen. Die Schaukel neben mir ist leer, ich suche dich. Will dich hier finden, wenigstens in Gedanken, aber es klappt nicht. Ich will dich sehen. Und du? Siehst du mich hier? Kannst du mich finden unter Schäufelchen und Eimerchen und Wechselklamotten und Tupperware?

Ja. Ja, ich will, dass du mich so siehst. Und mir sagst, dass es gut ist. Ich will, dass wir mit Marie Enten füttern gehen, obwohl es verboten ist. Dass wir uns Eis bestellen mit diesen zuckrigen bunten Streuseln. Du liest ihr vor, und ich habe Pause. Ich will, dass du über unseren Bettgehwahnsinn lachst, unseren Kampf ums Zähneputzen und Liegenbleiben. Ich will, dass du auf dem Balkon stehst und eine Zigarette rauchst und schon das erste Glas Wein trinkst, während du auf mich wartest. Dass ich irgendwann dazustoße, verschwitzt und erschöpft, dir gierig das Glas aus der Hand nehme. Dass du mich anlächelst, verständnisvoll und mitleidig, aber wohlwissend, dass der Rest des Abends uns gehört und ich immer noch ich bin und einen Beruf habe und Musik höre und Nachrichten sehe und zur Wahl gehe.

Kirsten, ich zähle jetzt bis drei! Eins … zwei …

Sie weiß nur zu gut, dass nach drei nichts passiert.

7

Marie kniet auf dem Boden, zeichnet Herzen, füllt diese aus in Rot, Lila, Pink, dazu Gewieher: Bibi und Tina, zwei Mädchen mit Pferden und einem Schloss im Hintergrund.

Es sind die gleichen Hörspiele, die schon Ines und Kirsten gehört haben: Bibi Blocksberg, Benjamin Blümchen, Fünf Freunde. Im Regal steht, was auch bei Ines' Eltern im Regal stand: Wo die wilden Kerle wohnen, Ronja Räubertochter und die Kinder aus Bullerbü. Kindheit auf Repeat.

Ines liegt auf dem Sofa, eine Wolldecke um die Beine geschlungen. Auf dem kleinen Tisch neben ihr steht eine Tasse Tee, die zu heiß ist, um getrunken zu werden. In ihren Händen hält sie ein aufgeschlagenes Buch, eine Empfehlung von Martin, doch sie hat vergessen, worum es geht und wie es heißt und wer es geschrieben hat, hält es nur fest, um sich dahinter zu verstecken. Alles Tarnung. Nur keine Aufmerksamkeit auf sich ziehen. Es ist selten, dass Marie malt und nicht fordert und Ines Zeit hat für Gedanken oder einfach nichts. Der Luxus, mit leerem Blick an die Wand starren zu dürfen.

Zweimal hat Marie in der Nacht nach ihnen gerufen und selbige dann um 5 Uhr für beendet erklärt. Es ist mal wieder eine Phase, und sie werden so schnell groß, und bald werden sie sich zurücksehnen nach der Zeit, jaja.

Ines sollte Marie bitten, eine Unterlage unter das Papier zu

legen, damit die Buntstifte keine Spuren im weichen Holzboden hinterlassen. Sie sollte Marie sagen, dass sie aufpassen
soll mit den Filzstiften, deren Farbe nicht mehr aus der Kleidung geht. Sie sollte Marie ein Taschentuch geben, damit sie
nicht ständig den Rotz hochzieht. Aber Marie malt gerade
so schön.

Woher kommt der Wunsch nach einem weiteren Kind,
wenn man doch nach dem ersten schon weiß, wie es ist, was
man aufgibt, was man vermisst?

Alles wäre zu klein. Die Wohnung, das Auto, das Ein-
kommen, die Zeitfenster. Jetzt schon das Gemotze von Anke
und Philipp, weil sie nie Zeit haben für Pärchenabende. Man
könne doch nicht nur zu Hause rumsitzen und früh ins Bett
gehen. Was denn das für ein Leben sei? »Mein Leben.« Hat
Ines nicht geantwortet. Nur gedacht. Und noch gedacht,
was das denn für ein Leben sei, in dem man ständig abends
irgendwo hingehen muss, um sich von sich selbst abzulenken,
um bloß nicht allein zu sein mit seinen Gedanken. Aber auch
das hat sie nicht gesagt.

Mit Kirsten hat sie nie über Kinder geredet. Als sie noch
in die Grundschule gingen, gab es das ewige Mutter-Vater-
Kind-Spiel, bei dem nie jemand der Vater sein wollte, weil
der nichts zu sagen hatte und die meiste Zeit des Spiels nicht
da war. Morgens verabschiedete er sich, fuhr zur Arbeit –
Anzug, Aktenkoffer, Büro –, und abends kam er wieder zurück, und niemand wusste, was er den ganzen Tag über gemacht hatte. Vatersein war langweilig. Wer Vater sein musste,
war das schwächste Glied der Gruppe.

Dann kam die Zeit, in der nicht nur Väter, sondern auch

Mütter langweilig waren und niemand mehr Kind sein wollte. Schwärmereien für Jungs. Jungs, die nichts sein sollten als Jungs, ganz sicher keine Väter. Kleine Briefchen, Träumereien zu Radiomusik, Nothing compares to you, kurze Anrufe, schnell wieder aufgelegt. Blicke im Freibad, Flaschendrehen beim Sommerfest. Gebrochene Herzen, die schnell heilten. Willst du mit mir gehen? Ja, nein, vielleicht? Ach, auch egal.

Und schließlich waren sie in dem Alter, in dem die Vorstellung, schwanger zu werden, zum größten Albtraum mutierte. Ein Baby? Alles, nur das nicht. Also lasen sie in der Bravo, was Dr. Sommer über Petting und Glückströpfchen zu sagen hatte, übten mit Kondomen und Bananen und wetteten, wie alt sie wohl sein würden, wenn sie das erste Mal mit einem Jungen schliefen. Kirsten tippte auf 15, Ines auf 18. Einen Wetteinsatz gab es nicht, und am Ende war Ines 19, als es so weit war, und Kirsten nicht mehr Teil ihres Lebens.

»Mama?« Marie, der sie jetzt doch die Nase putzt. »Kannst du mir ein Pferd malen?«

Ines lächelt. »Schweine kann ich besser.«

»Ich will aber ein Pferd!«

»Ich kann es versuchen.«

Sie nimmt den Stift und überlegt einen Moment. Kopf oder Bauch, wo soll sie beginnen? Pferde. Diese langweiligen Tiere. Kühe geben Milch, Hühner legen Eier, mit Hunden kann man spielen und spazieren gehen, sie sind eine Hilfe für Sehbehinderte, die Polizei und die Bergwacht. Und Pferde?

Pferdemädchen. Das war einmal ein Schimpfwort, das sie für einige Mädchen in ihrer Klasse benutzt hatten. Aber

Marie liebt Pferde, und wenn Ines für Marie eines dieser albernen Freundebücher für Kinder ab drei Jahren ausfüllen muss, dann sagt Marie bei »Lieblingstier«: Pferd, Pony, Einhorn.

Bauch vor Kopf. Ines zeichnet ein wurstiges Oval mit vier schmalen Beinen. Besteht nicht alles aus Kreisen, Dreiecken, geometrischen Formen, die man nur richtig zusammensetzen muss? Doch Maries Urteil ist gnadenlos: »Das ist kein Pferd, das ist ein Monster!« Buntstifte fliegen durchs Zimmer, die Augen vor Entsetzen geweitet, Tränen fließen. Es ist erst halb fünf am Nachmittag.

Ines nimmt ihre Zeichnung zur Hand. Eine Fratze grinst ihr entgegen. Ein wilder Kerl. Marie lässt sich nach hinten auf den Boden fallen, heult, brüllt, strampelt mit den Beinen.

In Gedanken hört Ines ihre eigene Mutter Grenzen setzen und Strafen aussprechen.

»Du wilder Kerl«, schalt ihn seine Mutter und schickte ihn ohne Abendessen ins Bett.

Für Marie wird es immer ein Abendessen geben. Egal, was sie anstellt. Ines nimmt ihr Smartphone. »Komm, wir gucken uns Pferde an.« Marie wischt sich die Tränen mit dem Ärmel aus dem Gesicht, der rot geschwollene Kopf nickt. Sind Youtube-Videos bedürfnisorientiert?

Wiehern und Galoppieren, Ines' Blick flieht aus dem Panoramafenster. Vom Wohnzimmer aus kann sie ein Wäldchen sehen, das die Stadt noch nicht geschluckt hat und das schon rötlich gefärbt ist.

Es ist schön, wenn die Tage kürzer werden.

Als Marie noch ein Baby war, ging Ines stundenlang in

diesem Wald spazieren, denn nur so kam Marie tagsüber zur Ruhe. Im Kinderwagen ließ sie sich in den Mittagsschlaf schunkeln. Bald kannte Ines jede Bank, jede Wegmarkierung. Dann jede Wurzel, jede Erhebung, jede Senkung. Irgendwann meinte sie, jeden Baum zu kennen, jedes Muster der Rinde nachzeichnen zu können. Vier Jahreszeiten lang sah sie den Bäumen beim Wandel zu. Dann lernte Marie sprechen und laufen, und sie stellten den Kinderwagen in den Keller.

Ines vermisst den Wald mit seinen melancholischen Bäumen. Sie vermisst das Rauschen der Blätter, das Gekrächze der Krähen und den Blick auf ihr friedlich schlafendes wundervolles Baby.

Das alles noch einmal? Noch einmal von vorn?

8

Die Schlange vor dem Waffelstand ist elend. Die Eisen brauchen eine Erdumdrehung, ehe die rote, von Teigresten verkrustete Signalleuchte erlischt. Und die Gefahr ist groß, dass der Teig gerade dann zur Neige geht, wenn man endlich drankommt.

»Es wäre so viel leichter, wenn sie Bier ausschenken würden«, flüstert Ines Martin zu.

»Du willst aus einem Sommerfest doch kein Besäufnis machen?«

»Kein Besäufnis. Aber ein bisschen Betäubung täte uns allen gut.«

Ein Vater wird aus der Knechtschaft der Waffelschlange

entlassen. Triumphierend trägt er die puderzuckerbestreuten Herzen vor sich her.

Ines sieht nicht hin. Sieht auch Martin nicht an, als sie wieder einen halben Meter vorrücken dürfen. Sieht nur zu Marie, die wiehernd mit einem anderen Mädchen über den staubigen Boden des Kindergartens galoppiert. Der Rasen ist verbrannt. Die Matschanlage ist ausgetrocknet. Wasser ist zu kostbar, um damit zu spielen. Persönliche Gespräche drehen sich um Unpersönliches. Die Anmeldung für den Seepferdchenkurs, die musikalische Früherziehung, die Sommerurlaubspläne. Ines blickt auf die Uhr. Später Nachmittag, früher Abend. Wie soll man ein Kind davon überzeugen, dass es Zeit ist, nach Hause zu gehen, wenn die Sonne hoch am Himmel steht?

Waffeleisen auf, Waffeleisen zu. Ein guter halber Meter. Noch vier Elternvertreter vor ihnen. Marie trägt ihr rotes Kleid, Ines findet sie schnell in der Menge. Ein Glück, dass Marie das rote Kleid anziehen wollte und nicht das pinke. Für Pink muss man sich so schnell rechtfertigen.

»Noch zwei Jahre«, flüstert sie Martin zu.

»Zwei Jahre, und dann?«

»Zwei Jahre, dann ist das hier vorbei. Dann kommt die Schule. Der nächste Meilenstein.«

»Du kannst es wohl kaum erwarten, was?«

Der Teig ist alle. Ein Stöhnen geht durch die Reihe. Aber es gibt Nachschub in der Kindergartenküche. Muss nur eben jemand, dauert halt einen Moment.

Ines sieht Martin an, dass er die Diskussion unbedingt führen will. Hier und jetzt.

»Du siehst wohl nur die Arbeit und die Müdigkeit?« Anklagendes Du.

»Du etwa nicht?« Aber etwas mehr braucht es schon. »Du kennst die Statistiken. Trennungsgrund zweites Kind.«

»Aber Ines! Traust du uns denn so wenig zu? Glaubst du denn gar nicht daran, dass es auch einfach gut gehen könnte? Außerdem zitierst du die falschen Zahlen – die meisten Paare trennen sich drei bis vier Jahre nach der Geburt des ersten Kindes. Und das haben wir schon hinter uns.«

Die lassen sich Zeit mit dem Teig. Und Martin holt aus. Dass es gar nicht spießig sei, das klassische Modell mit Vater, Mutter und zwei Kindern. Überhaupt: spießig. Was sei denn bitte nicht spießig? Das Konzept, in Häusern und Wohnungen zu leben – sei das nicht auch spießig? Einen Beruf zu ergreifen, täglich drei Mahlzeiten zu sich zu nehmen – spießig! Sich morgens zu waschen und die Zähne zu putzen – total spießig!

Ines beißt sich auf die Unterlippe. Balanciert auf dem Rand, das weiß sie. Und ihr eigener Mann ist kurz davor, sie hinunterzustoßen. Doch dann spürt sie etwas Warmes, Vertrautes. Seine Hand, die sich in ihre schiebt. Er zieht sie zu sich: »Seit wir hier stehen, hast du mich nicht einmal angesehen. Hast nur Augen für Marie.« Sie dreht den Kopf, sieht ihn jetzt doch an. Er lächelt. »Du musst wirklich keine Angst haben. Du bist eine wunderbare Mutter. Da ist genug Liebe für zwei. Vielleicht bleibt sogar noch etwas für mich übrig. Selbst von diesem verschissenen Waffelteig bleibt ja am Ende etwas für jeden übrig.«

Ines nickt, die Schneidezähne fest auf der Lippe. Und so sagt sie nicht, dass viele auf dem Weg zum Waffeleisen einfach abwinken, aufgeben und mit den Händen in den Hosentaschen davonschlendern.

9

In kleine Stücke schneiden. So, wie du daliegst. Nackt und fertig und verschwitzt. Durchkneten, zu einer glatten Kugel formen, 20 Minuten ruhen lassen. Dich in meine Handtasche packen. Den Bus nehmen und in die Stadt fahren. Aussteigen bei der Kneipe mit dem Keller und der Kegelbahn. Der Kneipe, an deren Tresen Männer sitzen und Bier trinken und Schnaps und Altherrenwitze erzählen und nicht mehr Bier und Schnaps trinken müssen, um Dinge zu tun, für die man sie anzeigen sollte. An ihnen vorbei die Treppe runter, dich aus der Tasche holen. In die Knie und dann mit Augenmaß. Ein guter Wurf und alle Neune und Treffer versenkt, dein größter Triumph.

»Woran denkst du?«, fragt Martin. »Du hast wieder diesen glasigen Blick.«

»Ach, nichts«, sagt Ines und dreht sich auf seine Seite. Lässt sich noch einmal aus dem Halbschlaf zurück an die Oberfläche ziehen.

17 Minuten. Sie hat vorher auf die Uhr gesehen, hinterher auf die Uhr gesehen. 17 Minuten.

Es gibt keine Netflixserie mit Folgen, die 17 Minuten dauern. Selbst die Sachen, die lustig sein sollen, brauchen, um lustig zu sein, mindestens 25 Minuten. In 17 Minuten kann kein Lehrer der Welt Schülern etwas beibringen. 17 Minuten Joggen ist erbärmlich, 17 Minuten Fitnessstudio steht in keinem

Verhältnis, 17 Minuten lang geht niemand in eine Kneipe, 17 Minuten bedeuten keinen Aufwand, keinen Verzicht.

»Hattest du deine Temperatur gemessen?«, fragt er.

Nein, hat sie nicht. Welch eine Verschwendung von Energie.

Marie schläft tief und fest in ihrem Zimmer, zwischen ihnen nur das Bad. Genug, um den Schall zu schlucken, dennoch sind sie leise. Decke drüber, Licht aus, Missionarsstellung.

Den Schlüssel für das Schlafzimmer haben sie versteckt, als Marie noch kleiner war und die Gefahr bestand, sie könne sich versehentlich einschließen. Leider haben sie ihn so gut versteckt, dass sie ihn nun nicht mehr finden. Überhaupt sind alle möglichen Schlüssel dieser Wohnung verschwunden. Sollten sie irgendwann ausziehen, werden sie gut suchen oder zahlen müssen.

Martin dreht sich zu Ines, blickt sie aus großen kindlichen Augen an. Nimmt eine ihrer kurzen Haarsträhnen zwischen die Finger. »Wieso färbst du sie schwarz?«, fragt er.

»Das tu ich doch schon immer«, sagt sie. »Ich weiß gar nicht mehr genau, wann ich damit angefangen habe. Ich glaube, kurz vor dem Abitur. Gefällt es dir nicht mehr?« Sie zieht die Bettdecke hoch, verdeckt ihre Brüste unter der Ikea-Wäsche mit Paisley-Aufdruck. Lauter kleine Amöben.

»Doch, es gefällt mir. Du siehst aus wie Winona Ryder. Also die junge Winona Ryder. Die aus Alien. Nicht die durchgeknallte Mutti aus Stranger Things.«

Ines lächelt. »Du denkst an Außerirdische, wenn du mich ansiehst?«

Er lacht und legt sich auf den Rücken, verschränkt die Arme hinter dem Kopf. Er blickt zur Decke. Weiß und glatt und ohne Sprache. »Es ist nur. Ich kenne deine natürliche Haarfarbe gar nicht.«

Sie legt sich ebenfalls auf den Rücken und schaut nach oben. Sie wohnen im obersten Stockwerk. Die Decke trennt sie vom Himmel. »Ich erinnere mich auch nicht mehr. Vermutlich bin ich inzwischen grau geworden und habe es nicht einmal gemerkt.«

»Ich würde dich gerne so sehen.«

»Grau?«

»Grau oder braun oder wie auch immer.«

»Warum? Wenn ich dir doch so gefalle.«

»Ich weiß nicht.« Er streicht ihr mit der Hand über das Haar, sie riecht seinen Schweiß. »Ich möchte dich nur einfach gerne einmal sehen.« Dann beugt er sich über sie und küsst sie. Seine Lippen sind weich, und wenn sie die Augen schließt, schmeckt er wie immer. Können Lippen altern? Werden Küsse alt?

Zwei Räume weiter hustet Marie. Martin seufzt und steht auf. Sie sieht seinen weißen Hintern, über den er sich karierte Boxershorts zieht. Sieht, wie er die Bügel seiner Brille aufklappt und sie sich auf die Nase setzt, ein Schulterzucken andeutet, sieht, wie er kurz zögert, etwas zu sagen, etwas wie »schön wars«, es dann aber doch bleiben lässt.

Sie fragt sich, wann er Zeit zum Masturbieren findet. Für sie ist es leicht. Martin klickt sich Abend für Abend in seinem Arbeitszimmer durchs Internet. Was genau er da liest oder sucht, das weiß sie nicht. Vermutlich trauert er seiner

Zeit als Feuilletonist nach und verreißt gedanklich die Verrisse seiner Kollegen.

Meistens legt sich Martin erst zu Ines ins Bett, wenn sie schon schläft und für sich gesorgt hat. Ob er vor dem Computer? Sie kann es sich nicht vorstellen. Es passt nicht zu ihm. Er braucht Ruhe und Sicherheit, sonst kann er gar nicht. Er würde es nicht riskieren, dass plötzlich die Tür seines schlüssellosen Arbeitszimmers aufgeht und Marie hereinplatzt. Ines selbst fände den Anblick nicht schlimm. Sie würde ihm gerne einmal dabei zusehen. Doch sie weiß, dass er es vor ihr nicht könnte. Dass sich alles in ihm verkrampfen würde. Er wird doch nicht gänzlich damit aufgehört haben? Es kann ihm doch nicht genug sein! Doch vielleicht nutzt er ja ihre schläfrige Morgenzeit? Diesen kurzen Zeitkorridor, wenn Marie bereits im Kindergarten ist und sie sich im Café Muster in den Milchschaum gießen lässt? Vielleicht reicht ihm die Zeit zwischen Frühstückskrümel zusammenfegen und mit dem Fahrrad zur Arbeit fahren, um sich zu erleichtern?

Es muss so sein. Alles andere wäre nicht auszuhalten.

10

Wenn Menschen verschwinden, nimmt sich die Polizei der Sache an; zumindest wenn der Verdacht einer Straftat oder Suizidalität besteht, wenn sich eine Person wegen einer Krankheit in einer hilflosen Lage befindet (alt, Medikamente usw.) oder wenn es sich um Minderjährige handelt. Alle anderen gelten als verschollen. Der Mensch hat das Recht zu verschwinden. Doch wer verschwinden will, hat es nicht leicht. Täglich werden rund 250 Menschen in Deutschland als vermisst gemeldet. Die Hälfte wird binnen einer Woche wiedergefunden, 80 Prozent binnen eines Monats, 97 Prozent innerhalb eines Jahres. Sagt die Statistik.

Von Kirsten steht da nichts.

Wenn Kinder verschwinden, dann gibt es eine Vermisstenmeldung. Eine Notiz in der Zeitung, auf Internetseiten, in den sozialen Medien, hundertfach geteilt. Handzettel kopiert niemand mehr. Damals gab es sie, hektisch von Kirstens Eltern am heimischen Computer ausgedruckt, mit Tesafilm an Bäume und Stromkästen geklebt: Kirsten in ihrer Bluse und mit geflochtenen Zöpfen.

Am Tag 1 blieb der Platz neben Ines leer. Ein freier Stuhl, keine Krankmeldung, eine ratlose Klassenlehrerin. 24 Stunden waren seit dem Anruf bei der Polizei verstrichen, daher in der letzten Nachmittagsstunde die Ansprache des Schulleiters vor der Klasse. Ines, die sich zu Michael umdrehte, der mit den Schultern zuckte, den Kopf schüttelte.

Vor dem Fenster summte der Frühling, in dem Klassenraum war es stickig. Ein Wetter, das Frühpubertäre verunsichert. Manche in kurzer Hose und dickem Kapuzenpullover. Andere mit nackten Füßen in Sandalen. Sie litten noch unter den Nachwehen des Schulfests, über das niemand mehr sprechen wollte. Die Farbe im Treppenhaus roch noch frisch.

»Vielleicht wundert ihr euch.« Der Schulleiter, ein Altphilologe mit römischer Nase, der es progressiv und höchst amüsant fand, im Lateinunterricht Asterix übersetzen zu lassen. Aus der Zeit gefallen, hoffnungslos verloren, aber harmlos und milde.

Dann sagte er es. Kirsten sei verschwunden, das sei kein Streich und gar nicht lustig, wer also etwas wisse, der solle dem Spuk bitte ein Ende bereiten, die Eltern seien sehr in Sorge, und dazu ein Blick unter buschigen, ergrauten Augenbrauen, der erst Ines, dann Michael traf, der aber wieder nur mit den Schultern zuckte und den Kopf schüttelte. Ines, die sagte: »Ich weiß nichts.« Erst zum Schulleiter, dann, noch einmal im Vertrauen, zu der Klassenlehrerin, später zu der Polizei. Ich weiß nichts. Und zu Michael und den Mitschülern: »Ich weiß nichts.« Das leere Gefühl im Kopf, das große Loch im Bauch, die beste Freundin, das andere Ich war fort. Sie selbst: zurückgelassen, halbiert und mit leeren Händen. Der Boden unter den Füßen: weich, wellenschlagend, unzuverlässig.

Ich weiß nichts.

Ein Gefühl von Verrat, das sich breitmachte, hilflose Blicke durch den Flur mit dem krisseligen Teppichboden, der die Schüler elektrisch auflud. Eine bleiche Sandra, ein erschöpfter Michael und von Weitem Jonas' Rucksack, an dem der Tennisball wippte. Plötzlicher Schwindel, Krankenhausseriensätze: »Ich fühle mich nicht gut. Ich glaube, ich muss mich setzen.« Das Krankenzimmer der Schule, ein Glas Wasser und eine Aspirin in der Annahme, dass Aspirin immer helfe. Ihre Mutter, die den Raum betrat, »Schätzchen«. Und nicht mehr. Ihre Mutter, eine korpulente Frau mit altbackener Frisur, die vormittags als Sprechstundenhilfe bei einem Hausarzt arbeitete, um etwas *dazuzuverdienen*. Hauptverdiener war der Papa, der als Fertigungsplaner in einem Metallwerk arbeitete, in dem der große Cousin bereits ein Praktikum absolviert hatte, während Ines immer noch nicht wusste, was ihr Vater dort genau machte, sich aber auch nicht dafür interessierte.

»Schätzchen.«

Eine weiße, weiche Hand mit rot lackierten Fingernägeln legte sich auf die Mädchenhand, eine große Muschel, die sich schützend schloss. Und Ines ließ sie. Blickte hinab auf das ungewohnte Bild. Ihre Hand, die unter der ihrer Mutter verschwand, nur das Freundschaftsarmband war noch zu sehen, geknüpft in Blau und Braun und Grün, geknüpft von Kirsten aus Langeweile im Religionsunterricht, heimlich unter der Bank. Ines trug es, bis es irgendwann, vom Duschen und Schwimmen und Schwitzen und Leben dünn geworden, zerriss und im Müll landete.

II

Nach drei Tagen war die Suche der Polizei beendet. Doch Ines' Suche dauerte an.

Kirsten sei gefunden worden, *wohlbehalten* wiederaufgetaucht, hieß es, doch Ines wollte die Meldung in der Zeitung nicht lesen. Kirsten kehrte nicht zurück an die Schule.

Sie versuchte, Kirsten anzurufen, doch niemand ging ans Telefon. Sie klingelte an der Tür. Niemand zu Hause? Sie setzte sich auf den Spielplatz in der Nähe von Kirstens Haus, legte sich auf die Lauer. Doch das Haus schien verlassen. Die Vorhänge waren zugezogen, nichts tat sich.

»Meine Mama sagt, die Neumanns sind verreist«, sagte Michael. »Kirsten soll wohl aufs Internat. Irgendwie so. Das hat jedenfalls so eine Tante aus ihrem Bücherclub erzählt, die Kirstens Mutter kennt.« Kein Wort darüber, wo Kirsten drei Tage lang gesteckt hatte, warum sie überhaupt fortgelaufen und nicht in die Klasse zurückgekommen war.

Es gab noch keine Handys, niemand hatte E-Mail. Es blieben nur Festnetzanrufe und das Warten auf dem Spielplatz. Nach ein paar Wochen brannte wieder Licht in dem Haus. Kirstens Mutter trug Einkäufe hinein, die Haushälterin öffnete die Fenster zum Lüften, brachte den Müll raus, stellte der Katze den Futternapf hin.

Ein einziges Mal hat Kirstens Mutter das Wort an Ines gerichtet. Ines saß zusammengesunken auf der Schaukel und sah, wie sie mit gerümpfter Nase, zusammengepresstem Mund und entschlossenen Schritten auf sie zukam. Ganz so als gäbe es da etwas Unappetitliches, das sie schnell hinter sich bringen wollte. Kirstens Mutter war eine beeindruckende Erscheinung. Die Haut gebräunt, die Haare blondiert, an den Ohren dicke Weißgoldklipse. Sie trug eine gebügelte Bluse, die farblich auf ihre Mokassins abgestimmt war. Eleganz, Sauberkeit, Stil. So anders als Ines' Mutter. Dass Kirstens Mutter keinem Beruf nachging, war ihr damals nicht bewusst. Die Mokassins wogen schwerer als die Arbeitsstunden ihrer eigenen Mutter.

»Dich möchte ich hier nicht mehr sehen.«

Noch ein, zwei Mal wagte sich Ines bis zum Spielplatz vor, dann ließ sie es bleiben. Saß stattdessen allein auf dem zerblitzten Baum, auf dem linken Ast, während der rechte leer blieb. Sie schrieb Kirsten Briefe, wusste jedoch nicht, wohin sie diese schicken sollte. Einen schickte sie ans weiß gestrichene Haus, doch nichts geschah.

Wieso war Kirsten verschwunden?

Natürlich hat Ines sich gefragt, was ihrer Freundin geschehen war. Alle redeten darüber. Als sie drei Tage lang nicht *wohlbehalten* war, schienen viele von Unaussprechlichem auszugehen. Unaussprechliches, das sie doch aussprachen. Die Mitschüler, aber auch ihre Eltern, bewiesen eine eindrucksvolle Vorstellungskraft: Kirsten, auf dem Schulweg abgefangen, gefangen gehalten in einem geheimen Verlies, auf alle erdenklichen Weisen missbraucht und misshandelt, einer Gehirnwäsche unterzogen, sich nicht erinnernd an Freunde und Verwandte, an ihre Herkunft und ihren richtigen Namen. Oder: Kirsten, abgefangen, vergewaltigt und ermordet. Liegen gelassen mit kalter Haut und starrem Blick mitten im Wald. Versunken im See, versunken im Meer, aufgefressen von Würmern, unauffindbar. Oder: Kirsten, abgefangen und verkauft an irgendeinen Perversen, der im Keller rasierte Orang-Utans an Ketten als Gespielinnen und im Wohnzimmer Wölfe als Schoßhunde hielt.

Ines erschienen selbst die nüchternsten Gewaltvorstellungen im Zusammenhang mit Kirsten undenkbar. Kirsten war selbstbewusst und stark, schnell und einfallsreich. Nein, Kirsten war kein Opfer, sie war nicht geflüchtet, sondern aus eigenen Stücken abgehauen. Abgehauen, um etwas zu erleben. Irgendetwas Großes, Fantastisches, Exklusives.

Ines sah Kirsten auf einer Insel, umgeben von exotischen Pflanzen, Farnen und Hibiskusblüten. Sah wild lebende Pfauen, die an ihr vorbeizogen, und rote Aras in den Bäumen sitzen, am Himmel eine runde Sonne, orangefarben wie Eidotter. Sie sah es so deutlich vor sich, dass sie in ihrem jugendlichen Größenwahn meinte, über telepathische Kräfte zu verfügen und so in ständiger Verbindung mit der Freundin zu stehen. Dann erkannte sie, dass sich Motive aus dem Kunstunterricht in ihre Fantasie geschlichen hatten, dass es da kein Band zu Kirsten gab, dass ihre Freundin einfach verschwunden war und nichts hinterlassen hatte, keinen Abschiedsbrief, kein geheimes Zeichen. Dass sie Ines einfach zurückgelassen hatte, anstatt sie mitzunehmen.

Die Freundin, in deren Schatten sie gestanden hatte, war fort und würde nicht zurückkehren an ihre Schule. Doch anstatt plötzlich im Licht zu stehen, war es Nacht geworden um Ines. Kirsten hingegen wuchs und wuchs, war übermächtig, allgegenwärtig. Sie war nicht mehr Ines' beste Freundin, sie gehörte auf einmal der ganzen Schule, der ganzen Stadt. Eine Legende, ein Phantom. Getuschel und Gewisper und Gerüchte und Theorien. Wenn Ines den Raum betrat, verstummten die Gespräche. Große hohle Augen, auf sie gerichtet. Die, auf die man Rücksicht nehmen musste. Betretenes Schweigen, Bodenblicke. Möge sie doch schnell weitergehen, damit man die Gespräche fortsetzen konnte.

Sie waren damals in der neunten Klasse, das war doch gar nichts. Ein bisschen mehr als Halbzeit, Grundschule zählte ja nicht richtig. Vier Jahre ohne Kirsten bis zum Abitur. Vier Jahre, eins davon in Frankreich als Gastschülerin auf dem Lycée, drei am Droste-Hülshoff-Gymnasium, Einladungen zu Geburtstagsfeiern, zu denen jeder eingeladen wurde und sie eben auch, aus Mitleid. Alleine inlineskaten, ehe man dafür zu alt wurde. Die erste Beziehung, nicht aus Liebe, sondern aus dem Gefühl heraus, dass es jetzt mal sein musste, doch keine Kirsten, mit der man sie hätte zelebrieren oder ausdiskutieren können. Küsse, die nach Apfelkorn schmeckten. Sie und der Junge, einer aus der Parallelklasse, auf dem Orientteppich ihrer Eltern mit dem Schallplattenspieler ihrer Eltern. »Bei Schallplatten sieht man richtig, wie die Musik entsteht«, sagte sie, kurz bevor er seine Hand unter ihren Pulli schob. Rumgefummel im Kinderzimmer. Red Bull, schwarze Haartönung und gefühlsechte Kondome aus dem dm. Nach drei Monaten dann Schluss, und drei Monate galten schon als lang. Er sah sich anderweitig um, sie ebenfalls, die Zahnräder im überschaubaren Schuluhrwerk drehten sich um eine Zacke weiter, und es bedeutete nicht viel, wer ging und wer kam. Eine andere Haut, ein anderer Geschmack, nur Kirsten, die spielte nicht mit, und irgendwann – wann? – fragte niemand mehr nach ihr, war sie vergessen, nur noch ein Gespenst, an das sich noch ein, zwei Schuljahre später, als sich alle nur noch um die eigenen Genitalien drehten, niemand mehr zu erinnern schien.

Jahrelang sprach Ines nicht über Kirsten. Wollte nichts über sie hören, verließ den Raum, wenn doch einmal der Name fiel. Aber als sie sich in Martin verliebte, als er sie einlud zu Wein und mehr, erzählte sie ihm von ihr, und er stellte viele Fragen, sodass Ines irgendwann lachte und sagte: »Interessierst du dich für mich oder für meine verschwundene Freundin?« Dann fuhr sie sich mit den Fingern durchs Haar, leerte ihr Glas und fragte: »Habe ich dir eigentlich schon einmal erzählt, wie ich eines Tages aus dem Fenster gefallen bin? Einfach so aus einer Laune heraus?«

12

Marie sitzt in der Badewanne und singt.

Fünf kleine Fische, die schwammen im Meer.
Da sagt der eine: Ich mag nicht mehr.
Ich wär' viel lieber in einem kleinen Teich
Denn hier gibt es Haie, und die fressen mich gleich.

Bald wird das Wasser zu kalt sein, bald müssen sie Marie stören. Müssen ihr die Haare waschen, und Marie wird sich wehren und brüllen und nach ihnen schlagen und sie beschimpfen, und dann wird Ines ihr drohen »wenn … dann«, und Marie wird klagen, dass ihr das Shampoo in den Augen brennt und dass das Wasser zu heiß ist oder zu kalt und dass sie generell noch gar nicht rauswill aus der Badewanne und dass ihr der Föhn die Haut verbrennt und dass sie diesen Pullover nicht anziehen will und auch nicht diese Hose und dass sich die Unterhose zusammenrollt, wenn sie versucht, sie über den Po zu ziehen, und dass die Haarbürste ziept, dass sie ihr alle Haare ausreißt und dass sie noch heute Abend ausziehen wird, echt jetzt.

Aber noch sitzt Marie in der Badewanne und singt, und Ines steht am Küchenfenster und blickt auf die Straße und die vorbeifahrenden Autos, die bereits ihre Scheinwerfer eingeschaltet haben, und hat das dringende Gefühl, etwas tun zu müssen, um die Dinge, um irgendwas voranzubringen, sie weiß nur nicht, was.

Direkt vor der Haustür ihres sogenannten Mehrfamilienhauses befindet sich eine Bushaltestelle, und als Marie noch kleiner und leichter war, stellte Ines sie öfters auf das Fenstersims, damit sie sehen konnte, wie Menschen in den Bus einstiegen und aus ihm ausstiegen, wie Papa am frühen Abend ausstieg, wenn er einmal nicht das Rad genommen hatte, weil es zu kalt war oder zu nass. Sie mussten dafür durch die Zweige einer hohen Fichte hindurchlinsen.

Der Baum steht auf dem schmalen Grünstreifen vor dem Haus. Zwei Tauben nisten darin und lassen sich nicht vertreiben, Ines und Martin versuchen es auch gar nicht mehr, da Marie sie mag.

Die Fichte sorgt dafür, dass es in der Küche nie richtig hell wird, und bei der Eigentümerversammlung ist der Baum ein ewiger Streitpunkt. Licht oder Schatten, freier Blick oder Blickschutz? Die Vermieter werden sich nicht einig, den meisten Mietern ist es egal.

Martin kommt aus seinem allabendlichen Zufluchtsort, dem Arbeitszimmer.

»Und? Nimmst du Marie mit?«, fragt er, während ihre Gedanken zurückkehren in den Kunstunterricht, in Rousseaus Urwaldwelt abdriften, diese geordnete Exotik, in der jedes Blatt einen festen Platz hat. So hat sich der Zöllner die Wildnis vorgestellt. Gesehen hat er sie nie. Ines sieht die Nackte auf einem Sofa liegen, hinter ihr eine schwarze Frau, die Flöte spielt und die nicht ihre Dienerin sein soll, sondern ihre Freundin, gleichberechtigt in jeder Hinsicht, sonst könnte Ines den Traum nicht ertragen. Das Wetter schwül und feucht, die wilden Tiere nah, Löwen und Schlangen und Paradiesvögel, ein friedliches Miteinander-Nebeneinander, der Mond eine silberne Scheibe, rund, wie von einem Zirkel gezogen, und es gibt nichts zu tun, die Welt ist perfekt, es reicht vollkommen, Flöte zu spielen oder der Musik zu lauschen.

»Ines?«

Sie blinzelt. Autos, Scheinwerfer, Bushaltestelle. Martin aus dem Arbeitszimmer. Zwei ausgeflogene Tauben, ein leeres Nest.

Er legt ihr eine Hand auf die Schulter. »Ist alles in Ordnung mit dir? Seit die Einladung zum Klassentreffen gekommen ist, bist du …«

Ja wie denn? Was denn?

»… so abwesend, irgendwie zerstreut. Gibt es etwas, das ich wissen sollte?«

Nein, was denn?

»Wirst du hinfahren?«

Sie hat die Einladungskarte mit einer Magnetananas am Kühlschrank festgepinnt. So jung kommen wir nicht mehr zusammen. Daneben Einkaufszettel, alte Postkarten, abgerissene Theaterkarten.

»Woher haben wir diese Ananas?«, fragt Ines gedankenverloren.

Früher, wenn Ines von den langweiligen Wanderurlauben mit ihren Eltern und ihrer Schwester heimkehrte, stürzte sie sich direkt nach der Ankunft auf den Stapel mit der Post, den die Nachbarn neben einem kleinen traditionellen Willkommen-zurück-Obstkörbchen auf den Wohnzimmertisch gelegt hatten. Sie suchte die Karte von Kirsten. Kirsten, die in ihren Ferien an fernen Orten die verrücktesten Dinge erlebte. Und einmal war eine Karte dabei –

»Ines?«

Sie erinnert sich nicht mehr an das Motiv und auch nicht den Ort, an dem Kirsten ihren Urlaub verbracht hatte. Aber sie weiß noch, dass sie sehr vergnüglich schrieb, in diesem überdreht-charmanten Christine-Nöstlinger-Tonfall, ein bisschen Gretchen Sackmeier, und dass sie ein PS unter die Karte gesetzt hatte: »Willst du meine beste Freundin sein?«

Wie sie sich gefreut hat. Geadelt hat sie sich gefühlt, euphorisch wie nach einem gewonnenen Wettlauf. Kirsten war das schönste Mädchen in der Stufe, das schönste, witzigste und klügste, das stand für Ines fest. Kirsten war beliebt, furchtbar beliebt. Die anderen Mädchen würden sie dafür hassen, von Kirsten auserwählt worden zu sein, das wusste Ines in dem Moment, in dem sie die Karte in den Händen hielt, aber wie hätte sie zu Kirsten »nein« sagen können? Es war unmöglich, ihrem Cowboylächeln ein Nein entgegenzuschleudern, und Ines' Herz drohte zu platzen bei der Aussicht auf diese besondere, einzigartige Freundschaft.

»Ines? Fährst du denn nun?«

Sie nickt und seufzt.

Natürlich wird sie hinfahren. Egal, wie viele Jahre vergangen sind. Allein der Gedanke, dass Kirsten womöglich auch eingeladen sein könnte. Auch wenn sie nicht mit ihnen zusammen Abitur gemacht hat.

Ines schluckt und sieht Martin an. Sieht ihn lange an. Er hält dem Blick stand. Die Mimik bleibt gleichgültig, gelassen, unaufgeregt. Jahrelange Übung.

»Und Marie nimmst du mit?«

Das Kind, das sie sich so gewünscht hatten, Wunschkind und geliebt und allgegenwärtig. Kaum liegt es im Bett, kaum lässt es den Eltern Zeit zum Luftholen, sehen sie sich Fotos von Marie auf dem Smartphone an, sagen Sätze wie »Aber sie ist schon niedlich«, beginnen Sätze wie »Heute ist mir aufgefallen« oder »Hast du gemerkt, dass«.

Nimmst du es mit, das geliebte Wunschkind, damit ich wieder ich selbst sein kann? Verantwortungslos und um mich selbst kreisend? Wenigstens für ein, zwei Tage?

»Ja, ich nehme sie mit. Meine Eltern sehen sie so selten.«

»Das Wasser wird kalt«, sagt er. Ines atmet schwer aus.

»Du oder ich? Wer holt sie raus?«

Er lächelt, zieht sie zu sich heran und legt die Arme um sie. Küsst sie auf das Haar. »Wir beide«, sagt er.

13

Der Sommer rutscht endgültig in den Herbst. Eine Zeit, bestimmt von Erinnerungen an Kirsten. Immer wieder hat Ines daran gedacht, ihre Reisepläne über den Haufen zu werfen und einfach alles abzusagen. Die letzten Tage ist sie jeden Morgen mit Kopfschmerzen aufgewacht, der Griff zur Aspirin ist zur Routine geworden. Beim Frühstück denkt sie an Frühstück mit Kirsten. Bei ihr zu Hause oder auf Klassenfahrten. Beim Anblick von Kindern mit Tornistern auf dem Weg zur Schule erinnert sie sich an ihren Lederschulranzen, der in der fünften Klasse ihren scheußlichen Scout ersetzt hatte. Sie hat den Ledergeruch in der Nase, sieht sich im Unterricht verträumt mit einem Kuli über die raue Innenfläche fahren. Sieht Kirsten, die ihren Namen an die Seite malte. Sieht sich erst eine Holztigerente an der seitlichen Lasche festknoten und dann doch wieder entknoten, da zu albern.

Wenn ihr frühmorgens der Schädel dröhnt, wenn ihre Finger im Dunkeln nach den Tabletten suchen, sie finden, und sie auf die Wirkung wartet, wenn Martin neben ihr gleichmäßig atmet und von alldem nichts bemerkt, dann denkt Ines an Kirsten und an die Liebe.

Neben Hass auf die Welt war Liebe das beherrschende Thema. Wie gerne hätten sie geliebt! Für Ines gab es nur Jonas. Nur er entsprach ihren Vorstellungen, löste schweres Herzklopfen und ständigen Harndrang bei ihr aus. Doch wenn sie es einmal in die Raucherecke schafften, wenn sie plötzlich vor ihm standen, wenn er tatsächlich mit ihnen sprach, dann sah Jonas nur Kirstens schiefes Cowboylächeln. Und Kirsten, die zuckte mit den Schultern. Einmal, am zerblitzten Baum, sagte sie, dass sie sich nicht festlegen wolle. Vielleicht liebe sie Männer, vielleicht liebe sie Frauen, am Ende liebe man doch Menschen, nicht wahr? Das hat sie gesagt und ihren Zimtkaugummi gekaut und auf Ines' Reaktion gewartet. Doch Ines begriff nichts.

Sie wusste, dass Kirsten schlaksige intellektuelle Typen in Trainingsjacken gut fand. Damon Albarn oder Dirk von Lowtzow. Sie mochte aber auch diese Schranktypen, diese furchtbar männlichen Männer. Brad Pitt oder Tom Cruise mit ihren glatten Gesichtern. Männer, die Ines auf der Leinwand langweilten. So wie jegliche Form von Actionfilmen sie langweilte. Und so sehr Ines auch Jonas' offen zur Schau getragene Verletzlichkeit und das Kaputte an Kurt Cobain mochte – am liebsten war sie doch mit Kirsten zusammen, saß mit ihr im Schneidersitz im Kinderzimmer oder auf dem Orientteppich im Wohnzimmer und sah der Musik bei der Arbeit zu.

Wann haben Sitzgelegenheiten unser Zusammensein zerstört?

Als sie Kinder waren, Jugendliche, Studenten, brauchte niemand Sitzgelegenheiten. Man setzte sich einfach hin, überall. Auf den Boden im Kinderzimmer, Jugendzimmer, Studentenzimmer. Stäbchenparkett, Vinyl, Teppich, vollkommen egal. Ines hat auf Wiesen, Bordsteinkanten, Steinen am Fluss gesessen. Hat sich nicht gekümmert um Grasflecken oder ihre Nieren. Sie besaß kein Sofa, keinen Sessel. Sie hatte einen Schreibtischstuhl und ein Bett, auf das sich Besucher jedoch ungern setzten, da zu intim. Und war es nicht viel schöner, auf einem Orientteppich zu liegen?

Das Dröhnen im Schädel ebbt ab. Ines lässt sich vom Bett gleiten, setzt sich auf das Ikea-Schaffell, blickt von unten zum Fenster empor. Das Zimmer sieht aus dieser Position so anders aus. Sie bleibt sitzen, während das Licht angeht und die Dusche rauscht und Teller klappern und Marie reinkommt und wieder rausgeht.

»Hast du deinen Ausweis eingepackt? Wir müssen mal so langsam.« Martin lehnt an der Tür. Marie steht im Bad und putzt ihre Zähne. Gleich wird er zu ihr gehen und noch einmal nachputzen. Ines lächelt ihn an und nickt.

Wenn sie Kirsten erklären müsste, was sie an Martin liebt, würde sie vielleicht sagen: »Seine Häuslichkeit.«

Es wäre nicht abfällig gemeint. Sie braucht einen Martin. Ohne einen Martin ist dieser Lebensabschnitt nicht vorstellbar. Sie braucht einen Mann, der an Impftermine denkt und Vorleseausdauer besitzt. Der sich nicht bis in den späten Abend im Büro versteckt, sondern auf Spielplätzen tobt und die Namen der Erzieherinnen und Gruppenkinder kennt. Sie braucht einen Mann, der nicht zu verrückt, zu wild, zu selbstverliebt ist. Für den sie sich nicht zu viel Mühe geben muss, sondern tagelang ungeschminkt in derselben alten Fleecejacke herumlaufen kann. Einen Mann, der nicht New York erwartet, Australien oder womöglich Mailand, sondern zufrieden ist mit Sandburgen an der Ostsee. Sie liebt Martin, auch wenn sich die Liebe lauwarm anfühlt wie ein Tee, der schon etwas zu lange ungetrunken auf dem Tisch gestanden hat. So ist es von Anfang an gewesen. Die Liebe zu Martin war kein Feuerwerk wie ihre Jugendlieben. Sie hat ihn auf Philipps Geburtstagsfeier kennengelernt. Wie alt war sie damals? 23? 24? So klein erscheinen ihr heute diese Zahlen, gleichzeitig hat sie nicht das Gefühl, sich seither groß verändert zu haben. Sie saß auf einem Ikea-Ausklappsofa, als sich Martin neben sie setzte, im Hintergrund liefen die Strokes, und die laufen auch heute noch, wenn sie Auto fahren. Sie hatten getrunken, waren aber noch nicht betrunken, und kurz bevor sie es dann doch waren, hatte Martin zu ihr gesagt: »Ich werde jetzt nicht versuchen, dich zu küssen. Ich will dich nämlich unbedingt wiedersehen. Aber glaub mir: Es fällt mir verdammt schwer.«

Ines steht auf und hievt den Koffer vom Bett. Ehebett, Elternbett. Vor sieben Jahren sind sie in diese Wohnung gezogen. Nirgendwo sonst als in diesem Bett haben sie miteinander geschlafen. Nicht in der Küche, nicht auf dem Sofa, nicht auf dem Boden. Seit Marie da ist, haben sie eine Ausrede dafür. Und davor?

Martin ist nicht sehr groß. Im Stehen ist es schwierig mit ihm, ständig rutscht er aus ihr heraus. Und das Wohnzimmer? Von außen einsehbar. Müsste man erst sämtliche Vorhänge, und wo bliebe dann die Spontanität? Unter der Dusche? Wieder das Größenproblem. Irgendwie scheinen ihre Körper nicht gut ineinanderzupassen. Zumal Martin zu schmächtig ist, um Ines hochzuheben und gegen die Wand zu pressen. Ach, was sollen sie es unnötig kompliziert machen? Da steht ein Bett, es ist groß und gemütlich, warum sollen sie es nicht eben dort miteinander treiben?

Martin nimmt Ines den Koffer aus der Hand und küsst sie auf die Wange. So einer ist er nämlich. Liebe, Fürsorge und Zärtlichkeit. Das muss man dem Kind auch vorleben.

»Ein Königreich für deine Gedanken«, sagt er. »Wovon träumst du denn schon wieder?«

»Ach«, sagt Ines und lächelt. »Nichts. Lass uns fahren.«

14

Mit dem Zug brauchen sie fünf Stunden. Einmal quer durch Deutschland, von oben nach unten. Große Städte und volle Autobahnen, Fabriken mit rauchenden Schornsteinen. Verschiedene Dialekte, verschiedene Gerüche, alle halbe Stunde ein Halt, alle halbe Stunde eine Großstadt. Sie sitzen in einem Abteil, das Familien mit Kindern von den anderen Fahrgästen fernhalten soll. Der Zug ist voll, ein junges Paar mit kabellosen Kopfhörern sitzt auf dem Gang, blockiert die Toiletten, der Kaffeewagen kommt nicht durch, das Stimmengewirr dringt gedämpft durch die Glasscheibe ins Abteil.

»Wann sind wir da?«, fragt Marie bereits zum dritten Mal.

»Wir sind doch gerade erst losgefahren«, antwortet Ines. Sie hat es ausgerechnet. Die erste Stunde Genörgel, dann kommen die Brote, ein Gang zum Klo, ein Suchspiel (Windräder, Kühe, Flüsse, Brücken), Vorlesen, Bordbistro, wieder das Klo, Martin eine Sprachnachricht schicken, ein Buch vorlesen, das rosa Glitzerpferdemagazin, das sie im Bahnhof noch schnell gekauft hat, aus der Tasche ziehen und ausmalen und dann, wenn gar nichts mehr geht, rosa Schweine auf dem iPad.

»Möchtest du ein Hörspiel hören?«, fragt sie und hat Glück: Marie nickt. Pferdemädchen vom Handy. Eltern lernen dazu und laden vor Reisen noch schnell ein paar Folgen Bibi & Tina im heimischen WLAN herunter. Aus dem Rucksack kramt sie die iPhone-kompatiblen Kopfhörer. Aufgesessen, lang die Zügel. Und endlich Ruhe.

Was ist das nur für eine besondere Freundschaft zwischen Bibi und Tina? Wie gut kennen die beiden sich überhaupt? Vor lauter Abenteuerbestehen kommen die Mädchen doch gar nicht dazu, sich einmal richtig auszutauschen. Ständig lauern Gefahren, müssen Bösewichte besiegt und kranke Pferde geheilt werden. Bibi und Tina – plaudernd am Café-Tisch? Gespräche über die Welt, ihre Ängste und Träume? Nein. Bibi und Tina – eine Zweckgemeinschaft, ein zufälliges Zusammentreffen auf dem Martinshof. Hex, hex.

Wie schwer es sein muss, neben einer Freundin zu bestehen, die hexen kann.

Ines blickt aus dem Fenster. Nach den Städten kommt das Niemandsland. Fläche und Wiederkäuer.

Sie hätten die Rheinstrecke nehmen können. Der Fluss, die Berge, die Burgen. Aber Marie hat keine Augen für diese Schönheiten, das braucht noch ein paar Jahre, ihr geht es nicht um den Weg, sie sieht nur das Ziel, also nehmen sie die schnellste Route.

»Wann sind wir da?«, haben sie gefragt. Nicht, weil sie es wirklich wissen wollten oder die Ankunft kaum erwarten konnten. Sie fragten nur, um Schröder auf die Palme zu bringen. Der saß vorne, gleich hinter dem Busfahrer, neben ihm eine Referendarin, deren Name Ines nicht mehr einfällt. Aber sie weiß noch, dass sie schlank war und braune Locken hatte und dass die Jungs bei der Frage, mit welcher Lehrerin sie, wenn sie denn müssten, gerne ihren Namen nannten.

Wann sind wir da, mir ist schlecht, dürfen wir Musik hören, meine Flasche ist ausgelaufen, ich muss aufs Klo.

Für die Lehrer begann der Schrecken der Klassenfahrt mit der Abfahrt am Busbahnhof und endete mit der Rückgabe an die Eltern fünf Tage später. Knapp anderthalb Stunden brauchten sie mit dem Bus über die engen Schwarzwaldstraßen, die sich schlangenförmig um die Berge legten.

Ein bleiches Mädchen, das noch in der Mittelstufe goldene Pferdeohrringe und Plastikhaarreife trug und deren Name Ines ebenfalls entfallen ist, musste auf jeder Fahrt kotzen. Hin und zurück. In der Unterstufe und der Mittelstufe, als das Holzhaus in dem winzigen Örtchen im Südschwarzwald als Klassenfahrtsziel gesetzt war, stieg sie mit einer leeren Tüte ein und stieg mit einer gut gefüllten Tüte wieder aus.

Sie sollte ganz vorne beim Fahrer sitzen, weil es dort angeblich weniger schlimm war. Dass während der Fahrt niemand in ihrer Nähe sitzen wollte, war verständlich.

Hieß das Mädchen nicht Caroline? Hatte sie nicht sogar ein eigenes Pferd? Nannten die Jungs sie nicht Pferdegesicht? Sagten, dass sie nach Stall rieche? Und dann diese merkwürdige Mutter. So eine Fertige, die bei den Schulfesten teilnahmslos am Rand saß. Neun Jahre zusammen in einer Klasse, man sollte sich doch zumindest an die Vornamen erinnern.

Bei einer dieser Fahrten hat Ines mit Kirsten im hinteren Drittel des Busses gesessen. Nicht in der letzten Reihe, die hatten die Jungs blockiert, die ununterbrochen Nonsense redeten, Tüten aufbliesen und knallen ließen, Pombären fraßen und alles, was sie taten, laut taten.

In der hintersten Reihe saßen: Johannes, der sich Joey nannte, Patrick, Alex und Jochen. An diese Namen würde sich Ines immer erinnern. Und daran, wie sie versuchten, Kirstens Aufmerksamkeit auf sich zu lenken. Kirsten, die amüsiert lächelnd aus dem Fenster blickte, so tat, als gäbe es da etwas zu sehen, und nur leicht den Kopf schüttelte, als es von hinten »Kirsten, komm doch mal rüber« schallte. Schneekönigin Kirsten, die irgendwann ihren Walkman aus der Tasche zog und die Hörer aufsetzte, ganz so, als würde sie das Rückbankschauspiel gar nicht interessieren. Und neben ihr: Ines, die eine Kassette mit der Aufschrift Cranberries/Oasis hörte oder so tat, als würde sie lesen. Niemand rief ihren Namen. Höchstens in Kombination mit einem »Ines, kannst du Kirsten bitte ausrichten, dass …«

Die Jungs interessierten sich nicht für Ines. Sie war fast froh darüber. Einmal hatte es Jochen auf sie abgesehen. Er lehnte sich im Unterricht zu Ines und fragte: »Ines, stehst du eigentlich auf Frauen, oder warum hast du so kurze Haare?« Gegrinse, Gejohle. Sie muss zwölf oder dreizehn gewesen sein und wusste nicht, was sie sagen sollte. Denn zum einen war es ja nicht schlimm, auf Frauen zu stehen, das wollte sie unbedingt zum Ausdruck bringen, aber auf der anderen Seite hatte sie tatsächlich noch nie darüber nachgedacht. Sie war überhaupt noch nie ernsthaft verliebt gewesen. Ines schwieg, ihre Wangen glühten. »Meinst du etwa, das ist der Grund, warum sie sich nicht für dich interessiert, Jochen? Oh nein, glaub mir – da gibt es ganz andere Gründe«, mischte sich Kirsten ein und grinste. Joey lachte und gab Jochen einen Klaps auf den Hinterkopf. Damit war die Sache ausgestanden. Es hätte auch anders ausgehen können. Lesben-Ines bis in die Oberstufe. Und die Ungewissheit, ob das ein Schimpfwort sein sollte. Solche Namen blieben kleben wie Kaugummi an der Schuhsohle.

Danke!!!, schrieb Ines auf die Rückseite ihres Arbeitsblattes.

Kein Thema. Die Idioten! Wir zwei gehören doch zusammen. Und daneben malte Kirsten eine kleine Sonne.

???

Kirsten lächelte und schrieb in Großbuchstaben ihren Namen aufs Blatt. *K I R S T E N*. Unterstrich das I, das S, das E, das N. Grinste, als schon die Kreide nach ihnen flog. »Privatgespräche bitte einstellen oder den Rest der Klasse daran teilhaben lassen!« Biolehrer Soundso.

Fortan ignorierten die Jungs Ines weitestgehend. Sie war Bestandteil von Aufzählungen und Rankings, war halt eine von vielen, wurde entsprechend beäugt und bewertet. Sätze, die man nicht vergisst: Es muss in der sechsten oder siebten Klasse gewesen sein, als Joey zu Patrick sagte, dass Ines »ganz okay aussehe. Aber keine Titten«. Was genau genommen auf so ziemlich jedes Mädchen in dem Alter zutraf. Doch die Worte brannten sich ein, gesprochen auf dem Pausenhof von kleinen Jungs auf Waschbetonplatten, sie haften bis heute an ihr, die dürr und flachbrüstig geblieben ist. Bis heute gilt: ganz okay, aber keine Titten.

Einmal kurz die Augen schließen, Ines ist schwindelig. Der viele Kaffee, das Aspirin. Maries ständiges Beachtetwerdenwollen, ihre eigene ständige Unaufmerksamkeit. Ihre Gedanken schweifen ab.

Kirsten.

Wie kann es sein, dass mich heute noch trifft, was ein Joey in der Unterstufe über mich gesagt hat? Warum habe ich so viel vergessen – das aber nicht? Wir wissen doch beide, was für ein Idiot er war. Und doch stehe ich heute noch manchmal vor dem Spiegel und versuche, dem Rüpel von damals zu gefallen. Anstatt mir selbst gefallen zu wollen.

Warum kann ich Martin nicht glauben, wenn er mir sagt, ich sei schön? Weil wir Erwachsene sind. Und Erwachsene sind höflich. Heißt: Erwachsene lügen. Sie sehen mich an und denken, was Joey dachte: keine Titten. Doch selbst wenn sie das denken – seit wann definiere ich mich denn über meine Oberweite?

Kirsten, komm bitte her und schüttel mich! Rück mir den

Kopf zurecht! Ich sollte so viel weiter sein. Doch irgendwo in der Mittelstufe hänge ich fest.

Ines öffnet wieder die Augen. Die Landschaft verändert sich. Erste Berge, die Spitzen wolkenumhangen. Bald kommen Weinreben.

Das Schullandheim stand in einem kleinen Schwarzwalddorf und war mit dunklem Holz verkleidet, das Dach mit Schiefer gedeckt. Sargförmige Stockbetten, zu viert, zu sechst auf einem Zimmer. Spaghetti Bolo, Pizzatag, Dampfnudeln mit Vanillesoße. Gesüßter Tee zum Frühstück. Die Mädchen ein Hühnerhaufen. Kirsten die Oberhenne, um die sie alle buhlten und die sich bemühte, allen gerecht zu werden. Beim Rundlauf um die Tischtennisplatte, beim Bravo-Lesen auf der Wiese, bei diesem furchtbar albernen Beauty-Nachmittag, an dem sie sich irgendeine Weizenkleie-Tinktur ins Gesicht geschmiert und ihre Wangen mit Gurkenscheiben belegt hatten. Gegen Falten, Pickel, was auch immer. Und Kirsten fröhlich mittendrin, umgarnt von den Klassenkameradinnen, und Ines, der alles auf die Nerven ging und die sich dennoch Sätze sagen hörte wie »boah, wie das klebt«, »stinkt aber ganz schön«, »na ja, wenn's hilft«. Dabei wusste Ines, dass sie jederzeit gehen konnte, ohne dass es jemand bedauern, ja, überhaupt jemand bemerken würde. Dass sie mit dabei sein durfte, verdankte sie allein Kirsten. Sie war dabei, von Kirstens Gnaden. Und sie hasste es, dass Kirsten es nicht hasste. Das Bravo-Gesabbel, die Weizenkleie, den Rundlauf, die Hysterie. Den ewigen Mangel an Ernsthaftigkeit. Das ewige Gekicher und Geschwätz. Irgendwann hatten sie dann eine Nachtwanderung gemacht.

»Mama?« Ein Ziehen am Ärmel. »Mama, kann ich was essen?«

Maries braune Augen, der kleine Mund, die weiche, glatte Haut. Ines lächelt, küsst sie auf das Haar, auf die Stirn, zieht sie an sich. Wie gut sie riecht.

»Klar kannst du.«

Klassenfahrten ohne Kirsten. Die Französisch-Leistungs-kursfahrt nach Paris. Rotwein direkt aus der Flasche vor No-tre-Dame. Die Abschlussfahrt nach Prag. Becherovka aus Plastikbechern und billige Zigaretten. Patrick, der das Klo vollkotzte, Verdacht auf Alkoholvergiftung, aber am Ende ging es doch ohne Krankenhaus.

»Mama, hörst du?«

»Natürlich«, sagt Ines und packt Plastikdosen aus. Gur-ken und Möhren und Äpfel. Stilles Wasser, Vollkornbrot mit Leberwurst, Bananen, Weintrauben. Die Mengen, die Marie verdrückt, sind beeindruckend.

»Sie wird bestimmt mal fett«, hat Ines zu Martin gesagt.

»Geht nicht, sie hat doch deine Gene«, hat er geantwortet und die Hände auf ihre knochigen Hüften gelegt.

»Aber deine hat sie auch.« Sie grinste, und er fand es lustig.

»Haben wir nichts Süßes dabei?« Sorgenvoll zusammen-gezogene Kinderaugenbrauen.

»Bei Oma gibt es genug Süßkram.«

Vollkornbrotkauend: »Wann sind wir da?«

15

Noch drei Monate bis Weihnachten, noch fünf bis zu Maries Geburtstag, dennoch gibt es Geschenke, die sich stapeln, Geschenke für das Enkelkind, das einzige Enkelkind bislang. Die ältere Tochter knapp vierzig und unverheiratet, die jüngere mit einem Kind, das bereits so alt ist, ja fast schon ein Schulkind, dass es schwer sein wird, mit einem jüngeren Geschwisterchen noch *irgendetwas anfangen zu können.* Aber Helga und Manfred wollen sich nicht beklagen, sind doch alle *gesund und munter,* überhaupt: *Gesundheit ist doch, kann man gar nicht oft genug sagen.* Und wenn das einzige Enkelchen schon so weit weg wohne, dann werde man es doch etwas *verwöhnen* dürfen, das sei doch das *Vorrecht der Großeltern.* Und wenn es für Ines ein Problem sei, das alles im Koffer zu verstauen, dann könne man das ja auch per Post hinterherschicken, null problemo, man sei ja hier nicht bei armen Leuten.

»Wisst ihr denn schon, was ihr für Pläne für Weihnachten habt?« Ihre Mutter, die, seit Ines denken kann, dieselbe Frisur und dieselbe Brille trägt, die ihr etwas Eulenhaftes verleihen. Sie sitzt auf dem Sofa, die Hände vor dem Bauch gefaltet, als müsste sie ihn festhalten, damit er ihr nicht entgleitet.

Im Alter gibt es nur Kuh oder Ziege.

Kuh.

Ihr Vater in einem buntgewürfelten Wollpullover mit V-Ausschnitt. Das spärliche Haar zur Seite gekämmt. Sahne auf den Apfelkuchen klatschend. Schön, dass ihr da seid.

»Keine Pläne. Wir werden einfach zu Hause sein. Wie jedes Jahr.«

Marie, die das Papier aufreißt. Im ersten Päckchen: Malstifte. Schnell zum zweiten. Papier, Karte, Anhänger, Band – alles nur Tand. Abgerissen, aufgerissen, zerfetzt.

»Rund um Weihnachten häufen sich bei mir auf der Arbeit die Veranstaltungen. Wisst ihr doch.«

Es ist ein Puzzle. Ein Puzzle! Was für eine Enttäuschung. Also das dritte.

»Hat Martin denn wenigstens frei?«

»Jaja, der hat frei. Muss er ja auch. Der Kindergarten ist geschlossen bis Anfang Januar. Wir müssen uns die Urlaubstage etwas einteilen. Daher wird er mit Marie zu Hause bleiben. So ist das halt, wenn beide Eltern arbeiten.«

Im dritten Päckchen endlich etwas Spannendes. Kristalle züchten. Die Schachtel funkelt und glitzert, ein wahrer Schatz. »Wie geht das?«, fragt Marie.

»Wer will noch Kaffee?«

»Wir wissen noch gar nicht, was wir Weihnachten machen werden. Von Anne haben wir noch nichts gehört.«

»Kann mir jemand vorlesen, wie das geht?«

Schön, dass ihr da seid.

»Ich glaube, sie hat jemanden kennengelernt, aber sie erzählt ja nie was.«

»Ich krieg das nicht auf.«

»Ich habe ewig nicht mit ihr telefoniert. Sind halt beide berufstätig. Und wenn Marie nachmittags zu Hause ist, kann ich eh nicht in Ruhe telefonieren.«

Schön, dass ihr da seid.

»Kann man das essen?«

»Hast du gesehen, dass wir den Baum im Garten gefällt haben? Jetzt haben wir mehr Licht.«

»Nein, ist mir noch nicht aufgefallen.«

»Wir überlegen, ihn in Scheiben zu sägen und Kunst daraus zu machen. Als Andenken. Vielleicht möchtest du ja auch eine Scheibe?«

»Was soll ich denn mit einer Holzscheibe?«

»Möchte noch jemand ein Stück Kuchen?«

»So ein Baum ist doch auch ein Stück Kindheitserinnerung.«

»Kann mir jetzt endlich jemand sagen, wie das geht?«

»Marie, brüll nicht so rum, wir unterhalten uns.«

»Mir ist lang-wei-lig.«

»Jeder Ring ein Jahr.«

»Du hast gerade zig Geschenke bekommen, wie kann dir da langweilig sein? Hast du überhaupt schon danke gesagt?«

»Hab ich.«

»Habe ich nicht gehört.«

»Du kannst dir die Scheiben ja mal anschauen. Die kann ich auch per Post schicken, wiegt ja doch was. Dann müsst ihr sie nicht im Zug mitschleppen.«

»Hört mir überhaupt jemand zu?«

»Marie, ich hab gesagt, du sollst nicht so rumbrüllen.«

Schön, dass ihr da seid.

16

Ines muss sich keine Mühe geben, Marie zu erklären, wie es in ihrer Kindheit bei Oma und Opa ausgesehen hat, denn alles ist noch da. Der Schallplattenspieler, der kinderarbeitsfreundliche Orientteppich, das Geschirr mit Hahn und Henne. Selbst die metallic grüne Haarspraydose und der schwarze Lippenstift, den sich Ines in einer pubertären Endzeitstimmung gekauft hat, stehen noch in dem kleinen Schränkchen im blaugekachelten Badezimmer. Die Kiefernholzmöbel im Wohnzimmer sind noch dieselben wie vor zwanzig Jahren, nur der alte Röhrenfernseher ist durch ein neues flaches und deutlich größeres Gerät ausgetauscht worden. Die Macken in den Fliesen und den Schränken tragen Namen: Anne und Ines, Ines und Anne. Mit dem Bobbycar, mit dem Tretroller. Der im Werkunterricht getöpferte Aschenbecher, der den Kinderhänden entglitt und erst sich selbst, dann die graue Bodenfliese zertrümmerte.

Zumindest der Blick vom Balkon hat sich gewandelt. Wo früher nur Wiesen und Äcker waren, die ein Traktor in zengartengleichen Schneisen durchkämmte, befindet sich nun eine Neubausiedlung. Lauter kleine weiße Kästchen, helle Perlen an einem Bindfaden. Spielstraße nennt sich das und wird auch als solche genutzt. Nachmittags riecht es dort nach gegrillten Würstchen, und das von April bis November.

In der Straße, in der Helga und Manfred wohnen, spielen keine Kinder mehr. Denn so wie sie selbst sind auch alle Nachbarn alt geworden. Zur selben Zeit gebaut, zur selben Zeit ergraut. Doch es stehe sicherlich bald ein *Generationen-*

wechsel an, sagt Helga. Viele seien nun auf der Suche nach *einem Altersdomizil,* einer *barrierefreien Wohnung* in der Innenstadt mit *guter Anbindung an den öffentlichen Nahverkehr und die Verbrauchermärkte.*

»Wenn du willst, kannst du in meinem alten Kinderzimmer schlafen«, sagt Ines zu Marie, die die Schüssel mit der geschlagenen Sahne ausschleckt. Marie nickt, und vielleicht klappt es ja.

Es sind noch drei Tage bis zum Klassentreffen. Drei Tage mit Großeltern, die wenig mehr mit einem kleinen Kind anzufangen wissen, als es zu füttern und zu beschenken. Ines blickt aus dem Fenster. Blauer Himmel, weiße Wolken. Wieso malen Kinder es immer andersherum? Vermutlich weil der Himmel zu groß ist und die Hände schmerzen von zu viel Blau.

Draußen tragen die Menschen T-Shirts, Sandalen, kurze Röcke. Süddeutschland tickt anders, die Freibäder haben noch bis Ende des Monats geöffnet, der Herbst ist noch nicht angekommen.

»Wollen wir morgen schwimmen gehen?«, fragt Ines. Begeisterung, Küsschen, Umarmung, beste Mama der Welt, hast du überhaupt Badezeug eingepackt, ja, habe ich, beste Mama der Welt. Badeanzug oder Bikini? Banger Blick, doch richtige Antwort: Bikini. Beste Mama der Welt. Jetzt aber ab ins Bett, damit du morgen auch fit bist und so weiter. Als ob jemals ein Kind zu müde fürs Freibad gewesen wäre.

Marie zieht ihren Schlafanzug an, Ines blickt auf ihr Handy. Zwei Anrufe in Abwesenheit: Martin.

»Fertig!« Marie kommt aus dem Badezimmer. Zahnpasta

klebt an ihren Lippen. Es ist der Großelterneffekt. Was zu Hause nur unter größtem Protest durchgezogen wird, klappt hier ohne Probleme. Damit Helga sagen kann: »Was habt ihr denn?« Ines lässt die Rollläden in ihrem ehemaligen Kinderzimmer, jetzt Abstellraum für alles Mögliche, herunter. Dennoch kriechen Sonnenstrahlen durch Ritzen links und rechts des Kunststoffs und verraten, dass die Nacht, wie Marie sie aus Bilderbüchern kennt, eine Nacht mit Mond und Sternen und heulenden Eulen, noch weit entfernt ist.

»Mamas altes Kinderbett!« Grinsend legt sich Marie auf die schmale Matratze. Ein zufrieden zappelnder Fisch unter Biberbettwäsche mit Löwenmuster. Viel zu warm für diese Jahreszeit, aber Marie wollte es so, und Ines ihre Ruhe.

»Mama, liest du mir noch was vor?«

»Es war einmal ein kleines Ei, das lag auf einem grünen Blatt.«

»Nein, nicht das! Ich will ein Märchen!«

»Die sind immer so grausam.«

»Gar nicht!«

Marie liebt Märchen. Aber nicht die mit dem süßen Brei oder dem hässlichen Entlein oder der Prinzessin auf der Erbse – nein, es müssen schon Füße abgehackt, Zwerge entzweigerissen und Königstöchter im Wald ausgesetzt werden, damit Maries Augen strahlen.

Ines hasst Märchen. Schöne Freunde sind sie, diese sieben Zwerge. Kaum wird man für tot gehalten, da geben sie einen dem nächstbesten dahergelaufenen Prinzen mit, der was – ja was? – mit einem anstellen mag. Und in Sonne, Mond und Thalia, Dornröschens Urversion, macht sich der König über die schlafende Thalia her, die – immer noch schlafend – zwei Kinder zur Welt bringt. Aber alles kein Ding; am Ende wird Hochzeit gefeiert.

»Kinder lernen durch Märchen Abstraktion«, sagt Martin, und da Ines müde ist, findet sie das an diesem Abend auch. Sie liest das Dornröschen aus dem »Märchenbuch für Kinder« vor, in dem zwar nicht vergewaltigt wird, dafür reichlich Blut fließt, ehe zwei Menschen heiraten, die sich im Grunde wildfremd sind, dafür vom selben Stand. Und sie lebten glücklich und zufrieden.

Noch ein Lied, noch ein Gutenachtkuss, noch einmal zudecken. Dann schnell raus aus dem Zimmer, ehe Marie sie davon abhalten kann, ehe ihr einfällt, dass sie Durst hat oder Pipi muss oder dass es im Zimmer zu hell oder zu dunkel, zu warm oder zu kalt ist. Schnell raus, und die paar Treppenstufen, runter ins Wohnzimmer, die Rolle tauschen. Aus der Mutter wird die Tochter, die sich gleich beklagen wird, inbrünstig beklagen wird über alles, was gerade schiefläuft oder anstrengend ist, woraufhin sie gute Ratschläge erhalten wird, die sie gar nicht will. Kein Rat, kein Tipp, kein »habt ihr schon einmal darüber nachgedacht«, denn egal, was es ist, sie wird nicht darüber nachdenken, weil es nun mal von ihrer Mutter kommt, an dieser Einstellung kann sich nichts ändern, auch nicht nach Jahrzehnten, denn es bleibt dabei: Mutter-Tochter, für immer. Aber beklagen will sich Ines schon. Denn auch das gehört dazu: Tochter-Mutter.

17

Ines dreht sich auf den Rücken. Über ihr flüstert eine Baumkrone, doch sie kann sie nicht verstehen, so sehr sie sich auch bemüht. Aus dem Flüstern wird ein Raunen. Ungeduldig reiben die Blätter aneinander, treiben wie ein Schwarm gleichförmig schwimmender Fische nach links und nach rechts, zeigen ihre hellere verletzliche Unterseite, beruhigen sich wieder, vielleicht geben sie auch auf, Ines will ja nicht hören.

Blatt werden und den Wind spüren. Irgendwann loslassen und davonfliegen. Ein ganzes Leben für einen einzigen Taumel. Jeden Moment auskosten, mehrmals um die eigene Achse, hoffen auf Aufwind, neuen Wind, noch einmal ein Stück nach oben, hoffen, dass es nur nicht zu schnell vorbei sein möge. Die Einsicht, dass es nicht geht, dass das hier keine Rutschbahn ist, die man noch mal, noch mal, noch mal erklimmen kann, dass der Rausch einmalig ist und am Ende der feuchte Boden wartet. Weiche Erde, Fußgetrappel, Tiergeraschel. Ein Ort, um zu sterben, zu vergehen, Fraß zu werden für Schnecken und Regenwürmer.

Marie spielt mit einem blonden Mädchen im Minnie-Maus-Badeanzug im knietiefen Kinderbecken. Die Luft riecht nach Chlor, Sonnencreme, Erde und Gras. Gänsehaut auf den Armen, auf den Beinen. Ines sollte sich abtrocknen, der Wind ist kühl, aber sie genießt das Gefühl, das Prickeln auf der Haut, den Beinen, hätte gerne etwas mehr davon, ein bisschen mehr Prickeln und Schaudern, doch es gibt keine Möglichkeit. Niemand ist hier.

Ab dem Sommer vor der sechsten Klasse gab es für Kirsten und Ines ein großes Thema, und das hieß Sex. Ines verrannte sich in die Vorstellung, niemals Sex haben zu werden, weil es ihr so unvorstellbar erschien, sich einem Jungen auf diese Weise zu nähern. Kirsten hatte eher die Sorge, nie jemanden zu finden, mit dem sie welchen haben wollte. Sie sahen Talkshows und Familien in der Innenstadt. Dicke Frauen in engen Hosen, Männer mit Halbglatze. Und links und rechts zwei Kinder mit Plastiksonnenbrillen und Disney-T-Shirts. »Siehste. Selbst die haben jemanden gefunden«, sagte Ines dann. »Aber schau dir doch mal an, wen«, entgegnete Kirsten.

Wenn Kirstens Vater mal wieder auf Geschäftsreise oder sonst wo war und ihre Mutter sich nicht scherte, übernachtete Ines bei Kirsten, und sie sahen sich Filme im Spätprogramm an. Filme mit Monstern und Aliens, die Menschen töteten. Und immer gab es eine Gruppe, die festsaß in einem Haus oder Labyrinth oder Raumschiff und der Reihe nach umgebracht wurde, bis nur noch eine Handvoll übrig blieb.

Für Ines und Kirsten war es klar, wer sterben sollte und wer nicht: Die Ungefickten sollten überleben. Was wäre es nur für ein sinnlos vergeudetes Leben, wenn es ohne diese eine gewaltige Erfahrung zu Ende ginge? Alte Leute, Eltern, junge Paare – jeder, der schon einmal Sex gehabt hatte, hatte alles erreicht, wofür es sich zu leben lohnte. Er oder sie konnte abtreten. Was sollte denn nach dem Sex noch kommen?

Einen Orgasmus malten sie sich, da sie wenig bis gar nichts über Drogen wussten, als größtmöglichen Rausch aus, als Sinnesexplosion und liebestolles Verschmelzen mit Himmlischem.

Ines lächelt. Der Ungefickt-Kodex. Jungfräulichkeit als Kriterium dafür, wer sterben sollte und wer nicht. Und am Ende ist Kirsten aus ihrem Leben verschwunden. Ungefickt.

Ines blickt an sich hinunter. Sieht, wie sich die schwarze Bikinihose über den Beckenknochen spannt. »Du isst zu wenig«, hat ihre Mutter gesagt. »Du wirst immer weniger. Schön ist das nicht. Das kannst du auch nicht wegschminken.« Zu wenig Fleisch an ihren Knochen. Zu viel Rot auf ihren Lippen.

Ines: Augen verdrehend, geräuschvoll ausatmend.

Helga, fortfahrend: »Deinen Kuchen hat Marie gegessen. Während du immer klappriger wirst, ist das Mädchen ganz schön propper, findest du nicht? Du solltest sie nicht im Bikini im Schwimmbad herumrennen lassen, sie macht sich doch lächerlich.«

Propper. Es ist nicht möglich, das Wort auszusprechen, ohne sein Gesicht zu einer Grimasse zu verziehen. Propper. Gegenangriff: Das verwächst sich noch, Babyspeck, die macht gerade einen Schuss, das ist nur eine Phase, lass Marie in Ruhe, ich will kein magersüchtiges Kind und so weiter und so fort. Und sie selbst? Bisschen viel Arbeit, bisschen wenig Schlaf. Was man halt so zu seinen Eltern sagt, wenn man zwischen 30 und 45 ist.

Der letzte Schuss ihrer Mutter: »Findest du das denn schön? Findet Martin das schön?«

Wenn es das ist, was zählt.

Ines versucht, ihren Oberschenkel mit den Händen zu umfassen. Es geht noch nicht.

»Was würde ich für deine Figur geben«, hat Anke mal zu

ihr gesagt. »Und für eine Mutter, die mich mästet. Meine motzt, dass ich immer fetter werde.«

Ines hat darauf nichts gesagt, weil es ihr egal ist. Die meisten werden gerade dick, na und?

Als sich Philipp, Anke, Martin und Ines im Studium kennenlernten, musste Anke für Hosen noch nicht in Geschäfte für Übergrößen, Philipp hatte noch volles Haar und Martin journalistischen Ehrgeiz. Und sie? Keine Titten.

Marie kann noch nicht schwimmen. Eine Pfütze reicht aus, um zu ertrinken. Ines sollte daher. Aber sie bleibt liegen. Winkt ihr einmal zu, sie hat ja alles im Blick. Die Mutter des blonden Mädchens setzt sich auf eine der Betonbänke am Beckenrand. Stein, der zarte Kinderhaut schnell aufschürft, dem Wasser jedoch nichts anhaben kann. Holz fault, Eisen rostet. Kinderhaut ist zäh. Wunden heilen schnell.

Marie plappert auf die fremde Frau ein, schenkt ihr, die sich um die Kinder kümmert, schnell Vertrauen, zeigt mit dem Finger auf Ines, die auf dem Handtuch liegt und noch einmal die Hand hebt, winkt, hallo!, auf dass die Fremde zurückwinkt, großzügig, bleiben Sie ruhig liegen, ich mach das hier schon, genießen Sie die Zeit für sich.

Vielleicht sollte Ines die Gelegenheit nutzen und ein paar Runden schwimmen. Richtige Bahnen, kein Geplansche im Nichtschwimmerbereich. Einmal tief abtauchen mit festen Zügen.

Doch Ines dreht sich auf den Bauch und schließt die Augen. Sie ist müde, sie will schlafen. Über ihr murmelnde Bäume.

Es ist das Freibad, in das sie schon als Schülerin gegangen

ist. Ab dem Gymnasium durfte sie es alleine besuchen. Nicht alleine. Mit Kirsten.

Am Kiosk kauften sie sich Colafläschchen, blaue Schlümpfe, Gummischlangen, damals noch für Pfennige. Wenn sie ein, zwei Mark mehr dabeihatten, Bum-Bum-Eis mit Kaugummistiel. Die Anspielung auf Boris Becker verstanden sie nicht. Ines schälte das Eis aus der klebrigen Verpackung, Wasser tropfte aus ihren Haaren. So stand sie neben dem Kiosk, die Hüfte zur Seite geschoben und streckte ihr die Zunge raus: »Schon rot? Richtig rot?«

Vom Weiten sahen sie den Jungs zu, die vom Einer, Dreier, Fünfer sprangen. Die Arschbomben machten, Saltos, die über Bauchplatscher lachten und so taten, als sei es ihnen egal, was die Mädchen dachten, ob sie überhaupt da waren oder nicht. Aber natürlich war es ihnen nicht egal.

Kirsten konnten sie mit ihren Kunststücken kaum beeindrucken. Mit schnellen Schritten huschte sie den Sprungturm hoch. Ein Meter, drei Meter waren nicht genug. Es mussten fünf sein. Und hätte es in dem Freibad einen Zehnmeterturm gegeben – Kirsten wäre von dort gesprungen. Mit Anlauf stürmte sie auf das Nichts zu, schien jeden Moment ihres Flugs zu genießen. Die Schwerelosigkeit, der freie Fall und anschließend das tiefe Blau, das sie verschlang. In keinem Becken des Schwimmbads sieht das Wasser schöner aus als im Springerbecken.

Ines und Kirsten wussten, dass es Michael viel bedeutete, wenn er sein Handtuch ausnahmsweise neben die Jungs legen durfte. Meistens lag er alleine unter einem Baum oder gesellte sich zu den beiden Freundinnen. Sie konnten nicht genau sagen, warum er es so schwer hatte in der Klasse. Michael fiel nicht auf. Er hatte den gleichen Eastpak wie alle anderen, an den Klamotten lag es auch nicht. Seine Noten waren gut, doch er war kein Streber. Im Sportunterricht kam er leicht ins Schwitzen, bekam einen roten Kopf. Es kursierten Zeichnungen vom »Schwitze-Michel« – ein Kopf, der einer Apfelsine glich, mit hängender Zunge und links und rechts ein, zwei Schweißtropfen. Vielleicht hätten Ines und Kirsten Michael fragen sollen, ob ihn diese Bilder störten. Vielleicht hätten sie ihm sagen sollen, dass ihnen sein Schwitzen nichts ausmachte. Vielleicht hätten sie zu einem der Jungs, die den Schwitze-Michel zeichneten, sagen sollen: »Jetzt hör halt mal auf mit dem Scheiß.« Doch sie taten es nicht.

Von den Turmspringern war Joey der Einzige, der in ihren Augen irgendwie Potenzial besaß. Weil er es schwer hatte. Weil er mit seinen Eltern und drei kleineren Geschwistern in einem dieser Häuser hinter der Schule wohnte. Häuser für sogenannte sozial Schwache.

Und die anderen? Patrick war der Größte in der Gruppe, hatte Sommersprossen und kurze rötliche Haare und interessierte sich nur für seinen Super-Nintendo. Sie fanden ihn langweilig. Alex war klein und dürr. Um sich irgendwie von den anderen abzuheben, schnappte er sich an einem Nachmittag die Haarschneidemaschine seines Vaters und rasierte sich die Haare ab. Seine Eltern waren entsetzt, befürchteten, ihr Sohn könne zum Neonazi mutieren, aber als Alex ihnen versicherte, dass dem nicht so sei, ließen sie ihn machen. Alex' Eltern waren Waldorfschullehrer und gaben sich tolerant. Sie halfen ihm sogar fortan beim Schädelrasieren, damit er sich nicht die Kopfhaut verletzte. »Haare sind Ausdruck von Individualität«, zitierte Helga Alex' Mutter beim Mittagessen. Elternabend-Anekdoten. »Haare sind Ausdruck von Individualität! Aber der Junge hat ja *gar keine* Haare mehr!« Und lachte, dass der Bauch, der Busen, die Oberarme wackelten, woraufhin Manfred kicherte wie Ernie aus der Sesamstraße und Ines sich schämte.

Und schließlich war da noch Jochen, für den die Mädchen aus den unteren Klassenstufen schwärmten. Es hieß, er sehe aus wie ein Hugo-Boss-Model, weil er Muskeln hatte und blonde Haare und weil er so braungebrannt war. Vielleicht wäre Jochen wirklich attraktiv gewesen, wenn es ihm nur nicht so schrecklich wichtig gewesen wäre, es auch zu sein. Ines und Kirsten lachten, als er erzählte, dass er auf Tiroler Nussöl schwöre, dass nichts besser sei für die perfekte Bräune. Oder dass er einmal versucht habe, seine Zähne mit Backpulver aufzuhellen. Denn obwohl Jochen sportlich war, rauchte er seit der sechsten Klasse.

Heute arbeitet er tatsächlich als Zahnarzt in einer Gemeinschaftspraxis. Ines weiß das, sie hat ihn gegoogelt, als die Einladung zum Klassentreffen kam. Hat die gegoogelt, deren Namen sie noch wusste. Nur wenige hat sie gefunden. Von Jochen gibt es ein Bild mit dem Praxisteam. Er ist immer noch schön. Die Zähne: weiß, wie man es von einem Zahnarzt erwartet. Patrick arbeitet als Unternehmensberater, was er genau macht, hat sie vergessen. Alex ist bei einem Café-Franchiseunternehmen gelandet. Die Glatze hat er immer noch, aber vermutlich muss er sich inzwischen den Kopf nicht mehr scheren. Über Joey hat sie nichts gefunden.

Auch Kirsten hat sie gegoogelt. Ungezählte Male. Kein Treffer.

»Mädchen zu googeln ist schwieriger. Sie könnten geheiratet und einen anderen Namen angenommen haben«, sagt Martin. Mädchen? Eine erwachsene Frau müsste sie nun sein.

Von manchen aus der Klassenstufe weiß Ines nicht einmal mehr den Vornamen. Dafür fallen ihr andere Dinge ein. Dinge, auf die es ankommt. Was ist schon ein Name?

Die Mädchen. Da waren die mit den Pferden und dann die Sportlichen, die nachmittags Volleyball spielten, und die, die schon in der Mittelstufe Stiefel mit hohen Absätzen tragen durften und mit spitzen Lippen an ihren Zigaretten zogen.

Warum sind Ines die Jungs noch so präsent, während die meisten Mädchen zu einer gesichtslosen, namenlosen, charakterarmen brünett-blonden Pferdeschwanz tragenden Masse verkommen sind?

»Weil ihr für die Jungs geschwärmt habt. Weil sie eure Projektionsfläche waren. Weil ihr ihnen gefallen wolltet«, hat Martin gesagt, aber Ines hat den Kopf geschüttelt. »Vielleicht hatten wir einfach Angst vor ihnen.«

18

Die zweite Nacht im ehemaligen Kinderzimmer. Maries Haut glüht noch von der Sonne, die Haare sind immer noch feucht, die Füße notdürftig sauber geschrubbt. Doch es sind Ferien, es ist egal, und das Bettzeug muss nur noch zwei Tage lang durchhalten. Dann wird Helga es in die Waschmaschine stopfen, bei 90 Grad sämtliche Keime abtöten und den Stoff anschließend mit dem Bügeleisen bei 220 Grad mit Dampf bearbeiten.

Es war ein guter Tag in Maries Kindheit, ein Tag, der eingehen kann in die Reihe der Erinnerungen und »weißt du noch, als wir beide? Und du so und ich so?«. Marie hat nur einmal kurz nach Papa gefragt, aber dafür gibt es ja Gründe, und Marie kommt langsam in das Alter, in dem sie manche Dinge versteht und nach langen Erklärungen nicht sofort losbrüllt, sondern ganz unverhofft ein »na gut« ausstößt, sodass man im ersten Moment meint, sich verhört zu haben. Ines lässt die Tür des Kinderzimmers einen Spalt breit offen und lächelt, als Marie im Schlaf seufzt.

In dem Bücherregal im Flur stehen immer noch ihre alten Schulbücher. Ganz so, als könne sie diese eines Tages noch einmal gebrauchen. Ines zieht das Roma B2 heraus, dessen Seiten sich wellen, weil ihre Trinkflasche im Ranzen ausgelaufen war und unschöne Flecken hinterlassen hatte. Sie blättert durch die Seiten, hält sie sich kurz an die Nase. Das Buch riecht vertraut. Namen sind entschwunden, doch Gerüche sind geblieben. Der Geruch von Holz nach dem Spitzen der Buntstifte. Der Honigduft, der beim Aufklappen der Blechdose mit Wachsmalstiften entströmt. Das chemische Beißen des Tintenkillers. Der kreidige Geschmack eines feuchten Schwamms.

Ines liest Texte an, scheitert bereits nach wenigen Worten. Aus dem Lateinunterricht weiß sie nichts mehr.

Warum war Schröder ihr Lieblingslehrer?

Sie konnten ihn zur Weißglut bringen wie jeden anderen Lehrer auch. Doch bei ihm schämten sie sich anschließend, denn sie befürchteten, er könnte im nächsten Schuljahr eine andere Klasse unterrichten. Was war es, das Schröder auszeichnete?

Deutsch und Latein waren nicht gerade beliebte Fächer. Und wie er aussah! Er trug zweifarbige Lederschuhe, weite Stoffhosen und hin und wieder eine Fliege aus Cord. Albern sah er aus, kauzig, aus der Zeit gefallen. Besonders schlagfertig war er auch nicht und sein Unterricht oft genug langweilig. Dennoch mochten sie ihn. Selbst die Jungs.

Lag es daran, dass er nie mit dem Schlüsselbund oder der Kreide nach ihnen warf, wenn sie *schwätzten*? Dass es ihm keine Freude bereitete, die Rückgabe von Klassenarbeiten dramatisch in die Länge zu ziehen, indem zunächst nur der Notendurchschnitt an die Tafel geschrieben wurde, dann der Notenspiegel, woraufhin eine kleine Ansprache folgte mit Erwähnung der häufigsten Fehler (unter den Schülern erste Ahs und Ohs), die in einem Ausdruck allgemeiner Enttäuschung endete? Anders als der Mathelehrer pfefferte er keine Hefte auf Joeys oder Alex' Tisch: »Mal wieder Scheiße geschrieben.« Anders als der Biolehrer sagte er nicht: »Lern halt kochen und heirate«, woraufhin Kirsten den Rest des Schuljahrs so viel Bio büffelte, dass der Lehrer am Ende gar nicht anders konnte, als ihr eine Eins zu geben.

Vielleicht war das der Grund, warum sie Schröder liebten: Er schien es gut mit ihnen zu meinen. Er mochte Lieblingsschüler haben, aber das Gegenteil – das kannte er nicht. Es schien ihm ernsthaft etwas daran zu liegen, seinen Schülern etwas beizubringen. Alle sollten etwas bei ihm lernen. Wenn der Notendurchschnitt einer Deutsch- oder Lateinarbeit schlecht ausfiel, dann nahm er es persönlich. Schlechte Noten waren nicht das Versagen einzelner Schüler. Es war sein Versagen. Und wenn er Joey oder Alex an die Tafel holte, dann nicht, um sie zu demütigen, sondern um ihnen zu helfen. Um sich wirklich sicher zu sein, dass sie den Stoff begriffen hatten und nicht nur so taten. Selbst wenn die ganze Klasse stöhnte, weil Joey noch immer nicht verstand, was es mit dem Ablativus absolutus auf sich hatte, blieb Schröder ruhig und geduldig.

Unten im Wohnzimmer versucht der Fernseher, Aufmerksamkeit auf sich zu lenken. Ines stellt das Buch zurück ins Regal. Mit einem Taschentuch fährt sie über den Heizkörper und den Türrahmen. Da liegt am meisten Staub.

Die Zeit des »geh hoch und räum dein Zimmer auf« ist längst vorbei. Jetzt ist es Ines, die sich am Saustall ihrer Eltern stört. Das Haus ist zu groß geworden für diese kleinen Leute, und jedes Jahr wird es größer. Manche Zimmer scheinen sie bereits völlig aufgegeben zu haben, darunter die alten Kinderzimmer. Es ist gut, dass jetzt Marie in einem der beiden schläft, darauf hinweist, dass es diese Zimmer noch gibt, an deren Türen Salzteigbuchstaben hängen: ein A und ein I. Vielleicht hat das I-Zimmer jetzt eine kleine Chance auf Frischluft und Entrümpelung. Das A-Zimmer ruht weiter im Dornröschenschlaf.

Heimlich schafft Ines Dinge weg, Anne ebenfalls. Ein Schwesterndeal, an einem Weihnachtsfest vor einigen Jahren geschlossen, »Mama braucht Hilfe«, von Papa erwartet keiner etwas. Bei jedem längeren Elternhausaufenthalt ein Müllsack voll Dinge, die niemand vermissen wird. Er ist schnell gefüllt.

Dieses Mal ist es das Badezimmer. Abgelaufene Medikamente, die staubbeschichtete Haarspraydose, die Ines zuletzt beim Abiball verwendet hat, eingetrockneter Mascara, der schwarze Lippenstift und ein roter.

Der rote gehört ihrer Mutter. Doch Helga besitzt so viel Make-up, dass ihr der Verlust gar nicht auffallen wird. Ihre Mutter kauft Unmengen an Kosmetik.

Als kleines Kind saß Ines staunend auf einem Höckerchen im Bad und sah ihrer Mutter dabei zu, wie sie erst eine weiße Creme auftrug, anschließend die Augen mit einem hellbraunen Stift umrandete, Pigmentflecken abdeckte, eine zähflüssige braune Paste auf der geröteten Haut verteilte, mit einem dünnen Stift die Augenränder nachfuhr, einen Pinsel in rostbraunen Staub tunkte, abstreifte, über ihr Gesicht gleiten ließ, wie sie die Augen weit aufriss, um sich die Wimpern schwarz oder blau zu tuschen, wie sie Silber oder Gold auf die Augenlider tupfte, die Augenbrauen nachzog und zum Schluss, als Höhepunkt der ganzen Prozedur, mit einem Lippenstift den Mund rot anmalte. Wie sie blinzelte, den Kopf nach rechts drehte, nach links drehte, sich schließlich zu Ines wandte und fragte: »Na, gefall ich dir?«, und wie sie lachte, wenn Ines mit dem Kopf nickte.

Ines war in der Grundschule, hatte Kirsten gerade erst gefunden, als sie den Stift in grellem Rot an sich nahm und am Schminktisch ihrer Mutter die dünnen Lippen nachzog, sie ein paarmal aufeinanderpresste, einen Kussmund formte und ihr Spiegelbild fragte: »Bin ich schön?« Denn das wollte sie sein: schön. Schön wie Schneewittchen, Aschenputtel, Dornröschen, den rettenden Kuss auf die roten Lippen erwartend. Schön wie Kleopatra mit ihren schwarz umrandeten mandelförmigen Augen und der goldenen Krone, die ihr Meyers Kinderlexikon majestätisch präsentierte, eine Königin kurz vor dem Biss der Schlange.

Marie fragt immer: »Darf ich Lippenstift?«

»Nein«, sagt Ines dann.

»Warum nicht, ist der giftig?«

»Nein. Du bist zu jung dafür.«

»Warum?«

»Du bist auch ohne Lippenstift ein schönes Kind.«

»Warum darf ich nicht?«

»Ich will nicht, dass Männer dich anstarren und auf falsche Gedanken kommen.«

»Willst du denn, dass die Männer dich anstarren?«

Ja, nein, vielleicht. Bitte ankreuzen.

»Schätzchen.«

Wo war ihre Mutter, als sie sich die Lippen rot anmalte? Auf der Arbeit? Bei einer Freundin? Einkaufen?

In Ines' Erinnerung waren sie und Anne nachmittags oft allein zu Hause. Hörten irgendwann das vertraute Klicken des Haustürschlosses, das Stöhnen ihrer Mutter, wenn sie erschöpft nach Hause kam, erschöpft von der Arbeit, erschöpft vom Einkaufen, erschöpft vom Arzttermin, erschöpft vom Feierabendverkehr, erschöpft vom Zusammenleben mit ihnen, ihrer Familie, ihren beiden Töchtern, alles in allem eine ganz schöne Zumutung.

Helga sagt gerne: »Ich glaube, wir waren ziemlich gute Eltern«, und meint damit, dass Manfred etwas im Haushalt mitgeholfen hat und sie als arbeitende Frau ein Vorbild war und dass Anne und Ines nie geschlagen wurden. Ines sagt dann nichts. Dafür sagt sie zu Martin: »Ich glaube, wir sind ziemlich beschissene Eltern«, und meint damit, dass sie beide oft müde und ungeduldig sind, dass sie für gewaltlose Erziehung sind, aber Marie immer wieder anbrüllen, dass sie zu wenig Zeit für ihre Tochter haben, weil sie beide arbeiten müssen und es vor vier Uhr selten zum Kindergarten schaffen, dass sie zu viel Fleisch und Zucker essen, ihre Kleidung bei H&M kaufen, zu viel Auto fahren und Marie zu häufig ans iPad lassen.

Wäre sie eine bessere Mutter, wenn es Kirsten noch gäbe? Besser oder zumindest glücklicher?

Natürlich kann sie auch Martin sagen, was ist und was nicht ist, aber hören möchte sie nur Kirstens Antwort. Martins Antworten, die Antworten von Kollegen, Bekannten, Anke und Philipp – Ines kann sie sich denken, ausmalen, selbst aufsagen. Sie muss sie nicht hören, sie sind wenig überraschend, wenig bereichernd.

Bei Kirsten war das anders. Sie konnte Ines lesen. Sie hatte Ideen und Worte jenseits von dem, was ohnehin schon alle wussten. Sie überraschte Ines, sie war originell. Kirsten stellte gerne Dinge infrage, die andere für gesetzt hielten. Logik oder gesunder Menschenverstand – beides am Ende des Tages doch nur Variablen. Da ist so viel Raum für Wahnsinn. Wer sollen wir denn nun sein? Pippi oder Annika? Die traurige Wahrheit: Niemand kann Pippi leiden.

Ob Kirsten Kinder hat? Wie wären ihre Kinder wohl? Wären sie Maries Freunde? Selbe Kita, gemeinsamer Schulweg, selbe Klasse, gemeinsamer Urlaub? So irgendwie?

Nein, das ist Unsinn. Kirsten mit Kindern – undenkbar. Unabhängige, wilde, sich an niemanden binden wollende Kirsten.

Marie wälzt sich im Schlaf, strampelt die Biberbettwäsche von sich. Es ist warm im Kinderzimmer. Warten auf den Herbst, hoffen auf Abkühlung, träumen von einem Winter mit Schnee.

Ines lässt den Müllsack sinken. Schleicht in das I-Zimmer, öffnet das Dachfenster einen Spalt breit, hofft, dass die Mücken da bleiben, wo sie sind, in ihrer flirrenden Wolke rund um die Straßenlaterne, und nicht das süße Kinderblut riechen.

Fernsehgelächter aus dem Wohnzimmer. Sie hört das gluckernde Geräusch einer Flasche Bier, die sich stoßweise in ein Glas entleert.

Es wird erwartet, dass sie sich dazusetzt. Der Film beginnt um 20.15 Uhr. Familienabend. Fernsehabend. Komm dazu, wir sehen uns doch so selten. Das Smartphone vibriert, es ist Martin. Ja, alles in Ordnung, sie ist gerade eingeschlafen, was hast du noch vor? Viel Spaß und grüß schön.

Ines blickt auf den Müllsack. Greift hinein, zieht den Lippenstift heraus. Dunkelgrünes Plastik mit Goldrand. Heute ordinär, damals edel. Sie nimmt die Kappe ab, dreht am Gehäuse, setzt den Stift an ihre Lippen, einmal rund herum und noch einmal. Die Farbe schmeckt ölig. Sie presst die Lippen aufeinander, betrachtet sich im Spiegel. *Zu viel Rot auf deinen Lippen.*

19

Sie schließt die Tür hinter sich, geht einmal noch ihre Tasche durch, während Marie drängelt. Schlüssel, Taschentücher, Wasserflasche, Handy.

Wenn Ines ihr Smartphone verliert, dann ist alles verloren. Keine Nummer kennt sie auswendig. Und doch sind Zahlenreihen in ihrem Kopf. Zahlenreihen ohne Anschluss. Michaels Telefonnummer. Kirstens Telefonnummer.

Festnetz, wer hat das noch?

Die Eltern. Seit Jahrzehnten in derselben Stadt, derselben Straße, demselben Haus mit derselben Telefonnummer. Ein Kokon, aus dem nie ein Schmetterling schlüpfen wird.

Wer kann das noch? Bleiben, wo man ist, wie man ist, ein halbes Leben lang.

Die Eltern. Die Erwachsenen.

Früher waren sie groß, ihr Blick traf einen von oben. Sie waren besserwissend, an Erfahrung überlegen, um Jahre voraus, doch schließlich wurden sie eingeholt von den erwachsen gewordenen Kindern. Dann waren sie nur noch geschrumpfte Wesen, zahnlose Drachen. Auf der Arbeit, egal welcher: lächerlich.

Man sollte nicht mit Menschen zusammenarbeiten müssen, die »ich könnte dein Vater sein, deine Mutter sein« zu einem sagen. Sie sind nicht mehr gefürchtet, nur noch voller Furcht, fürchterlich. Sie fürchten jene, die da kommen mit ihren neuen Erfahrungen, ihrer neuen Technologie, die ihnen das zum Vorwurf machen, was sie einst auszeichnete: das Alter.

Ines steigt die Stufen hinauf. Der alte Weg, die Betontreppen, die die Straßen verbinden. Nach oben hin werden die Häuser größer. Die wilden Brombeerhecken sind längst abgemäht, die letzten grünen Flächen wurden asphaltiert und zugebaut.

Marie hüpft die Stufen hinauf, Erste sein, Erste sein. Ines sieht, wie sich Maries Waden anspannen, wie ihr Pferdeschwanz hüpft und das kleine Plastikarmband vom letzten Kindergeburtstag um ihr Handgelenk schlackert.

Sie denkt an Kirstens Mutter. An Weißgoldschmuck und blondierte, schulterlange Haare. Sie denkt an die weißen oder blau-weiß gestreiften Blusen und die Mokassins. Kirstens Mutter war schlank, etwas anderes hätte sie sich nicht erlaubt. Sie sah aus wie frisch von der Jacht. Wie auf dem Sprung zum Nachmittagschampagner mit Clarissa von Anstetten und Charlie Schneider.

Die braunen Haare hatte Kirsten von ihrem Vater, der schon zu ihrer Schulzeit bis auf einen schmalen Kranz kahl war, dafür einen Schnurrbart trug, welcher seine Haarfarbe verriet.

Der Name steht immer noch auf dem quadratischen Messingschild: *Neumann.* Daneben die Klingel. Heute weiß Ines, dass sie aus Messing ist, doch als Grundschülerin glaubte sie, die Klingel sei aus Gold. Kein reines natürlich, aber doch wertvoll, so wie alles wertvoll war und immer noch ist an diesem weiß gestrichenen Haus mit den schmalen Säulen am Hauseingang und der Veranda und dem weißen Gartenzaun. Ein Haus, wie Ines es aus amerikanischen Serien kannte. Der Prinz von Bel Air, Unser lautes Heim, Alle unter einem Dach. Familien mit mindestens drei Kindern und Freunden, die ständig zu Besuch kommen, mit interessanten Nachbarn, kauzigen Großeltern und eigenwilligen Hunden. So ein Haus ist das. Nur ohne Kinder, Freunde und interessante Nachbarn.

Ines hat sich nie wohlgefühlt in dem Haus. Sie passte hier nicht rein. Ihre Füße waren zu schwer und zu schmutzig für den weichen Teppichboden. Die Fingernägel dreckig. Ihre T-Shirts nicht weiß genug. Ihre Mutter muss das falsche Waschmittel benutzt haben, nicht das aus der Werbung, das strahlendweißwaschende, sondern irgendein billiges. Ein Schmuddelkind war sie, dem die hellen Wände und der shebakatzengraue Teppichboden »bitte nicht anfassen« zuzuraunen schienen. Die Katze hat sie selten gesehen. Wie ihre Besitzer wusste sie sich gut zu verstecken.

Anfangs schämte sich Ines für ihr Zuhause, in dem es nach Mittagessen roch und Fruchtfliegen um den Obstkorb kreisten, und das doch ein gutes Zuhause war, was Ines damals nicht wusste. Sie wusste nur, dass es nicht mit Kirstens mithalten konnte.

Aber dann kam Kurt Cobain, und plötzlich hasste Ines das Haus mit dem weißen Gartenzaun und dem Messingschild, und sie hasste die Frau mit den Weißgoldohrringen, die Kirsten zum Querflötenunterricht zwang und ihr einen Nachhilfelehrer für Latein besorgte, obwohl Kirsten gut in der Schule war, nur ihren Eltern nicht gut genug.

Der Weg vom einen Haus zum anderen Haus: etwas mehr als zehn Minuten. Wer trödelt, braucht eine Viertelstunde. Nur wenige Meter entfernt auf der gegenüberliegenden Straßenseite liegt der kleine Spielplatz, den sie nun mit Marie ansteuert.

»Mama, gib mir Anschwung!«

»Das schaffst du alleine.«

Auf der Schaukel vor und zurück, vor und zurück. Marie singt.

Dornröschen war ein schönes Kind, schönes Kind, schönes Kind.

»Mama, guck mal!«

Nach Deutsch bei Schröder hatte sie hier gelauert, hatte auf der Schaukel, der Wippe, der Schaukel gesessen. Zur Eingangstür gestarrt, die sich nicht öffnete.

Dann kam die böse Fee herein, Fee herein, Fee herein.

»Mama, guck mal: freihändig!«

Vor und zurück. Vor und zurück.

Nach Frankreich war Ines nicht mehr auf den Spielplatz gegangen. Dann kamen das Studium in Norddeutschland und Martin und ein anderes Leben. An Weihnachten noch mal nach Hause, die Eltern besuchen, die Innenstadt meiden. Und nun die Großelternbesuche.

»Mama, bitte, schubs mich an!«

Sie hat so schön bitte gesagt.

Marie Anschwung geben mit dem Haus im Rücken. Verstohlene Blicke auf eine Tür, die sich nicht öffnet.

Dornröschen schlafe hundert Jahr, hundert Jahr, hundert Jahr.

Es gibt hier kaum noch Kinder, nur alte Leute. Bald werden sie sterben, und vielleicht ist dann wieder Platz für Kinder, vielleicht hält der Spielplatz so lange noch durch.

Füße treten nach dem sandigen Boden, doch die rettende Erde saust vorbei an den schmutzigen Zehen, vor und zurück und kein Halt, daher: Absprung.

»Mama, ich muss Aa.«

Natürlich gibt es einen Busch. Auf jedem Spielplatz gibt es einen Pipibusch. Aber es gibt auch eine Tür mit einer goldenen Klingel.

»Komm mal mit.«

»Mama, wo gehen wir hin?«

Aber das weiß sie ja selbst nicht.

Irgendwo kräht ein Hahn, immer mehr Städter halten jetzt Hühner. Das wird schon vorbeigehen. Ines blickt kurz nach oben. Sie drückt die Klingel. Ein Dreiklang im Haus.

Ist da jemand? Keine Schritte zu hören, der Teppichboden frisst den Schall. Dann doch: Bewegung. Einen Spalt breit Lichteinfall. Ein Hühnerköpfchen mit blond geföhnten Haaren, immer noch Weißgold, Perlenkette, einfallsloser Kaschmir. Die Haut: gebräunt. Die Augen mit blauem Lidstrich umrandet. »Ja bitte?«

Die Toilette, ein Notfall, dürften wir nur eben kurz?

Augen wie Kieselsteine. Dreiundzwanzig Jahre zwischen ihnen und knapp zehn Zentimeter mehr und ein paar Falten. Kein Zeichen, kein Erkennen.

Der erste Reflex: »Natürlich, kommen Sie doch rein, die Toilette befindet sich –« Doch Ines ist schon drin, kennt den Weg. Der bekannte Geruch nach irgendwelchen Blumen, nach künstlichen Duftstoffen für ein *angenehmes Raumklima*. Keine Kirsten. Kein Ehemann. Schleicht hier noch die Shebakatze herum? Oder ist sie längst tot?

Die alte Frau: »Hören Sie, das muss aber eine Ausnahme bleiben.« Denn wenn da jeder, wo kämen wir denn da hin, und im Grunde sei es ja Sache der Stadt, dafür zu sorgen, dass an den Spielplätzen. Ines nickt und nickt, gibt ihr in jedem Punkt recht, hält Ausschau nach Familienfotos auf der Kommode, findet nur eine versilberte Ananas. Die Tür wird ihr schon aufgehalten, damit es schneller geht, nicht einmal die Schuhe haben sie sich ausgezogen, ein schneller Blick auf Maries dreckige Füße, die aus den Sandalen hervorlugen. Das Kind ist schmutzig. Schmuddelkinder bringen Schmuddelkinder hervor. Bitte nichts anfassen. Keine Spuren hinterlassen.

Marie bedankt sich. Höflich, wenn es darauf ankommt, charmant, wenn es sein muss. »Puh, das war knapp.« Sie lächelt, doch die Kieselsteine rollen zur Seite, blicken zur Wand, an der nichts hängt. Eine gebräunte Hand auf Ines' Schulter: »Bitte, komm nicht wieder. Komm nie wieder hierher.« Und Marie, noch während sich die Tür hinter ihnen schließt: »Mama, wer war das?«

20

Wer die alten Nummern kennt, kann auch Glück haben. Im Wohnzimmer klingelt das Telefon, jeder könnte gemeint sein, doch Helga nimmt ab, und es gibt kein Wegdrücken, kein Entkommen. »Ines, der Michael. Für dich.«

Lange nichts gehört. Das Klassentreffen. Um der alten Zeiten willen. Zeit für einen Kaffee? Ich muss hier raus.

Marie rührt im Müsli. Helga hat das falsche gekauft. Das mit Rosinen. Marie sortiert. Milch tropft auf das Tischtuch, wird sofort eingesogen, verschwindet weiß in weiß. Marie wird sich langweilen, wenn Ines fort ist. Keine Kinder in der Nachbarschaft, nur Opa (schlecht zu Fuß) und Oma (schlecht im Spielen). Doch daran werden die drei sich gewöhnen müssen. Wenn Marie in die Schule kommt, geht es nicht anders. In den Sommerferien wird sie eine Weile hierhermüssen, Ines und Martin arbeiten, können nicht wochenlang das Kind betreuen. So sind moderne Familien nicht angelegt, also muss Marie zu Ines' Eltern und zu Martins Eltern, was Ines weniger Sorgen bereitet, da dort noch andere Enkelkinder herumtoben.

»Macht euch einen schönen Tag«, sagt Ines, und es soll zuversichtlich klingen. Marie schiebt die Unterlippe vor. »Wann kommt Papa?«

Natürlich weiß sie es besser. Daher: Abschiedskuss, Jacke, Schuhe, rausrausraus, ehe Marie es sich anders überlegt.

»Willst du dir nicht was zu essen mitnehmen? Du hast kaum gefrühstückt?« Ihre Mutter, doch zu weit weg. Muss man nicht mehr hören.

Draußen ist es schwül. Der Himmel wirkt marmoriert. Marie sollte ihren Regenmantel mitnehmen, falls sie in den Tierpark gehen, es sind Gewitter vorhergesagt, doch jetzt ist es zu spät, wenn sie jetzt noch einmal ins Haus geht, wird Marie, die den Ernst der Lage inzwischen sicher erkannt hat, sie nicht mehr so schnell ziehen lassen.

»Treffen vorm Hertie?«, hat Michael gefragt. Ein alter Witz. Hertie gibt es schon lange nicht mehr. Stattdessen einen Müller-Drogeriemarkt über drei Etagen. Aber für sie wird es immer Hertie bleiben.

Ines ist zu früh da, sie ist ständig zu früh da. Da sind so viele Eventualitäten, so viele Möglichkeiten. Es könnte Stau geben, keinen Parkplatz, eine Umleitung, irgendwas. Egal wohin sie geht oder fährt. Dinge könnten im Weg stehen, und rennen will sie nicht.

Kirsten hat daraus ein Spiel gemacht. Bei Verabredungen erschien sie erst im allerletzten Moment oder darüber hinaus. Ines wusste: Das war ein Test. Es sollte sie stärker machen, sie lehren, mit ihrer Nervosität umzugehen. Und galt nicht immer schon das Gesetz, dass einen die interessantesten Menschen warten lassen? Generell auf Partys zu spät erscheinen? Es irgendwie spannend machen, machen müssen?

Manchmal zwang Kirsten Ines dazu, doch noch zu rennen. Um nicht zu spät zur ersten Stunde zu kommen, nicht zu spät zur Sport-AG, um nicht den Bus zu verpassen, der sie zum Tanzunterricht brachte, zu dem sie am Ende gar nicht mehr gingen, weil Kurt Cobain sicher auch nicht dazu genötigt worden war, die richtigen Schritte für Discofox oder Cha-Cha-Cha zu lernen. Stattdessen gingen sie in die Stadt, klauten bei Hertie Nagellack, durchstöberten die CD-Abteilung, kauften sich Eis von ihrem Taschengeld und einmal am Kiosk ein Dosenbier, das sie sich im Park teilten, und das alles ging so lange gut, bis Kirstens Mutter sie einmal in der Einkaufsstraße sah, sie erkannte, obwohl sie wegrannten, und es zu Hause ein nie da gewesenes Donnerwetter gab (»Wir bezahlen den Scheiß, und ihr …«).

Ines blickt auf ihr Handy. Eine Nachricht von ihrer Schwester: *Auf einer Skala von 1 bis 10 – wie schlimm ist es bei MuP?*

Anne fragte sie damals, warum sie nicht einfach sagten, dass sie den Tanzkurs abbrechen wollten. Auf die Idee waren sie gar nicht gekommen. Anne verstand ihre jüngere Schwester nicht. Anne mochte Naturwissenschaften und versuchte, morgens den Politikteil der Zeitung zu lesen. Sie machte sich wenig aus Musik, sie hörte Radio, und sie war Teil der Schülerzeitung. Für Ines war die große ernsthafte Schwester ein blinder Fleck in der Familie. Ob sie da war oder nicht, interessierte sie kaum, selbst in der Enge eines Familienurlaubs wussten sie wenig miteinander anzufangen. Anne war Inventar, ein Mensch, der zufällig in dieselbe Familie geraten war wie sie und nun damit zurechtkommen musste.

7, tippt Ines. Sie hat Michael bereits am Brunnen vor Hertie entdeckt. Auch er ist pünktlich. Er hat sich kaum verändert, seit sie ihn das letzte Mal gesehen hat. Seit – ja, seit wann eigentlich? Sein Haar ist immer noch blond und weich, das Gesicht aufgeschwemmt, die Züge: kindlich. Große blaue staunende Augen.

Die Begrüßung gerät ein wenig peinlich. Ein Händeschütteln wäre zu förmlich, eine Umarmung zu intim, es wird irgendwas dazwischen, und schnell einigen sie sich darauf, ins Fritz zu gehen, das einzige annehmbare Café in der Innenstadt, das Café, in dem sie für das Abitur gelernt haben. Michael erklärte Ines Mathe, sie half ihm bei der Interpretation von Schlinks Vorleser.

Michael ist Lehrer geworden. Mathe und Bio. Er verdient gut, er hat ein Haus, er hat zwei Kinder und denkt über einen Hund nach. Michael ist nur einen Landkreis weiter in die nächstgrößere Stadt gezogen. Er erinnert sich an alle Klassenkameraden. Das Mädchen, dem auf der Fahrt ins Schullandheim immer schlecht wurde, hieß tatsächlich Caroline. Caro mit dem Pferdetick und der komischen Mutter, die oft mit weißen Socken in Birkenstock durch die Innenstadt lief und statt Handtaschen Alditüten benutzte. Caro, zu der niemand nach Hause gehen wollte wegen der komischen Mutter, und die ihre Geburtstage daher immer mit irgendeiner Tante auf der Bowlingbahn veranstaltete. Was völlig in Ordnung war, Bowlingbahn haben viele gemacht damals.

»So schwer ist es nicht, sich zu erinnern«, sagt Michael. »Die Namen stehen doch in der Abizeitung.«

Ines sehnt sich nach Wein, doch zu ihrer Enttäuschung hat Michael Cola bestellt. Der Nebentisch trinkt Kaffee mit Sojamilch, Hafermilch, Mandelmilch. Kuchen ohne Ei, püriertes Gemüse im Glas, Strohhalme aus Bambus.

»Die Abizeitung habe ich nicht mehr.«

»Warum denn nicht?«

Sie zuckt mit den Schultern, sieht ihn nicht an, beobachtet die Luftblasen, die sich am Glasrand sammeln, sich irgendwann nicht mehr halten können, nach oben steigen und zerplatzen. Kleine kurze Freiheit, schneller Bläschentod.

Auf dem Platz, auf dem sich die Wege der Stadt kreuzen, gehen Menschen von links nach rechts, von vorne nach hinten. Mit Einkaufstüten und Jutebeuteln und Kopfhörern und Hunden. Die ehemaligen Klassenkameraden müssten schon in der Stadt sein. Wer in der Stadt ist, kommt zu diesem Platz. Und wer hier auf ihre Schule gegangen ist, der kommt ins Fritz. Um der alten Zeiten willen. Nicht wegen dem Hier und Jetzt.

»An Weihnachten, im Sommer, beim Stadtfest. Warst du die letzten Jahre denn gar nicht hier?«, fragt Michael.

»Doch, sicher. Aber dann bin ich meistens bei meinen Eltern, sitze im Garten oder auf dem Balkon. Lasse mich bedienen.«

Er lacht. »Du hättest mir wenigstens mal auf Facebook antworten können. Hast die Stadt nach dem Abi fluchtartig verlassen, um am anderen Ende der Republik zu studieren.«

»Als ob du dich so oft gemeldet hättest.«

»Ein-, zweimal habe ich es zumindest probiert.«

Ines nickt. »Nach der Sache mit Kirsten hat mich hier nicht mehr viel gehalten.«

»Ich weiß«, sagt Michael. Er hat Dreck unter den Fingernägeln. Ines vermutlich auch, doch ihre Nägel sind rot lackiert. Man sieht es nicht.

»Aber das mit Kirsten ist lange her.«

»Manche Dinge verjähren nicht«, sagt Ines. Menschen von links, Menschen von rechts, kurze schnelle Schritte über unwegsames Kopfsteinpflaster. Niemand grüßt, sie kann sich entspannen.

»Dass du überhaupt zu so vielen Leuten von damals Kontakt gehalten hast. Dass du das wolltest.«

»Wie meinst du das?« Michael legt den Kopf schief. Auch das: damals wie heute. Bei Fragen legt er den Kopf schief.

»Sie waren so gemein zu dir. Sie waren … schrecklich. Die Zeichnungen, die Spitznamen …«

»Ach das …«

»Herrgott, Michael! Du warst der Arsch der Klasse!«

»Jeder war doch mal der Arsch! Das ging reihum. Jeder war mal dran, über jeden wurden damals Witze gemacht.«

»Aber das stimmt doch nicht!«

»Ach Ines …«

»Und dann bist du auch noch Lehrer geworden. Ausgerechnet …«

»Unterm Strich habe ich sehr schöne Erinnerungen an unsere Schulzeit«, sagt Michael und nickt mit dem Kopf. »Sehr schöne Erinnerungen.«

Es folgen neunzehn Jahre im Zeitraffer, der Austausch von Daten und sogenannten Meilensteinen. Es ist ein Anfang.

»Ich hätte nicht gedacht, dass du zum Treffen kommst. Aber ich bin froh darüber«, sagt Michael abschließend.

Wein! Schnell!

Vor ihren Augen ein Flimmern, verdammte Schwüle. Sie blinzelt, will das Bild wieder scharf stellen. »Es ist eigenartig, wie gut ich mich an einzelne Details erinnere. Einzelne Szenen. Ich könnte dir Bilder malen, das Wetter beschreiben, den Geruch. Anderes ist wie ausgelöscht.« Noch einmal blinzeln, dann sieht sie Michael wieder deutlich vor sich. Er trägt einen dicken Pullover. Zu warm für diesen Tag. Er schwitzt. Schwitze-Michel. Sie will das nicht denken, aber es ist da. Es wird immer da sein. Sie wird ihn nie anders sehen können, nie sehen können, dass er erwachsen geworden ist, attraktiv, Kinder unterrichtend. Forever Schwitze-Michel.

»Erinnerst du dich noch an die Nachtwanderung?«, fragt sie.

21

In St. Blasien hatten die Jungs Pornohefte gekauft. Das fanden sie sehr komisch, ausgerechnet in St. Blasien, ha ha. Todesmutig waren sie gewesen. Dem Kioskbesitzer war es egal, er hätte Dreizehnjährigen vermutlich auch Bier verkauft, aber auf die Idee waren sie gar nicht gekommen. Damals noch nicht. Da reichten noch ein paar blanke Titten und viel weißer Zucker. Auch lustig: die Heftchen als »Herrenmagazine« zu bezeichnen. Doch die Orgie auf dem Jungenzimmer wurde jäh gestört. Die Referendarin kam herein, leuchtete ihnen mit einer Taschenlampe ins Gesicht, übersah die Heftchen, die Joey schnell unters Bett gepackt hatte, rief »Nachtwanderung!« und versuchte dabei euphorisch zu klingen. Es war nicht leicht, das richtige Alter für eine Nachtwanderung abzupassen, also den Zeitpunkt, in dem sich die Schüler nicht zu sehr fürchteten, und den, in dem sie sich nicht zu sehr langweilten, und eigentlich hätte es jetzt genau richtig sein müssen, doch für eine Caroline und eine Sandra war es vielleicht doch noch zu viel, für Joey, Patrick, Alex und Jochen zu wenig, doch immerhin erkannten sie das Chaospotenzial.

Der Rest der Klasse war noch mit dem Abräumen des Abendessens beschäftigt, als sie von der Nachtwanderung erfuhren. Während Kirsten vor Freude in die Hände klatschte und Ines umarmte, lächelte diese nur, weil es erwartet wurde. Eigentlich hatte sie sich auf einen Abend in dem nach Holz und Staub riechenden Schlafraum gefreut. Einen Abend mit Kirsten, die im Nachthemd neben ihr statt im Stockbett über ihr lag und im Flüsterton Geschichten erzählte, Geheimnisse teilte, dazu ewige Schwüre. Das Gesicht von einem Mond beschienen, gegen den die dünnen Stoffvorhänge nichts ausrichten konnten.

Nie war Kirsten schöner als in diesem Licht. Wenn sie über Geheimstes sprach, dabei ernst die Augenbrauen zusammenzog, dass sich eine Falte bildete, mit der Zunge immer wieder die Lippen benetzte, die in ständiger Bewegung waren, während die Hände in der Luft gestikulierten, Luftschlösser bildeten und wieder zerstörten. Sie roch nach Zahnpasta, Shampoo und Wald.

Die Mädchen kannten sich, kannten ihre Körper. Sportunterricht und Freibad und Übernachtungen in Kirstens oder Ines' Kinderzimmer. Ines kannte den Leberfleck rechts von Kirstens Bauchnabel und den anderen zwischen Kirstens Brüsten. Ines wusste, wie dicht Kirstens Schamhaar war und welche Farbe es hatte, wusste, dass Kirsten die Pille gegen ihre Akne nahm und dass sie mit Hautausschlag auf Enthaarungscreme reagierte. Sie wusste, welche Shampoomarke Kirsten benutzte, dass sie Tampons in der Stärke »normal« kaufte und wann sie diese brauchte. Während andere Namenstag feierten, hatten sie den Tag ihrer ersten Periode gefeiert. Endlich erwachsen. Bald geschafft. Vor ihren Freunden aus dem Studium hat sich Ines nie entblößt.

Statt Mondscheingesprächen gab es nun Schülergebrüll im Speiseraum und Jochen, der über Stühle stieg, sich auf den Tisch stellte und mit einem Satz in die Mitte des Raumes sprang, sehr zum Missfallen der Herbergseltern und der jungen Referendarin, wie hieß sie noch mal, sie unterrichtete Englisch, zumindest das weiß Ines.

Wer eine Taschenlampe dabeihatte, war glücklich, wer keine besaß, tat so, als sei es egal. Caroline wurde noch blasser. Natürlich gab es auch Gemaule, denn vielen Schülern war klar, dass ihnen nichts anderes verkauft wurde als eine Wanderung im Dunkeln, also der gleiche Scheiß, den sie tagsüber schon über sich ergehen lassen mussten. Um es spannender zu machen, packten sie die besten Geschichten aus, die sie finden konnten, und da an Gespenster schon lange keiner mehr glaubte, musste eben Horst herhalten.

Ob er wirklich Horst hieß, wussten sie nicht, sie hatten nie mit ihm geredet, aber er war der Dorfdepp, ein Zurückgebliebener, heute würde man sagen: ein Retardierter. Es hieß, dass er abends, wenn sich die Mädchen umzogen, durch die Fenster glotzte. Es hieß, er habe früher beim örtlichen Sägewerk gearbeitet und bei einem Unfall drei Finger und vielleicht auch den Verstand verloren. Und nachts, da würde er in einem langen Mantel durch die Wälder streifen und Unverständliches vor sich hinbrabbeln.

Ines hielt Horst für eine Erfindung von Mädchen, die sich einbildeten, irgendwer würde sich für ihre Hühnerbrüstchen interessieren. Ein Märchen, das von Jahrgang zu Jahrgang weitergegeben wurde, und tatsächlich gab es kaum eine Schwarzwaldfahrt, bei der nicht irgendjemand kreischend zu den Lehrern rannte, um zu berichten, dass da ein Gesicht an der Fensterscheibe erschienen sei.

Jeder Jahrgang, der das Schullandheim besucht hatte, wusste Geschichten über Horst zu erzählen. Er war für sie zu einer Fabelfigur, zu einem Schrat geworden, der in einem dunklen Tannenwald zwischen riesigen Fliegenpilzen und dreinglotzenden Eulen umherschlich.

»Der Horst ist doch völlig harmlos«, sagte Sandra. Sie packte eine Pudelmütze in den Rucksack, Ines sieht noch deutlich den roten Bommel vor sich. Klare Bilder, Details. Erinnerungen, die wie feine Glassplitter in der Haut sitzen.

Die Mütze trug Sandra ständig, jahrelang, und wohl auch in dieser Nacht. Dabei muss es Sommer gewesen sein. Oder Frühling?

»Wer sagt das?«, fragte irgendjemand, »wer sagt, dass der Horst harmlos ist?«

»Meine Mama.«

»Woher kennt deine Mama denn den Horst?« Gekicher, Hohn und Spott. Selbst schuld. Warum verteidigte sie auch einen Spanner, der nicht alle beisammenhatte?

In der sogenannten Gegenwart gibt Michael wenig Trinkgeld, aber eingeladen hat er sie schon. Hätte gar nicht sein müssen, doch er winkt ab und steht auf.

»Siehst du, ich habe nicht alles vergessen«, sagt Ines und, als ihr klar wird, dass Michael nicht vorhat, sich zu verabschieden: »Wo gehen wir hin?«

»Na, zur Schule«, sagt Michael. »Schon mal mental vorbereiten.«

22

Als Kirsten und Ines in die fünfte Klasse kamen, begannen beide, Tagebuch zu führen. Ines hatte ein lilafarbenes mit einem pinken Mond auf dem Einband geschenkt bekommen. Das von Kirsten war mit einem roten Samtstoff überzogen. Beide hatten dasselbe alberne Vorhängeschloss mit dem exakt gleichen Schlüssel. Doch jeder Idiot hätte es mit dem Fingernagel öffnen können. Daher mussten sie die Tagebücher immer gut verstecken. Denn der Vorsatz lautete: richtig Tagebuch zu führen. Tagebuch so zu führen, dass es ihre Mütter schockieren würde.

»Es soll nicht nach dem schönsten Ferienerlebnis klingen«, hatte Kirsten gesagt. Nur die wirklich wichtigen Sachen sollten notiert werden. Die ganz großen Gefühle, Sorgen, Ängste. Die Lebenskatastrophen und die wirklich coolen Dinge.

Doch das war gar nicht so einfach.

Denn an den meisten Tagen passierte einfach: nichts.

Schule, Inlineskaten, Hausaufgaben, Verbotene Liebe gucken, Abendbrot. Kurzer Adrenalinanstieg vor der Mathearbeit. Jonas in der großen Pause aus der Ferne gesehen, kurz mit ihm in der kleinen Pause geplaudert. Immer noch keine Menstruation.

Nichts davon schien Ines wirklich erwähnenswert. Was schrieben andere in ihre Tagebücher?

Das einzige Tagebuch, das sie kannte, war das von Anne Frank. Und für einen kurzen Moment beneidete sie Anne Frank darum, ein Leben gehabt zu haben, das eines Tagebuchs wert war. Ein Gedanke, der sie mit so viel Scham erfüllte, der ihr so unerhört erschien, dass sie ihn schließlich in ihr Tagebuch schrieb. Da stand also:

2. September 1991

Ich beneide Anne Frank.

Und sonst nichts.

Das »liebe Tagebuch« sparte sie sich, eine alberne Floskel, ähnlich wie das »lieber Gott« vor jedem Gebet.

Kaum hatte Ines den Satz aufgeschrieben, erschien ihr die Seite so ungeheuerlich, dass sie das Blatt am liebsten aus dem lila Büchlein gerissen und weggeschmissen hätte. Doch sie tat es nicht.

Denn dieser eine dumme Satz, dieser unmögliche Vergleich mit dem unvorstellbaren Schicksal eines anderen Mädchens verlieh ihr eine scheinbare Tiefe, ließ sie vielschichtiger wirken, als sie tatsächlich war, machte sie verrucht und abgründig und besudelt. Sie ekelte sich vor sich selbst. Also ließ sie den Satz stehen, sah nur zu, dass ihre Schwester und ihre Mutter das Tagebuch nicht fanden.

Ein, zwei Jahreszeiten später schlug Kirsten vor, die Bücher auszutauschen. Den anderen einzuweihen in das Intimste, Verborgenste. Das zu lesen, was niemals jemand lesen sollte. Weil sie ja beste Freundinnen waren und keine Geheimnisse voreinander hatten.

Ines war sofort einverstanden. Der Gedanke, das Intimste, Verborgenste von Kirsten zu erfahren, war einfach zu reizvoll. So kam es zur feierlichen Tagebuchübergabe unter der Auflage, nicht direkt in Anwesenheit der anderen mit dem Lesen zu beginnen.

Kirstens rotes Samtbüchlein war bis auf ein paar wenige Seiten vollgeschrieben. Und so las Ines, dass Kirsten ihre Mutter hasste und ihr der eigene Vater wie ein Fremder erschien. Las, dass Kirsten sich im *System Schule* eingesperrt fühlte, dass sie zugleich so wenig vom Leben verstand, dass sie die Sorge hatte, eines Tages unter einer Brücke schlafen zu müssen, weil sie gar nicht wusste, wie man das so machte – eine Arbeit finden, eine Wohnung mieten, ein Haus oder ein Auto kaufen. Mehrfach las sie von ihrer Angst vor einem neuen Weltkrieg, von Atompilzfantasien, dazwischen einzelne Passagen über die Frage, wie man merkt, ob man wirklich in eine Person verliebt ist und ob diese Person Jonas sein könnte. Und schließlich immer wieder das Gefühl, allein zu sein auf dieser Welt, ungehört und unverstanden. Ein Alien, der vom Himmel fiel, der sich unter die Menschen gemischt hatte und sich nach seinem Heimatplaneten sehnte. Von Ines kein Wort.

Als Kirsten Ines' Tagebuch aufschlug, stand da:

Ich beneide Anne Frank.

Und sonst nichts.

23

Der Altbau des Gymnasiums ist unverändert, doch an die Rückseite wurde ein Neubau geklatscht. Moderne Architektur. Stahl und Glas. Der Rasen auf den Grünflächen ist verbrannt, es hat seit Wochen nicht geregnet.

»Lass uns in den Park gehen«, sagt Ines. Doch den Park gibt es nicht mehr. Der Spielplatz, der Kiosk, die Wiese, die kleine Konzertmuschel und der Streichelzoo sind verschwunden. Vorbei die Zeit gelangweilter Ziegen, abgestumpfter Wellensittiche und melancholisch dreinblickender Totenkopfäffchen in winzigen Drahtgittergehegen. Jetzt stehen hier Mehrfamilienhäuser.

»Wo gehen die Schüler denn heute zum Rauchen hin?«, fragt sie.

»Ich glaube, die rauchen nicht mehr.« Michael bleibt stehen, lacht plötzlich. »Junge, Ines. Wo bist du denn die letzten Jahre gewesen?«

Sie lacht nicht. »Wenn ich meine Eltern besuche, dann sind wir auf dem Berg, fahren mal an den Fluss, vielleicht auch in die Stadt. Warum sollte ich denn ausgerechnet zu unserer alten Schule gehen?«

»Na, einfach mal, um zu gucken. Deiner Tochter zu zeigen: Schau, hier bin ich früher jeden Morgen hingestiefelt.«

»Meine Tochter ist vier und hat wenig Verständnis dafür, dass es einmal ein Leben vor ihr gegeben haben soll.«

Michael lächelt. Kurz bleiben sie stehen, blicken hoch zu dem Gebäude, das durch den Buntsandstein rötlich leuchtet. Eine ehemalige Tabakfabrik, die aus unerfindlichen Gründen seit jeher »das Schiff« genannt wurde. Schwarze Schatten kriechen wie Ranken an den Mauern empor, beim Blick nach oben wird Ines schwindelig. Sie hält sich an Michaels Arm fest, wendet den Blick ab, er missversteht sie und legt seine Hand auf ihre Schulter.

»Gibt es den Fahrradkeller noch?«, fragt sie.

»Warum sollte es ihn nicht mehr geben?«

Sie gehen um das Schiff herum. Der Pausenhof liegt verwaist vor ihnen. Ein paar Schüler haben Nachmittagsunterricht. Auf dem Sportplatz etwas Bewegung. Runde um Runde um Runde keuchen sie auf der Laufbahn, überschreiten immer wieder die Startlinie, auf ein Neues, rennen und rennen und sehen doch nichts als roten Kunststoff.

Die Bäume auf dem Schulhof sind noch dieselben. Ehrwürdige Eichen, was auch sonst. Sie halten der Dürre stand und fürchten nur die Raupen mit ihren giftigen Härchen.

Zwischen Altbau und Neubau gibt es noch die Treppe, die nach unten zum Fahrradkeller führt. Wenig Licht fällt durch die Seitenfenster in das Innere. Doch es reicht, damit Ines sieht, dass der Fahrradkeller ist, was er niemals war: ein Fahrradkeller. Mit Fahrradständern und Steckdosen für die E-Bikes der Lehrer. Keine Sperrmüllsofas, keine leeren Getränkekisten, keine vollen Aschenbecher. Kein Rückzugsort für unterrichtsangeödete Teenager, kein schulinternes Jugendzentrum.

Wenn sie nicht bei Schlecker klauen gingen, trafen sich früher die Oberstufenschüler in ihren Freistunden (oder selbst ernannten Freistunden) im Fahrradkeller. Zum Abhängen. Fahrräder standen hier selten. Den meisten war es zu mühsam, sie die Rampe hinunterzuschieben. Sie ließen die Räder einfach bei den Ständern direkt neben den Lehrerparkplätzen stehen.

Mit Kirsten ist Ines hier nur selten gewesen. Sie waren das entscheidende Jahr zu jung. Doch im Fahrradkeller war Jonas, dort oder in der Raucherecke oder in der Konzertmuschel im Park, rauchend und gelangweilt. Für Jonas riskierten sie es, und manchmal klappte es. Dank Kirsten. Die großen Schüler mochten sie und ließen daher auch ihre gesichtslose Freundin in den Fahrradkeller. Ines störte ja nicht.

Für Michael war der Fahrradkeller zu dieser Zeit unerreichbar. Vielleicht genoss er es später als Oberstufenschüler deshalb so sehr hierherzukommen, wie selbstverständlich seinen Rucksack in eine Ecke zu pfeffern und sich aufs Sofa fallen zu lassen. Ein »endlich«. Den Fahrradkeller musste man sich verdienen, und sei es durch bloßes Durchhalten und Älterwerden.

Kurzer Blick vom Keller hoch zum Kunstraum. Dort oben

Rousseaus geordneter Dschungel. Hier unten der Wilde Wald. »Lass uns gehen«, sagt Ines.

Die neuen Häuser hinter der Schule sind rot und gelb und lila und hellgrün gestrichen worden. Helga dürften sie gefallen. Freundlich und so schön bunt. *Einladend.*

»Rauchst du noch?«, fragt Ines. Michael lacht. »Gott, nein. Schon lange nicht mehr.« Schweigend gehen sie auf den frisch angelegten Wegen nebeneinander her. Kleine Steinchen knirschen unter ihren Schritten. In den Vorgärten stehen Trampolins und Kugelgrills. Laufräder in verschiedenen Größen lehnen an den Hauswänden. Alles sieht gleich aus.

»Weißt du noch, als Joey mit dem blauen Auge in die Schule kam?«, fragt Michael. Joey wohnte damals ganz in der Nähe. In den etwas heruntergekommenen Häusern jenseits des Parks, die mittlerweile saniert wurden. Ob sich seine Eltern die Miete jetzt noch leisten können?

»Ja«, sagt Ines nach einem Moment. Links und rechts von ihnen zurechtgestutzte Buchsbaumhecken. Natur nach Plan und in geometrischen Formen. »Das blaue Auge«, sagt sie. »War das nicht kurz vor dem Schulfest?«

Michael nickt. »Ich glaube sogar am selben Tag.«

Eine Frau in rosa Crocs schneidet Rosen, hält in der Bewegung inne, als Ines und Michael vorbeigehen, macht erst weiter, als die beiden um ein orangefarben gestrichenes Haus gebogen sind.

»Bin mit dem Fahrrad gestürzt«, hat Joey gesagt, als er in die Klasse kam und ihn alle anglotzten. Patrick hat hyänenhaft gelacht. Das Rudel freut sich, wenn der Anführer schwankt. Alex verdrehte die Augen. »Alter«, oder so ähnlich.

Was sie damals eben sagten. »Alter« sagten sie oft. Damit war die Sache erledigt. Für die Schüler und die Lehrer. War halt so. Nicht einmal Schröder fragte nach oder kam auf die Idee, Joeys Eltern anzurufen.

Vieles war für sie damals halt so und wäre heute als Erwachsener nur schwer zu ertragen. Dass der türkische Junge aus der Parallelklasse, dessen Name Ines nicht mehr einfällt, nicht mit auf Stufenfahrt konnte, weil Barcelona zu teuer war. War halt so. Dass der Sportlehrer an eine andere Schule in einer anderen Stadt versetzt wurde, weil sich eine Schülerin beschwert hatte, dass er beim Turnen zu offensiv Hilfestellung gab, das Ganze sich am Ende jedoch als pubertäre Fantasie herausstellte. War halt so. Dass ihr Biolehrer zu Hause auszog, um mit der schönen Mathelehrerin zusammenzuleben. War so. In Anbetracht all dessen, was eben so war, erschien es ihnen nicht angebracht, dass Caroline sich dermaßen über die Scheidung ihrer Eltern aufregte, dass sie *so ein Drama* darum machte, auch wenn die Trennung bedeutete, dass sie bei ihrer komischen Mutter bleiben musste, die den halben Tag im Bett lag und fernsah und zu faul war, zu kochen oder Wäsche zu waschen. Sie sahen die Dinge eben so, und ihre Eltern sahen sie anders. Und lagen so oft falsch.

Als Michael in der Oberstufe plötzlich anfing, schwarze Klamotten anzuziehen und Heavy Metal zu hören, da machten seine Eltern sich Sorgen. Ob der Junge wohl suizidgefährdet sei, an einer Depression leide, Drogen nehme? Drohte er *abzurutschen?* Waren seine dunkel gekleideten Freunde *schlechter Umgang?*

110

Gut, Drogen nahmen viele, so ein bisschen jedenfalls, aber sonst? Nie war es Michael in seiner Jugend besser gegangen als zu genau diesem Zeitpunkt. Endlich hatte er Freunde! Lauter düstere Gestalten, mit denen er zu Konzerten fuhr und zu Festivals mit schlechten Punkrockbands mitten auf dem platten Land. Grottiger, dafür lauter Speedmetal-Nachwuchs im Jugendzentrum. Dass er beim Pogen schwitzte, war egal. Alle schwitzten auf diesen Konzerten.

Michael war glücklich. The world was a vampire, und er war mittendrin. Er schien seinen Platz im sozialen Gefüge der Schule endlich gefunden zu haben, und der war am Rand. Da der Rand jedoch ziemlich breit war, ging es Michael gut. Überhaupt schien die Zahl jener, die am Rand standen, im Laufe der Jahre immer größer zu werden, sodass man sich irgendwann fragen musste, wer sich überhaupt noch in der Mitte befand und den Ton angab. Irgendwann hatten nicht einmal mehr Joey, Alex, Jochen und Patrick Lust auf diese Rolle. Die Klassengemeinschaft zerbröselte, je näher das Abitur rückte. Das erlösende Abitur, das es möglich machte, diese Stadt zu verlassen oder zumindest diese Schule.

Michael setzt sich auf eine Bank im Schatten. Er schwitzt, und da ist es schon wieder: Schwitze-Michel. Dabei schwitzt sie auch. Die Luft ist träge und dick. Man könnte sich an ihr verschlucken. Wo bleibt denn das versprochene Gewitter? Hinter ihnen Amselgetratsche, Bienengemurmel. Die bunten Häuser haben Insektenhotels, Steingärten sind verboten.

»Erinnerst du dich denn noch an das Schulfest?«, fragt Michael plötzlich, ohne sie anzusehen. »Also an alles, meine ich.«

Ines zuckt mit den Schultern. Sie blickt auf die Uhr, würde gerne wieder gehen. Am Himmel sieht sie einen Schwarm schwarzer Vögel, die vor einem Winter fliehen, der vermutlich nicht kommen wird. In Niedersachsen gibt es jetzt Flamingos.

»Vieles weiß ich noch.«

»Manchmal ist es ganz gut, wenn man sich nicht an alles erinnert«, sagt er.

24

Auf dem Balkon der Wohnung im vierten Stock mit Blick auf Tauben gibt es Platz für zwei Klappstühle, einen schmalen Tisch und drei Topfpflanzen, die Martin als Kräutergarten bezeichnet, die mittlerweile jedoch brachliegen.

Es war ein Sommer irgendwann. Marie war noch nicht geboren, und sie hatten das Gefühl, alle Zeit der Welt zu haben.

Sie rauchten Zigaretten, wie sie es heute manchmal noch heimlich tun, bliesen den Rauch in die Luft, wo er sich mit Autoabgasen vermischte und in den Himmel stieg. Fußgänger, Busfahrer, Verliebte und Verlorene, all das vier Stockwerke unter ihnen, und irgendwo in dieser Stadt, eben da, wo Westen ist, eine Sonne, die langsam untergeht, weil sie das nun mal tut. Dazu sie beide, für die sich kein Stern im äußeren Drittel der Milchstraße interessierte, die zufrieden schläfrig über nichts sprachen, am Ende dann aber doch über Kirsten. »Warum ausgerechnet sie?«, fragte Martin. Er muss mehr Haare gehabt haben, schlanker gewesen sein, ein anderes Brillenmodell getragen haben. Ines müsste sich ein Foto aus der Zeit ansehen, um diese jüngere Martin-Version heraufzubeschwören. Sie weiß ja nicht einmal mehr, wie sie selbst damals ausgesehen hat, aber das ist auch nicht wichtig.

»Was war bei Kirsten anders? Was hat eure Freundschaft so besonders gemacht?«

Es war eine Falle, denn natürlich wartete er nur auf einen unüberlegten Satz, um ausholen zu können, um zu predigen über die Romantisierung des Früher, der Schulfreundschaften, der ersten Lieben und ersten Feiern. Doch sie spielte den Ball zurück, indem sie fragte: »Warum sind manche Menschen unsere Freunde und andere nicht?«

Er nickte, trank Gin Tonic, was gerade alle taten, und sagte: »Von manchen Menschen fühlen wir uns eben mehr angesprochen als von anderen. Dieselben Interessen, ein ähnlicher Humor, ein bestimmtes Vertrauen.«

»Findest du, dass Anke und Philipp ähnliche Interessen haben wie wir?«

Er lächelte. »Wir akzeptieren die kleinen Unterschiede …«

»Sind unsere Freundschaften dann nicht irgendwie beliebig? Durch Zufall entstanden? Gleiche Zeit, gleicher Ort? Wer nicht unser Feind ist, ist unser Freund? Nett lächeln, freundlich sein, aufrichtig sein – reicht das nicht als Basis?«

Ja, sicher doch, beliebig. Ähnlich beliebig wie Liebesbeziehungen. Das dachte sie, sagte es aber nicht. Egal, in welche Stadt sie gezogen war, Auslandssemester, Praktika, sonst was – überall hatte sie sich verliebt. Überall traf sie auf Männer, die sie interessant fand und liebenswert. Und dabei hat sie so wenig von der Welt gesehen. Wie viele große Lieben warteten auf anderen Kontinenten noch auf sie? Und gab es vielleicht den einen, mit dem es nie langweilig werden würde? Bei dem das Verliebtsein nie abflauen, das Gefühl nie schal werden würde? Eine Ehe war doch immer auch ein Kompromiss, ein Abschied von allen anderen Möglichkeiten ohne die Gewissheit, die beste gefunden zu haben.

Es waren Kleinmädchengedanken, und doch fühlte sich Ines sehr schlau dabei. Und kurz darauf sehr schäbig.

Martin drückte die Zigarette aus, ungeduldig. »Na, dann sag du's mir. Warum sind wir mit den einen befreundet und mit den anderen nicht?«

Eingeständnis: »Ich weiß es doch auch nicht. Vielleicht geht Freundschaft gar nicht so sehr in die Tiefe. Vielleicht ist sie eine Form von Oberflächlichkeit. Da ist jemand, den wir irgendwie anziehend, attraktiv finden. Über den wir uns freuen, wenn er oder sie den Raum betritt.«

»Und warum gehen wir dann keine Partnerschaft mit dieser Person ein?«

Schulterzucken. »Vielleicht, weil wir kein sexuelles Interesse haben? Aber eine Form von Verliebtheit ist da schon. Eine Sehnsucht.«

Martin übernimmt: »Wir wollen den anderen zum Lachen bringen, für uns interessieren, wir wollen, dass er uns gewogen bleibt und uns seine Geheimnisse anvertraut.«

»Geheimnisse, die wir unserem Partner nicht anvertrauen würden.«

»Richtig.« Oh, wie gut das war. Und sie dachte an all die Paare, die sich zur selben Stunde schweigend über einen Teller gebeugt im Restaurant gegenübersaßen. Oder saßen die sich nur schweigend gegenüber, weil sie sich auch ohne Worte verstanden?

»Du wolltest niemanden mehr beeindrucken als Kirsten?« Ines lächelte. »Wieder richtig.«

Wenn Ines heute an Kirsten denkt, sind da Liebe und Schmerz. Aber auch Zweifel. An der Korkwand neben ihrem Bett hat jahrelang die Urlaubskarte gehangen. »Willst du meine beste Freundin sein?« Ein Glücksfall! Sie hat es schriftlich, sie kann es beweisen! Denn würde man es ihr sonst glauben? Dass Kirsten gerade sie zur engsten Vertrauten auserwählt hatte?

Aber sind sie wirklich beste Freundinnen gewesen? War es eine gleichberechtigte Freundschaft? War da nicht diese kaum zu stillende Sehnsucht nach einem Mehr gewesen?

Kirsten war beliebt. Das hat die Sache so schwierig gemacht. Alle wollten ein Stück von ihr. Einfallen in ihr Lachen, sich für ihre Ideen begeistern. Kirsten war sportlich, traf sich nachmittags mit ein paar Auserwählten für *Jugend trainiert für Olympia,* während Ines, der es an Kraft und Ausdauer fehlte, im Sportunterricht immer als eine der letzten in die Mannschaft gewählt wurde. Die Pferdemädchen luden Kirsten in den Reitstall ein, und im Sommer durfte sie zu den Pool- und Limonadepartys der reichen Kinder aus der Parallelklasse, mit denen Ines nichts zu tun hatte, nichts zu tun haben wollte.

Wohin Kirsten auch ging, was sie tat oder ließ, ob sie mit anderen zusammen war oder einen Nachmittag lesend im Bett verbrachte – jede Minute ihres Lebens war kostbar und erfüllt, während Ines die Stunden und Tage ohne Kirsten farblos erschienen. Wie gerne hätte sie mehr von ihrer Freundin gehabt.

Doch manchmal, wenn Ines auf dem Pausenhof neben ihr stand und Kirsten sich mit anderen, oft älteren Schülerinnen unterhielt, wenn Jonas Kirsten grüßte und Ines nicht einmal ansah, dann war da keine Zuneigung. Dann war da nur Neid.

Sie wusste es und schämte sich dafür.

Wollte sie überhaupt Kirstens Freundin sein? Wollte sie nicht vielmehr Kirsten selbst sein? Und wenn sie schon nicht Kirsten sein konnte – wäre es nicht leichter, sie selbst zu sein, wenn Kirsten nicht wäre? Wenn sie nicht wüsste, dass man auch so sein könnte – so wie Kirsten? War es nicht so, dass sie es insgeheim genoss, wenn sie eine bessere Schulnote bekam als ihre Freundin? War die Rückgabe der Mathearbeit nicht jedes Mal ein kleiner Triumph? Ein Hochgefühl, das sie tief hinunterschluckte und dabei ein möglichst gleichgültiges Gesicht machte. Scheinheilig war es, wenn sie Kirsten tröstete, die in dem Fach X oder dem Fach Y ausnahmsweise nur eine Drei bekommen hatte – eine Note also, über die man sich öffentlich nicht ärgern durfte, Dreier waren völlig in Ordnung. Aber nicht für Schülerinnen wie Ines oder Kirsten. In der fünften oder sechsten Klasse wäre Ines bei einer Drei vermutlich in Tränen ausgebrochen.

Oft ließ Ines nach einem Besuch im Shebakatzenhaus ein paar Tage verstreichen, ehe sie sich wieder meldete. Sie hatte Angst zu stören, lästig zu sein, sich aufzudrängen. Kirsten hatte viele Freundinnen. Doch nur Ines verstand, wie Kirsten zu halten war. Sie verstand, dass sie nie greifbar, nie wirklich zu fassen sein würde, dass man sich nicht auf sie verlassen konnte. Das war der Preis, den Ines für diese Freundschaft zu zahlen hatte.

Kirsten.

Bin ich denn einsam? Habe ich keine Freunde? Ich habe doch *Verabredungen!* Wir *haben Verabredungen. Martin und ich, wir gehen aus als Paar und sitzen Paaren gegenüber. Der Restauranttisch ist unsere Spiegelachse. Ich blicke auf eine andere Version von uns und weiß nicht, ob wir nur zu viert gedacht werden können. Ich ohne Martin, Martin ohne mich – könnten wir so bestehen?*

Ich habe mein Handy voll Nummern, ich habe fünf Julias und acht Kathrins gegen die Einsamkeit. Ich kenne sie kaum, aber sie kennen solche Paarabende, und sie wären für mich da, wenn es hart auf hart käme. Ich habe mehr als dich altes Gespenst! Sieh dich doch mal an. Du hast einfach ein altes Bettlaken über dich geworfen, es ist fleckig und gelb. Wer soll dich denn fürchten? Ich sicher nicht.

25

Schulfeste wie damals darf es heutzutage nicht mehr geben. Dass es sie überhaupt gegeben hat, lag an einem Hausmeister, der sich darüber freute, wenn ihm die Oberstufenschüler in seiner engen Einliegerwohnung einen Besuch abstatteten und Flaschenbier aus seinem Kühlschrank nahmen, als sei es das Selbstverständlichste von der Welt.

Der Hausmeister hatte einen osteuropäisch anmutenden Nachnamen, dessen Klang Ines noch im Ohr hat, auch wenn sie ihn nicht mehr weiß. Er spielt auch keine Rolle, da nicht das Osteuropäische, sondern das Dörfliche überwog, und die meisten ihn ohnehin nur beim Vornamen ansprachen. Er hieß Rolf. Rolf war Mitglied bei der Freiwilligen Feuerwehr und sprach den einheimischen Dialekt, sodass ein Mensch aus Hannover große Probleme gehabt hätte, sich mit ihm zu verständigen. Er hatte einen kleinen weißen Hund, einen West Highland Terrier, mit dem er morgens vor Unterrichtsbeginn eine Runde durch den Park drehte.

Der Hund war ein Weihnachtsgeschenk seiner Frau, und da die verrückt nach dem britischen Königshaus war, hatte er ihn Lady Di getauft, auch wenn es sich um einen Rüden handelte. Laut den Berichten der Oberstufenschüler standen überall in der Einliegerwohnung Kaffeetassen mit dem von vielen Spülgängen ausgeblichenen Abbild der unglücklichen Prinzessin herum. Lady Di war ziemlich dämlich und hatte wenig gemein mit den Hunden, die heute in Schulen für pädagogische Zwecke eingesetzt werden. Wenn Rolf pfiff, kam er selten. Doch zumindest kläffte er niemanden an.

Erst jetzt, so viele Jahre später, fällt Ines auf, wie ungewöhnlich Rolfs vertrautes Verhältnis zu den Schülern war und wie wenig tief diese Bindung gewesen sein konnte angesichts der Tatsache, dass jedes Jahr ein Jahrgang verabschiedet wurde. Aber vielleicht lag genau darin der Grund für das gute Verhältnis zwischen dem kleinen kahlen Mann und den Schülern. Er hatte das alles schon gesehen. Sie nicht. Jede Mittelstufe, jede Oberstufe war für ihn eine neue Chance. Alte Weisheiten, die für die Schüler neu waren, Anekdoten, die sich nie abnutzten, da es immer wieder neue Gesichter gab, die sie hören wollten und sich amüsierten.

Mit den Schülern aus der Unterstufe hatte der Hausmeister wenig zu tun. Auf sie wirkte er oft bedrohlich, da sie noch keinen Sinn für trockenen Humor und Hemdsärmeligkeit hatten. Rolf war der Mann mit dem Schlüsselbund, der Herrscher über den Fahrradkeller, den er mit einer schweren Kette verschließen konnte, wenn es ihm zu bunt wurde, wenn die Schüler Mist gebaut hatten, rumgemüllt, rumgeschmiert, rumgegrölt, was auch immer Mist bauen eben war. Dass er offensichtlich ein Alkoholproblem hatte, machte ihn bei den Schülern nur noch beliebter. Er war all das, was ihre Lehrer und die gutbürgerlichen Eltern eben nicht waren. Er war das, was aus ihnen werden würde, wenn sie nicht am Gymnasium reüssierten. Schlüsselbund, Fahrradkeller, Flaschenbier. Es erschien vielen okay.

Ohne Rolf wäre das Schulfest nicht dasselbe gewesen. Er sorgte für die nötige *Professionalität*. Dank seiner guten Kontakte kamen Lichtanlage, Musikanlage, Getränkekästen. Alles zu einem guten Preis. Für viele Schüler war das Schulfest das erste richtige Besäufnis ihres Lebens. Das erste Mal tanzen und trinken und an der Bar etwas bestellen. Ein Test, ein Soft-Opening für alles, was später einmal im Studium oder während der Ausbildung über sie hereinbrechen würde. Der Rahmen hier war ein geschützter, und um Mitternacht endete die Party. Das Licht ging an, die Musik aus. Lehrer standen am Eingang und am Ausgang; alles, was dazwischenlag, ignorierten sie. Sie hatten nur dafür zu sorgen, dass die Situation nicht völlig eskalierte, wobei sie oft genug beide Augen zudrückten. Schüler, die sich auf dem Klo übergaben, galten nicht als Eskalation. Kiffen und Rauchen im

Park war nicht Sache der Lehrer, da der Park kein Schulgelände war.

Fürs Leben lernen.

Schon Wochen vor dem Schulfest wurden in der großen Pause Papptickets verkauft. Manche Jahrgänge, die es besonders professionell machen wollten, hatten bunte Bändchen besorgt. Tickets gab es nur für die Schüler ab der zehnten Klasse. Wer unter 16 war, musste die Schule schon um zehn verlassen, die anderen durften bis Mitternacht bleiben. Auch Schüler der anderen Gymnasien durften mitfeiern, sie veranstalteten selbst ähnliche Partys, die gerne als »Disco« bezeichnet wurden, was hieß, dass in der Aula laute Musik lief und bunte Glühbirnen in die Fassungen geschraubt waren. Dank Rolf gab es am Droste-Hülshoff-Gymnasium aber eine echte Lichtanlage mit Stroboskop, was einigen Eltern gar nicht recht war, da sie befürchteten, ihre Kinder könnten epileptische Anfälle erleiden.

Die unglücklichste aller Klassenstufen war die Neunte. So viele Legenden rankten sich um das Schulfest, dass die Zeit im Jahr davor verloren und leer wirkte. Der Reiz, den der Wechsel von der Grundschule auf die weiterführende Schule gehabt hatte, war längst verflogen, die Zeit der Oberstufe und des Fahrradkellers noch dreihundert Tage und mehr entfernt. Die Mittelstufe war eine einzige quälend langsam vergehende Frustration.

Ines und Kirsten gingen in der Zeit häufig planlos durch die Stadt, lungerten auf den Bänken des Bahnhofsvorplatzes herum, weil dort ein paar Punks abhingen, die sie ehrfürchtig beobachteten, jedoch nie ein Wort mit ihnen sprachen. Ein

Mädchen, das mit den Punks abhing, hieß Billie. Sie trug Strumpfhosen mit Löchern und Dr. Martens mit Stahlkappe. Sie hatte einen Nasenring und die Haare auf der einen Seite abrasiert, auf der anderen bunt gefärbt. Mal rot, mal grün, mal pink. Billie trank Dosenbier und hatte eine Ratte, die in ihrem Jackenärmel wohnte. Die Ratte hieß Johnny wie Johnny Rotten und Billie eigentlich Sybille. Das hatte ihnen Jonas erzählt, der mit seiner Band in einem alternativen Jugendzentrum probte, in dem manchmal auch Punks abhingen. Sonst wussten sie nichts über das Mädchen. Sie war einfach da. Teil des Kleinstadtbildes.

Ines sah, dass Kirsten Billie bewunderte. Doch hier lag die Grenze. Weiter kam Kirsten nicht. An einer Billie scheiterte sie. Da waren zu viel weicher Teppichboden, zu viel Messingklingelschild und Haus mit Garten. Billie war Kurt Cobain. Ines und Kirsten nur die Fun Factory.

Manchmal setzten sie sich am Bahnhof auf den Bahnsteig. Auch dort gab es Fertige mit Bierdosen und zotteligen Hunden, alles besser als der Stadtpark mit seinen künstlichen Grünanlagen oder, noch schlimmer, der heimische Garten mit Balkonkästen voll Geranien und Stiefmütterchen. Alle paar Minuten eine Lautsprecherdurchsage. Ein Zug kommt, ein Zug geht, ein anderer fällt aus. Die meisten Züge brachten es nicht weit. Dörfer und Kleinstädte, die sich durch Landschaft und Aussicht auszeichneten, nichts, was Ines und Kirsten reizte. Braungebrannte in Radlerhose schoben ihre Fahrräder ins Fahrradabteil, um wenige Kilometer weiter wieder auszusteigen und sich Berge hochzuquälen. Der Zug fuhr ab, die Anzeigetafel klackerte, ordnete die

Buchstaben neu, gab eine neue Richtung an. Und die hieß oft genug Radolfzell oder Binzen oder Schopfheim, manchmal aber auch Berlin, Zürich oder Mailand.

»Warst du schon einmal in Mailand?«, hat Kirsten am Tag vor dem Schulfest gefragt. Ines lachte, nein, was sollte sie denn in Mailand?

Sie hatten Erdnüsse aus dem Automaten gezogen, braunes, zuckriges Zeug, das roh aus dem Kasten prasselte, sodass man die Hände aufhalten musste, damit die Nüsse nicht auf den Gehweg fielen. Kirsten pulte sich die klebrige Masse aus den Zähnen, leckte sich die Finger ab. Es war die Phase, in der Kirsten Dinge *sinnlich erfahren* wollte. Durch lecken, fühlen, beißen. Immer häufiger kam der Zirkel zum Einsatz. Am Knie, dem Unterarm, unter den Fingernägeln. An manchen Tagen ging Kirsten barfuß durch die Innenstadt und genoss das Kopfschütteln und die Blicke. Eine Erfahrung sei das. Manchmal, wenn sie im Freibad lagen, fuhr sie mit den Fingerspitzen über Ines' Rücken, und wenn sie fündig wurde, fragte sie: »Darf ich?« Und wenn Ines bejahte, drückte sie, bis Pickel platzten und aus Mitessern kleine gelbe Würste quollen.

Mehr Nüsse.

»Wie lange fährt man nach Mailand?«

»Keine Ahnung. Sieh doch auf dem Fahrplan nach«, sagte Ines.

Sie blieben sitzen. Spitze Nägel ragten auf der Anzeigetafel nach oben. Die Tauben saßen auf dem Pfeiler daneben und kackten von dort auf den Boden.

»Wenn wir morgens ganz früh den ersten Zug nach Mailand nehmen und abends einen zurück, dann könnten wir es doch schaffen, ohne dass unsere Eltern etwas spitzkriegen.«

»Hast du genug Geld?«

Kirsten zuckte mit den Schultern. »Da finde ich schon einen Weg.«

»Und was willst du in Mailand machen?«

Noch eine Handvoll Nüsse. »Ist doch egal. Hauptsache weg.«

Ines lächelte. »Klingt gut.«

Nach einer kurzen Pause sagte Kirsten: »Alex und Jochen und die anderen wollen trotzdem hin.«

Das Schulfest. Wenn sie nicht reinkamen, dann eben in den Park. Immer noch besser als zu Hause vor der Glotze. Und einige schafften es rein, das wussten sie. Durch das Fenster im Mädchenklo. Das war nicht so hoch, dafür ziemlich schmal. »Aber es soll gehen«, hatte Kirsten gesagt. Man durfte sich halt nicht von den Lehrern erwischen lassen, die eine Ecke weiter den Eingang kontrollierten.

»Die Jungs haben gefragt, ob wir auch kommen.« Kirsten grinste, und Ines willigte ein. »Ich sage meiner Mutter, dass ich bei dir übernachte«, sagte sie. »Deine merkt eh nicht, wann wir heimkommen.«

26

Im Elternhaus riecht es nach geschmolzenem Käse. Ines kommt zu spät, Marie sitzt bereits am Tisch, grinst und schmatzt.

»Schon ihre zweite Portion«, sagt Helga, zieht die Augenbrauen zusammen und presst ihre Lippen aufeinander, was ihrem Gesicht etwas Froschhaftes verleiht. Mit einem Pfannenwender kratzt sie am Nudelauflauf, der sich mit einer dunklen Kruste an der Glasschale festklammert.

»Es ist zu warm zum Essen«, sagt Ines und setzt sich. »Vor allem für Auflauf.«

»Michael hat es immer geschmeckt«, sagt Helga, Ines zuckt nur kurz. Michael hat früher manchmal bei ihnen zu Mittag gegessen, wenn seine Mutter länger arbeiten musste.

Mit der Gabel tippt sie gegen den viereckigen Kohlenhydrate-Fett-Turm auf ihrem Teller, der kurz nachgibt, sich zur Seite neigt, dann wieder in seine ursprüngliche Form zurückspringt. Gerne würde sie mit dem Handy ein Foto machen und es Anke und Philipp schicken. So wie sie ständig Fotos von ihnen erhält. Vorspeise, Hauptgang, Dessert, dazu die passenden Getränke. Kunstvoll angerichtet auf schönem Geschirr, dazu Kerzenlicht, hohe Gläser, Blumendeko. Das Fleisch: zartrosa. Die Soßen: aufgeschäumt. Grobes Salz, frisch gemahlener schwarzer und roter Pfeffer, Kräuter aus dem Garten.

Für Anke und Philipp ist Essen mehr als Nahrungsaufnahme. Sie essen nicht, um zu leben. Sie leben, um zu essen. Restaurants bestimmen die Urlaubsplanung und die Reiserouten. Gourmetfestival in Zürich, Hamburg, Amsterdam. Sie sagen Sätze wie: »Inzwischen verstehen wir richtig was davon.« Oder: »Da können wir uns durchaus ein Urteil bilden.« Oder: »Der Preis ist vollkommen berechtigt.« Dann gehen sie essen, zahlen 300, 400 Euro, Erinnerungen fürs

Leben, sagen sie, und am Ende sitzen sie auf dem Klo und scheißen alles wieder raus.

Vor ein paar Jahren hatte Ines einen Traum. Sie träumte von dem besten aller Restaurants. Ein Restaurant, so exklusiv, dass man es nur einmal im Leben besuchen sollte. Für die Gäste kommt dort eine ganz besondere Spezialität auf den Teller: sie selbst. Mit dem Küchenchef gibt es vorab ein Gespräch. Das Menü soll auf die individuellen Vorlieben abgestimmt sein. Wer zum Beispiel gerne Tennis spielt, sollte sich nicht von seinem Arm trennen. Aber braucht man tatsächlich zehn Finger, zehn Zehen? Und doch zeichnet sich der wahre Gourmet durch eine gewisse Opferbereitschaft aus. Und die eigenen Bäckchen oder der Unterschenkel des rechten Beins (beim Linkshänder entsprechend andersherum) sind nun einmal echte Delikatessen und eröffnen völlig andere Möglichkeiten als etwa ein Ohr oder ein kleiner Finger.

»Ines?«

Helga, energisch kauend. »Jetzt iss bitte, ehe es kalt wird.«

Marie kichert. »Sagst du auch immer.«

Ines lächelt sie an und stopft eine Gabel voll gummiähnlicher Masse in den Mund. Spült Wasser hinterher. Helga nickt zufrieden. Draußen donnert es, na endlich. »Da freut sich der Garten«, sagt Helga.

»Wo ist Papa?«, fragt Ines.

»Dem gehts nicht gut. Der hat sich hingelegt. Das Wetter macht ihm zu schaffen.«

Ines nickt, kennt sie schon. Oft war es das Wetter. Wetterwechsel, Hitze, Trockenheit, Luftdruck, Schwüle.

Wenn es Manfred nicht gut ging, durften Ines und Anne

nicht stören. Dann lag er stundenlang im dunklen Elternschlafzimmer, schlief aber nicht, so viel hatten sie herausgefunden. Denn natürlich haben sie versucht, zu ihm vorzudringen. Haben leise die Türklinke heruntergedrückt, sind hineingeschlichen in den dunklen Raum, in dem es süßlich nach Schweiß roch. Gesagt hat ihr Vater nichts. Aber sie haben seine Augen gesehen, die offen ins Dunkel blickten, nicht zu ihnen, nur irgendwohin, diese kleinen, wässrigen Murmeln, die immer wieder kurz blinzelten.

»Liest du mir was vor?« Marie klettert auf Ines' Schoß.

»Jetzt lass deine Mutter doch erst einmal essen.«

Ines winkt ab. »Was möchtest du denn hören?« Aber Marie hat das Buch bereits auf den Tisch gelegt.

Ines lächelt. »Märchen. Danach ist sie gerade verrückt.« Helga nickt, scheint zufrieden. Märchen. Kennt sie. Im Großmutterton, leicht nach vorne gebeugt: »Welches Märchen magst du denn am liebsten?«

Marie grinst und schlägt die Seite auf. »Dornröschen. Wegen der ganzen Rosen und weil alle plötzlich festgefroren sind, hier, der Koch, mitten in der Ohrfeige.« Sie kichert und dreht sich zu ihrer Mutter herum. »Hast du auch ein Lieblingsmärchen?«

Ines überlegt kurz und schiebt ihren Teller zur Seite, der Augenblick ist günstig. »Sterntaler, glaube ich.«

»Ja«, Marie lacht wieder und blättert weiter bis zum Märchen. »Das ist auch lustig. Guck mal: Da kann man den Po vom Mädchen sehen.« Sie hält sich die Hand vor den Mund. Helga schüttelt den Kopf, gütig.

»Und Oma und Opa?«

»Die Bremer Stadtmusikanten!«, dröhnt es aus der Küche. Manfred kommt herein, die Haare zerzaust, knöpft sich im Gehen noch die Hose zu, lässt sich schnaufend auf einen Stuhl sinken und schaufelt Nudelauflauf auf einen Teller. »Etwas Besseres als den Tod findest du überall«, sagt er, das Kinn auf die Brust gebeugt. Helga lacht. »Ja, hör du nur auf den Esel!« Mit der flachen Hand haut sich Manfred auf den Oberschenkel und stimmt ins Lachen ein. Marie klammert sich an ihre Mutter. »Wann fahren wir wieder zu Papi?«

»Morgen ist das Klassentreffen. Übermorgen fahren wir.« Und: »Nicht so an meinem T-Shirt reißen.« Einer dieser Sätze, die sie mittlerweile mechanisch von sich gibt. »Nicht so reißen.«

27

Joeys blaues Auge, der Tennisball an Jonas' Rucksack, Kirstens Lachen im Gegenlicht. Ines denkt nicht gerne an das Schulfest. Denn nach dem Fest gab es nur noch wenige styroporene Schulstunden, abgestandene Luft, und dann kam schon Deutsch bei Schröder, Kirsten verschwand, und Ines blieb allein.

Das Schulfest begann wie jedes andere mit lauter Musik. Draußen war es noch hell, der Nachmittag ging langsam in den Abend über, doch die ausrichtende Stufe war bereits da, nippte am ersten Bier, rauchte Zigaretten auf dem Hof, das durfte man an diesem Tag auch jenseits der Raucherecke, sofern die Kippen am nächsten Morgen aufgelesen wurden.

Einlass war ab 19 Uhr, und einige Schüler standen tatsächlich schon da, sprangen aus dem Golf oder dem VW Passat ihrer Eltern, die Mädchen noch ungewohnt mit Schminke, die Jungs durchgegelt, während in der verkehrsberuhigten Zone rund um das Gymnasium Kinder auf Kettcars und Dreirädern Kreise zogen und Rentner, einem abendlichen Ritual folgend, ihre Geranien, Strauchtomaten und Rosenbüsche gossen.

Ines und Kirsten saßen im Schneidersitz auf der Betontischtennisplatte und kauten Kaugummi. Von Weitem sahen sie Jonas Bierkisten schleppen. Kirsten winkte ihm zu, lächelte, Ines weiß noch, dass Kirsten an diesem Abend ein schlichtes blau-weiß geringeltes Shirt trug; ein bisschen Gaultier. Ein bisschen Cobain. Sie sah gut aus. Ihre Haut war sommersprossengesprenkelt, Schminke brauchte sie nicht.

Was sie selbst für das Schulfest angezogen hat, weiß Ines nicht mehr.

Als Kind hat sie das beschäftigt: Dass man alles um sich herum sehen kann, nur sich selbst nicht. Dass man nur diesen Ausschnitt kennt – die eigenen Hände, Arme, Beine, Füße und ein wenig die eigene Nase, die ins Blickfeld ragt. Doch das Wichtigste, das eigene Gesicht, der eigene Ausdruck, bleiben einem verborgen. Dann ist sie älter geworden und hat nicht weiter darüber nachgedacht. »Wenn ich zu viel rausgebe, fällt's auf«, sagte Jonas mit Blick auf Ines und reichte Kirsten eine Bierflasche.

»Nicht schlimm, wir teilen. Hast du einen Öffner?«

Er nickte und zog ein Feuerzeug aus der Hosentasche. »Ist leider noch nicht kalt.«

»Macht nichts. Sind nicht wählerisch.« Kirsten setzte das Bier an die Lippen, trank, schluckte, schaffte ein Lächeln. Jonas sollte nicht merken, dass sie noch nicht so weit war, dass ihr Bier eigentlich gar nicht schmeckte.

Sie reichte die Flasche weiter, Ines trank, bitterer Geschmack auf ihrer Zunge, auf ihren Lippen, sie trank zu hastig, es schäumte, sie verschluckte sich, musste aber nicht husten, trank noch einen Schluck, es ging ganz leicht, das Bittere gefiel ihr. Doch keiner hat hingesehen. Hat gesehen, wie gut sie Bier trank. Jonas lächelte nur und rauchte, und Kirsten hielt stand.

»Wir sehen uns später«, sagte er. Kirsten nickte. Jonas wusste, wie alt sie waren. Dennoch sagte Kirsten: »Wir sehen uns.«

Mit dem Bier gingen sie in den Park. Die Gefahr, dass einer der Aufsicht führenden Lehrer sie erwischte und nach Hause schickte, war auf dem Schulhof zu groß. Im Park hatten die Lehrer nichts zu suchen. Das war Sache der Polizei, doch einen Polizisten hatten sie hier noch nie gesehen, obwohl alle Schüler, selbst Caroline und Sandra, wussten, was es hier zu kaufen gab.

Manches noch so klar. Anderes verschwommen. Ines weiß nicht, wo Michael an dem Abend war, nur, dass er da gewesen sein muss, dort in der Konzertmuschel, in der selten jemand auftrat. Ein-, zweimal im Jahr die Stadtmusik, damit die Bühne überhaupt genutzt wurde. Und wer zufällig gerade im Park spazieren ging, der blieb kurz stehen oder setzte sich für einen Moment auf eine der Bänke.

Ines weiß noch, dass sie sich am Ende nicht trauten, sich durch das kleine Fenster im Mädchenklo zu quetschen. Sie weiß, dass Joey und Patrick, Jochen und Alex in der Muschel saßen und dass auch Jonas, Raoul und die anderen Großen immer wieder vorbeikamen, da es im Schulgebäude zu heiß sei, wie sie sagten, furchtbar heiß, sie aber nicht lüften durften wegen der Nachbarn und der lauten Musik. Irgendjemand hatte eine Nebelmaschine mitgebracht und es damit maßlos übertrieben. Die ersten Klos waren schon kurz nach acht verstopft, da jemand ganze Klopapierrollen in die Schüsseln gestopft hatte, sehr lustig. Zum Pinkeln gingen die Jungs lieber in den Park. Vermutlich waren auch Mädchen dabei, die aus der Oberstufe und vielleicht noch ein paar andere aus der Mittelstufe, vielleicht Sandra oder Jessica oder die Richkids aus der Parallelklasse, die mit den Pools im Garten, aber für die interessierte sich Ines nicht.

Statt Namen und Gesichter die klare Erinnerung an den penetranten Haschischgeruch rund um die Konzertmuschel. Sie sieht das Glimmen in der Nacht vor sich. Sieht, wie Patrick mit schmalen Lippen am Joint zieht. Drogen sind böse, Drogen vernebeln dein Gehirn, machen dich abhängig und kaputt. Das wusste Ines seit den ersten Büchern aus der Problembuchreihe. Und doch war sie beeindruckt von der Fingerfertigkeit, mit der die Jungs ihre Tüten bauten, und dem Kult, den sie mit ihren Che-Guevara- oder Bob-Marley-Shirts um das Kiffen betrieben. Wer nicht von Jamaika träumte, träumte von New York, und am Ende war es auch egal, ob Reggae lief oder Hip-Hop. Hauptsache, jemand hatte Piece dabei.

Kirsten und Ines tranken Wein, den jemand aus dem Keller seiner Eltern geklaut hatte, während Alex in Schimpansenhocke auf einem Stein saß und eine Bierdose aufriss. Da niemand an einen Korkenzieher gedacht hatte, drückten sie den Korken mit dem Daumen in die Flasche und nahmen große Schlucke, klopften zudem Schnapsfläschchen auf Holz und leerten sie in einem Zug. Apfelkorn und Kleiner Feigling. Dazu eine Flasche Asti Cinzano. Kirsten lachte und tat so, als würde sie rauchen, paffte jedoch nur, allerdings überzeugend. Ines lehnte die angebotenen Zigaretten ab. Dass ihr schlecht werden würde, merkte sie bereits kurz nach Sonnenuntergang. Sie sieht verschwommen Patrick vor sich, hört ihn sagen: »Ihr braucht eine Grundlage.« Das meinte er freundlich. Ein guter Ratschlag unter Freunden. Fettig und ölig, viele Kohlenhydrate. Döner oder Nudeln. Das hätten sie vor diesem Abend essen sollen. Doch der Ratschlag kam zu spät.

28

Marie sitzt auf einem weißen Pferd, es musste unbedingt ein Pferd sein, und dreht sich im Kreis.

Deutsch bei Schröder. Lyrik.

Und das geht hin und eilt sich, dass es endet.

Marie lächelt, winkt bei jeder Runde, immer wieder, wenn sie auftaucht, wenn sie verschwindet, guck mal, Mama, Oma, siehst du mich? Guck mal!

Und dann und wann ein weißer Elefant.

Es ist schwül, dennoch trägt sie das Regenmäntelchen. Ein roter Punkt, der kommt und geht. Kommt und geht. In steter Bewegung, Geschwindigkeit vortäuschend, und doch kommt er nicht vom Fleck.

Manfred ist zu Hause, Helga und Ines sitzen auf einer Bank, winken, lächeln, bewundern. Fünf Euro für acht Minuten Ruhe und Glückseligkeit. Um später einmal sagen zu können: Damals sind wir immer, und immer musste es ein Pferd sein.

»Du bist als Kind nicht gerne Karussell gefahren«, sagt Helga, die Hände über dem Bauch gefaltet, als würde sie beten.

»Das weiß ich gar nicht mehr«, sagt Ines. Noch eine Runde und schon wieder weg. »Warum denn nicht?«

Ihre Mutter zuckt mit den Schultern, zieht die Mundwinkel herunter. »Ich glaube, du mochtest den Schwindel einfach nicht. Du hast gesagt, du hast einen Drehwurm, dir wird schlecht.« Sie lacht. »Du warst schon sehr eigen.«

Ines nickt.

»Ach Kind, jetzt lächel doch mal.« Ihre Mutter verdreht die Augen.

Das Karussell verlangsamt seine Fahrt, und noch ehe es anhält, gibt es die ersten Diskussionen, startet der Machtkampf zwischen Noch mal und Wir wollen weiter. Ines gibt nach, eine Runde noch, letzte Runde, allerletzte Runde, dann aber los. Marie steigt vom Pferd, geht zwei Schritte weiter, steigt auf ein anderes Pferd; das erste war weiß, das zweite ist schwarz. Das Pferd hat das Maul geöffnet zu lautlosem Gewieher. Rotes Zahnfleisch, weiße Zähne, glühende Augen. Der Blick hat etwas Manisches, doch Marie sieht es nicht, greift nur nach den Zügeln aus schlappem Leder, die mit Ringen am Pferdemaul befestigt sind. Sie ist bereit für die nächste Fahrt.

Die Platte dreht sich, Marie verschwindet, und Ines fragt: »Wie meinst du das? Ich war sehr eigen?«

Gelbes Laub auf den Gehwegen des Parks. Zugvögel in Formation. Noch kein Herbst. Nur Hitze. Die Bäume werfen Äste ab wie abgestorbene Arme, amputieren sich selbst, um den Stamm zu retten, sehnen den Winter herbei, in dem ein friedliches Dahinscheiden angemessen erscheint.

»Ach, ich weiß auch nicht. Ich hatte manchmal einfach das Gefühl, gar nicht zu dir vorzudringen. Die Kleine ist da ganz anders. Juhu, Marie!« Helga winkt, lacht wieder.

»Sie ist anstrengend.«

»Sie ist lebhaft. Aufgeweckt. Sei froh darüber.«

Der schwarze Gaul, der rote Mantel. Und wieder weg.

»Du bist ganz dein Vater. Und Marie. Die kommt eben eher nach mir.«

»Oder vielleicht nach ihrem Vater?«

Helga lächelt. »Du bist manchmal so spröde. Findet auch Michael.«

»Michael? Mama, was hast du denn bitte noch mit Michael zu schaffen? Und woher soll der wissen, dass ich spröde bin? Wir haben uns jahrelang nicht gesehen.«

»Na, er war doch in der Schulzeit dein bester Freund. Das verbindet. Deine Freunde aus dem Studium kenne ich ja alle gar nicht mehr.«

Eiswagengebimmel, die nächste Verlockung, der ganze Park ein einziger Erziehungsauftrag. Bislang abwesend: der Luftballonverkäufer.

»Meine beste Freundin war doch Kirsten.«

»Ja.« Helga presst die Lippen zusammen und nickt. »Kirsten. Du, das Karussell hält an. Lass uns Marie einfangen.« Sie steht auf und geht, die Arme vor der Brust verschränkt, auf Marie zu, die sich ohne Widerworte von ihren Pferden verabschiedet, da sie längst den Eismann entdeckt hat.

Der Wind wirbelt die Blätter auf und färbt die Autos mit Saharasand rot und braun.

»Wir sollten uns etwas beeilen«, ruft sie ihrer Mutter und Marie zu, die Schokoladeneis auf eine Waffel stapeln lassen. »Ich muss mich noch umziehen und dann los. Das Klassentreffen.«

29

Das Klassentreffen soll in der alten Schulaula stattfinden, auch wenn es mittlerweile eine größere im Neubau gibt. Irgendjemand fand es wohl lustig oder nostalgisch, in dem alten Saal zusammenzukommen, dessen massive Wände nur durch schmale Fenster unterbrochen werden.

Ines weiß nicht, wie man sich für ein Klassentreffen anzieht. Schwarze Jeans, schwarzes Oberteil – nicht schick genug? Womöglich, doch zumindest dezent und gut geeignet für eine Flucht, für die es flache Schuhe braucht.

Nachricht von Martin: »Nur Mut.«

Warum schreibt er das?

Vor dem Badezimmerspiegel setzt sie den Kajal an. Marie beobachtet sie dabei, den kleinen roten Mund ein Stück weit geöffnet. Fragt: »Kannst du mich als Katze schminken?«

Ines lächelt. »Komm mal her.« Marie blickt in den Spiegel,

streicht sich die Haare hinter die Ohren, als Ines sanft den Stift über ihre Haut gleiten lässt und ihr schwarze Schnurrbarthaare aufmalt. »Armer schwarzer Kater«, sagt sie und gibt ihr einen Kuss, aber Marie bleibt ernst, maunzt nur einmal kurz. So geht das Spiel heute.

Und damals?

Der Geschmack von Zigaretten und süßem Wein, das Gefühl, als würde die Schulzeit nie vergehen. Schwangerschaften als Knock-out, nicht als Erfüllung. Sie waren Kinder ohne Kinderwunsch, ein Kind durfte nicht passieren, daher: Jahre voll Babyabwehrstrategien. Dazu Musik, die zu weit entfernt spielte. Das tat sie viele Jahre lang. Zu weit weg und viel zu leise. Und schließlich sie, die in einer Muschel festsaßen, doch weit und breit kein Meer, stattdessen künstlich angelegte Wege und Totenkopfäffchen, die sich an das Gitter ihres Geheges krallten und es schon vor langer Zeit aufgegeben hatten, daran zu rütteln.

Es war dunkel, es war kalt, und aus ihrer Stufe saßen nicht mehr viele im Park, da die meisten zu Hause vermisst wurden. Joey baute einen weiteren Joint und zündete ihn an. Eine kleine Flamme, die kurz sein blaues Auge erhellte, ehe es wieder mit dem Schwarz der Nacht verwuchs. Ines sah zu, wie der glühende Punkt weiter zu Alex wanderte, Glatzen-Alex, der tief inhalierte, dann zu Jochen, der es nicht ganz so gut konnte. Patrick war irgendwo. Patrick war ihr egal, so wie sie ihm egal war. Irgendeiner, der halt mit in der Klasse saß und groß wurde. Sollte er doch.

Jonas und Raoul und all die anderen aus der Oberstufe waren in der Schule oder im unmittelbaren Umfeld. Die Letzten im Park langweilten sich schrecklich, doch keiner wollte es zugeben, zumindest so lange nicht, bis sie etwas Besseres fanden. Also kifften sie und rauchten und tranken, redeten über ihre Vespas, die sie mit 16 haben wollten, wie viel sie dafür sparen mussten und wie sie die Maschinen frisieren würden. Eine Vespa erschien ihnen als erster Schritt in Richtung Freiheit.

Ines war müde. Gerne wäre sie nach Hause gegangen. Einsam fühlte sie sich in der Konzertmuschel, in der die Jungs plapperten und Kirsten schwieg und immer nur nach oben blickte, Richtung Sterne, die nicht zu sehen waren, da die Straßenlaternen brannten und den Himmel verschmutzten. Stattdessen Motten im Leuchtstoffröhrenlicht.

»Können wir jetzt« als Versuch, der unbeantwortet in der Nachtluft verhallte. Die Kirchturmuhr schlug, verkündete das Ende des Schulfests. Mitternacht. Alle Schüler mussten raus aus dem Schiff, den Lehrern noch eine gute Nacht wünschen, möglichst nicht dabei lallen. Einige gingen direkt nach Hause, andere ließen sich von ihren Eltern abholen, peinlich. Wieder andere wollten die Nacht nicht so schnell aufgeben, suchten nach Auswegen, zum Beispiel hier im Park. Darauf hatten sie gewartet. Nur die Klassenstufe, die das Fest ausgerichtet hatte, durfte noch etwas länger in der Schule bleiben, das Gröbste aufräumen und das grelle Schullicht einschalten, worauf Laute freudigen Ekels und Entsetzens folgten. Sie durften weitertrinken, Rolf störte es nicht, »hast du mir auch eins?«

Und irgendwie ist es gar nicht so weit weg, das Mädchen, das damals im Park fror und darauf wartete, dass irgendetwas passieren würde, das von Bedeutung war. Das den Lippenstift seiner Mutter klaute und sich nach Nächten neben Kirsten sehnte, um ihr beim Entwerfen von Dystopien zuzuhören und dabei ihre Leberflecke zu zählen.

»Mama, wann kommst du nach Hause?« Marie kratzt sich an der Wange, verschmiert die Schnurrbarthaare. Katzenjammer.

»Wenn du schon schläfst, mein Schatz. Und bitte lass dich von Oma vor dem Schlafengehen noch abschminken, sonst geht die Farbe ins Kissen.«

Nicken und »na gut«.

Helga kommt ins Badezimmer und legt ihre Hände auf Maries Schultern, als müsse sie das Kind jeden Moment davon abhalten, sich an seine Mutter zu klammern und diese am Fortgehen zu hindern.

»Hast du was gegessen?«, fragt sie Ines.

»Ja, Mama. Ich bin mir aber sicher, dass es auch dort etwas geben wird.« Kind und Mutter und Mutter und Kind. Nach unten und oben muss alles abgeklärt werden.

»So ein paar Häppchen vielleicht. Satt wird man davon nicht.«

Grundlage schaffen.

Ines blickt noch einmal aufs Smartphone, eine weitere Nachricht von Martin, »viel Spaß auf dem Klassentreffen«, und »halt durch« und »ist dir wieder schwindelig?«. Keine Ahnung, was er an diesem Abend eigentlich vorhat.

Was nach dem Schulfest genau passierte, weiß Ines nicht mehr. Da waren Gesichter und Gerüche, der Geschmack von Zimt, das geöffnete Fenster zum Kunstraum und der absolute Unwille, nach Hause zu gehen. Die Türen der Schule waren abgeschlossen, die Schlüssel hatte Rolf, der mit ein paar Schülern in seiner Einliegerwohnung saß. Andere waren weitergezogen zu der einzigen für Oberstufenschüler akzeptablen Disco mit dem weniger akzeptablen Namen Fame.

In der Schule hing noch immer künstlicher Nebel, daher wohl das geöffnete Fenster, das zum Kunstraum führte. Räuberleiter, »kommt halt mit«, und hoch war es ja auch nicht. Selbst wenn sie gestürzt wären, war da immer noch das Dach des Fahrradkellers, man konnte direkt daraufspringen, der Fahrradkeller, in dem Schüler wie Raoul und Jonas saßen, sitzen mussten, da sie das Fame hassten und bei Rolf niemand kiffen durfte, das dann doch nicht, Alkohol war in Ordnung, Kiffen nicht.

Ines erinnert sich an den Geruch trocknender Farbe und Kreide, sieht die Staffeleien vor sich und die Bilder an der Wand. Den Dschungel, die Sternennacht, die gelbe Kuh. Streifzug durch apokalyptische Schulgänge. Toilettenpapier auf dem Boden, Scherben, vollgekotzte Klos.

Sie erinnert sich an Alex und Joey, die sich Bier aus dem Kühlschrank der improvisierten Theke holten, erinnert sich an Kronkorken, die auf den Boden klirrten, ein dröhnender Bass, ein tiefer Schreck, »mach um Gottes willen das Ding aus!«. Einmal kurz hoch zum Büro des Schulleiters, zum Lehrerzimmer, aber alles abgeschlossen. Sie machten das ja nicht zum ersten Mal, »und was willste da überhaupt, kann dir auch so sagen, dass deine Noten scheiße sind«.

Es war blöd. Blöd und langweilig und albern. Also schnappten sie sich noch mehr Bier und kletterten wieder zum Fenster raus.

Die Jungs gingen mit den Bierflaschen ein letztes Mal in den Park, und Ines erinnert sich an Jonas, mit dem sie unter den alten Bäumen auf dem Schulhof stand, und einen schwarzen Schlaf voll Übelkeit und Sorge, sich jeden Moment übergeben zu müssen.

Und genau so erzählte sie es auch, als Kirsten verschwand und sie von der Polizei befragt wurde.

30

Es klingelt an der Tür. Michael trägt einen grünen Pullover mit Rollkragen, ein Outfit, das es ja auch nicht sein kann, aber Ines sagt nichts dazu, sieht nur zu, wie Michael ihrer Mutter eine Auflaufform reicht, »direkt aus der Spülmaschine«, und jetzt sollte sie vermutlich Fragen stellen, aber ihre Mutter lacht nur und scheint geschmeichelt, und Ines denkt, dass sie doch wissen müsste, was die beiden da, nein, falsch, dass sie es vermutlich sogar weiß, so wie sie eigentlich wissen müsste, was sie an ihrem achten Geburtstag getan hat oder an ihrem neunten oder dreizehnten. Aber sie kann die Erinnerungen nicht abrufen. Da ist keiner ihrer Geburtstage, kein Weihnachtsfest, kein Osterfest, obwohl sie doch da war. Selbst die Feierlichkeiten nicht, als sie achtzehn, neunzehn, zwanzig war, volljährig und mit Führerschein, halbwegs nüchtern – leer. Doch Ines weiß, dass die Erinnerungen wiederkommen können, denn ab und an passiert es, dass etwas zurückkommt wie ein tiefes Aufstoßen des Gehirns. Blörp, da hast du's.

Die Mosaikbilder zum Beispiel, die aus bunten Glassteinchen zusammengesetzt waren und vor den Zimmern der Musikschule hingen, in der sie jahrelang mit Klavierstunden gequält wurde, die zu nichts führten als einem rudimentären Verständnis von Noten. Jahrelang verschollen. Doch heute sieht sie die Bilder deutlich vor sich. Vor ihrem Zimmer war es ein Eichhörnchen, im Raum nebenan, in dem Cello unterrichtet wurde, ein Fisch. Das weiß sie wieder. Welche Stücke sie einstudieren musste hingegen nicht. Und doch: Wenn es sich ergibt. Wenn irgendwo ein Klavier steht. Wenn sie die Hände auf die Klaviatur legt. Dann finden auch Melodien wieder den Weg zu ihr. Dann greifen die Finger in die Tasten, ganz automatisch laufen die Bewegungen hoch und runter, treffen die richtigen Töne, ohne dass sie sagen könnte, wie die Noten heißen, die sie da spielt, und wer das Stück komponiert hat.

»Wir sollten mal so langsam«, sagt Michael.

Sicherlich hat er bemerkt, dass sie nichts weiß von den Aufläufen ihrer Mutter und seinen schwiegersohnigen Besuchen, aber sie hat keine Lust, Fragen zu stellen und Antworten zu erhalten, die Dinge kompliziert machen könnten. Alle erwachsen. Alle für sich selbst verantwortlich. Tür zu.

Drinnen Licht, draußen dunkel. Ines blinzelt. Schwarz wird zu Grau, wird zu Blau. Der alte Schulweg. Vertraute Gullydeckel, Senkungen, schwarze Asphaltpflaster auf kaputten Straßen. Nur ein paar Neubauten stören die Erinnerung. Sie schweigen, und Ines denkt an den Skandal, von dem sie am Sonntag nach dem Schulfest, den sie verkatert und elend in ihrem Kinderzimmer verbrachte, noch nichts ahnte.

Heute wüsste es jeder direkt nach dem Aufstehen. Bing-

bing-bing würde das Smartphone machen, aber heute gäbe es diesen Skandal gar nicht, da es solche Feste nicht mehr gibt.

Marie wird heranwachsen in einer Schule mit striktem Rauchverbot, alkoholfreien oder gar keinen Schulfeiern, Unterricht bis in den frühen Abend. Natürlich wird es auch dann Aufreger geben. Aber es werden andere sein. Andere als dieser, bei dem eine Handvoll Schüler, die nicht bei Rolf waren oder im Fame, durch das offene Fenster des Kunstraums gestiegen waren und die Schule verwüstet hatten. Mit Edding malten sie riesige Penisse, versauten sämtliche Klobrillen und beschimpften ihre Lehrer auf primitivste Art und Weise. Mit einem Stuhl zertrümmerten sie ein Waschbecken, zerschlugen einen Spiegel, drehten die Wasserhähne auf und stopften Klopapier in den Ausfluss. Bei einem letzten nächtlichen Kontrollgang bemerkte Rolf die Überschwemmung. Für den Rest kam er zu spät.

Ines lachte, als sie später die Schmierereien sah, viele Schüler lachten, vielleicht lachten sogar ein paar Eltern, die sich daran erinnerten, wie sie selbst früher einmal. Dummejungenstreiche, ihr Lümmel, zur Hölle mit den Paukern!

Der Schulleiter lachte nicht.

Schröder versuchte am Montag nach dem Schulfest die Aufmerksamkeit der Schüler von diesem Thema über Henry Winterfelds Caius ist ein Dummkopf auf Protestbotschaften an Wänden zu lenken. Street Art und Graffiti, die East Side Gallery und Gaunerzinken. Er gab sich wirklich Mühe, doch was bei den Schülern hängen blieb, war ein zwei Meter großer, mit schwarzem Edding gemalter Phallus, darunter in Druckbuchstaben: »Mr Penis.«

Am Fuß des Serpentinenbergs hört Ines das Quietschen von Turnschuhen. Drei Jugendliche spielen im Schein einer Straßenlaterne Basketball. Ein kleiner Platz zwischen den Wohnblocks. Schaukel, Sandkasten, Basketballkorb. Zwei Mädchen sitzen auf einer Bank und rauchen. Die Spieler keuchen, der regelmäßige Aufprall des Balls taktet den Abend. Sie zielen auf den Korb, der Ball fällt in einem Bogen durch das Netz, berührt es kaum, landet auf dem Boden, und das Spiel beginnt von vorn.

Michael sieht die Jugendlichen nicht an. Auch wenn er doppelt so alt ist wie sie, Jahrzehnte vor ihnen geboren und ihnen nie begegnet ist, weiß er, dass es dieselben Jungs sind wie früher; jene, die ihn nicht mitspielen ließen, die ihn auslachten.

»Wer hat das Treffen eigentlich organisiert?«, fragt Ines. »Wer hat eingeladen?«

Michael lacht. »Dass ausgerechnet du das fragst.« Er schüttelt den Kopf, und sie fragt nicht weiter. Sie sind am Fuß des Serpentinenbergs angekommen, die Wohnblocks verschwinden, die Gegend wird das, was man besser nennt.

Ines blickt in die von warmem Licht erleuchteten Fenster auf der Suche nach einem kurzen Moment von Familienleben, Ehekrach, Einsamkeit. Blickt auf Bücherregale, sinnlos auf die Fensterbänke gestellte Lämpchen, auf runde Wohnzimmerlampen, vergessene Topfpflanzen, Schatten hinter zugezogenen Vorhängen, blaues Fernsehgeflimmer.

»Was ist bei dir eigentlich schiefgelaufen?«, fragt Michael plötzlich. Ines bleibt stehen. Ja, das hat er wirklich gesagt. Ausgerechnet er.

Der Skandal wäre vielleicht gar kein so großer gewesen, wenn hinter Mr Penis Raoul oder Joey, vielleicht auch Alex gesteckt hätten. Doch als der Druck zu groß wurde, machte sich eine kleine Delegation auf den Weg zum Lehrerzimmer, im Glauben, irgendeinen Stolz, für den sich niemand interessierte, verteidigen zu müssen. Es waren Schüler, die später Theologie, Medizin oder Europarecht studieren sollten. Schüler, die um ihre Einserschnitte bangten. Schüler wie Michael.

Bei Raoul oder Joey wäre die Sache einfach gewesen – Schulverweis, Schluss, fertig, aus. Hausfriedensbruch, Vandalismus, Sachbeschädigung, wie auch immer, was gab es da zu diskutieren? Aber konnte sich ein Gymnasium mit einem Schlag von seiner Elite lossagen?

Es gab Rankings und Abidurchschnitte, die verglichen wurden. Dazu Eltern – ebenfalls Mediziner, Juristen, Gymnasiallehrer –, die Sturm liefen, die *das Gespräch suchten,* die verhandelten, als ginge es darum, den Nahostkonflikt zu lösen.

Während Helga die Sache gar nicht lustig fand, fand sie Manfred irre lustig. Er, der selbst in seiner Schulzeit nie auch nur in die Nähe eines Einserdurchschnitts gekommen war, saß am Esstisch, mampfte Eintopf und sagte Sätze, in denen er Wörter wie *typisch* oder *bezeichnend* verwendete. Er schwang den Löffel, lachte, und schimpfte erst, als es hieß, dass den Schülern nichts weiter drohe als der Ausschluss von der nächsten Klassenfahrt und die Aussicht, unter Rolfs Anleitung den Schaden selbst zu beseitigen. *Ein Witz,* wie Manfred fand. *Unsereins wäre*, ja sicher doch.

Worüber sich niemand, weder Eltern noch Lehrer, ernsthaft Gedanken machte, war die Frage, warum diese Schüler aus gutem Haus plötzlich aufbegehrt hatten. Was sie, Mitglieder der Schach-AG, Jugend-Musiziert-Preisträger, Teilnehmer der Mathe-Olympiade, dazu gebracht hatte, ihre Frustration in Form von Zerstörung, dümmlichen Bildchen und sexistischen Sprüchen auszuleben.

»Was meinst du mit schiefgelaufen?« Mr Penis, Schwitze-Michel, echt jetzt? »Meinst du die Frage ernst?«

Michael sieht Ines nicht an. »Du warst doch gut in der Schule. Vor allem nach dem Jahr in Frankreich. Du hättest doch alles werden können.«

Knirschende Schritte auf dem Schotterweg. Vor ihnen liegt das Schulgebäude, ein dunkler Klotz, ein Kindergefängnis, in dem niemand fürs Leben, alle nur für den Abschluss lernen. Falsch.

Da sind schon Dinge, die ihnen beigebracht werden. Ordnung, Unterordnung, Pflichterfüllung. Das Aushalten von Demütigungen. Das Unterdrücken der eigenen Meinung, aus der sich Nachteile für den Notenspiegel ergeben könnten.

Solche Dinge.

»Gute Noten bedeuten noch lange nicht, dass man alles werden kann. Oder will.« Ines schnaubt, doch Michael lässt nicht locker.

»Du machst Öffentlichkeitsarbeit, bist noch dazu bei der Kirche angestellt. Seit wann bist du denn gläubig? Und das bei deinem Potenzial … Dein soziales Engagement in allen Ehren«, sagt er, und sie denkt: *in allen Ehren?*, und er fährt fort: »Aber wenn du stattdessen zum Beispiel …« und dann irgendwas über Rechte und UN-Konventionen und europäische Ebene, es sind nur noch ein paar Meter bis zum Schiff, dem rettenden Schiff.

An das Schultor hat jemand bunte Luftballons gehängt, die in dem schwachen Licht der Straßenlaterne grau aussehen, aber dennoch ihren Zweck erfüllen, nämlich zögernden Besuchern Mut zuzusprechen. Kommt herein, hier seid ihr richtig, und schließlich hört auch Michael auf zu reden, und Ines sagt: »Wir sind da.«

31

Der Geruch ist unverändert. Es ist jener universelle Schulgeruch, ein Gemisch aus Reinigungsmitteln, billigem Klopapier, Tonerstaub und jugendlichem Schweiß. Der Weg zu der alten Schulaula ist gepflastert von dem, was Schulen als Kunst ausgeben. Ton, Holz, Acrylfarbe. Zusammengeklebter Schrott. Sie nennen es *Collagen*. Und dann alle Eindrücke auf einmal: Musik von den 4 Non Blondes, ein Buffet mit Tomaten-Mozzarella, Käseigel, irgendwas mit Couscous, eine rote Bowle. Viele Menschen, alle erwachsen, was Ines einen Moment lang kalt erwischt. Erwachsene, die erwachsene Freunde haben, doch sie kennt sie aus ihrer kläglichen Jugendzeit. Heute sind sie alle auf gutem Posten oder in schönem Haus oder zumindest eindrucksvoll gescheitert. Aber hier kommen sie zusammen und kennen die schmutzige Wahrheit, kennen sich mit Pickeln und Zahnspangen und Kinderspeck, wissen von Frisurexperimenten, dem Kotzen nach zu viel Schnaps, erinnern sich an die Vollblamage im Matheunterricht vorne an der Tafel, an den Liebeskummer wegen dem oder der, und natürlich treffen hier auch einstige erste Lieben aufeinander.

Wisst ihr noch, damals?

Selbst die wenigen, die über Social Media ihren Weg zu Ines gefunden haben, sind so erschütternd alt, denn Facebook nutzt eigentlich niemand mehr, die Profilbilder wurden vor Jahren eingestellt, und auf anderen Kanälen sind eh nur noch Fotos von Kindern und Hunden, Blumen im Vorgarten, Aperol Spritz oder Sonnenuntergängen zu sehen.

Ines wusste, dass es die Kinder von einst nicht mehr gab, und dennoch ist sie überrascht. Tatsächlich sind sie alle groß geworden und haben irgendwas aus sich gemacht, sind nicht aus der Welt gefallen. Haben einen Platz im System gefunden. Und niemand wird mehr in den Papierkorb gesteckt, niemand mit Kreide beworfen, und niemand furzt, weil es lustig ist, und niemand macht Kaugummiblasen, und niemand braucht mehr das Mädchenklo für irgendetwas anderes als den Toilettengang.

Erleichterung liegt in der Luft.

Die einen quatschen über ihr Coming-out (»endlich«, »schon immer gewusst«), die anderen über ihren Ruin. Anekdotenstapelei.

Misstrauen liegt in der Luft.

Wer geht hier fremd? Wer wählt rechts? Wer schlägt sein Kind? Die Statistiken sind ja bekannt, und sie sind gegen uns. Wir können nicht alle gut sein, wir sind zu viele. Ehe sich Ines von dem Schock erholen kann, wird sie schon umarmt von Sandra, immer noch mit langen roten Haaren und blass, aber deutlich breiter, mit einem Gesicht, als hätte es jemand an den Wangen gepackt und ein Stück weit nach unten gezogen. Um den Hals ein Wollschal, Wollstulpen um die Handgelenke. Früher war der Kelly-Family-Style Anlass für Geläster, doch heute steht man auf Do-it-yourself und Weckgläser in allen Größen. Spott und Hohn für all jene, die schon als Schüler kein Fleisch essen wollten, sind verstummt und haben Platz gemacht für die Ansicht, dass sie es damals besser wussten und wir eben erst heute.

Ines, wie schön, dich zu sehen, so lange nichts von dir gehört, genau genommen seit dem Abi nicht mehr, gut siehst du aus, die kurzen Haare, was machst du, wo wohnst du, hast du Kinder? Und Ines, plötzlich mit Sektglas in der Hand, plappert zurück, beantwortet das Fragenregister, lässt auch Caroline über sich ergehen – sie hieß wirklich Caroline, heißt sie immer noch –, sie prostet Patrick aus der Ferne zu, ist das alles lustig. Und ist es nicht schön, dass man sich hier noch kennt, wie man einst war? Mit Mädchennamen und nicht als »Frau von«? Dass Partner und Kinder unbekannt und daher egal sind, *wie geht es DIR denn?* Denn hier, hier wissen sie alles über dich. Peinlichkeiten über Jahre, Versagen in einzelnen Fächern, der Unfall an der Reckstange – sie waren dabei, Jahr für Jahr, haben neben dir gestanden und dir beim Wachsen und Scheitern und Daranwachsen zugesehen. Was kann einem da heute noch unangenehm sein? Also zückt Ines ihr Smartphone und macht es wie alle anderen: mein Mann, meine Tochter, mein Holzfußboden.

Dann erklingen die ersten Takte von Smells like Teen Spirit, und Ines verstummt. Lässt Michael stehen und Sandra und Caro, achtet nicht auf Jochen und Alex (mit Glatze), sondern geht auf die Wand zu, lehnt sich mit dem Rücken daran, wagt es nicht, zu ihrer Rechten zu blicken, denn ein Augenaufschlag, und es könnte vorbei sein. Doch da steht sie, direkt neben ihr.

Ines könnte die Hand ausstrecken, sie berühren, aber sie wartet, unsicher, ob auch die anderen sie sehen können. Kurzer Schwindel, einmal Augen zu, Augen auf, einmal tief durchatmen, doch dann ist sie es, die Ines anspricht und fragt: »Na, Reihenhausmädchen? Bist du inzwischen mal in Mailand gewesen?«

II

Kirsten

Die Tür schnappt hinter ihr zu, das vorletzte Mal. Das Haus liegt still vor ihr, nur der Kühlschrank brummt. Ab und zu knackt die Heizung. Es bleibt nicht viel Zeit. Roland wird bald von der Arbeit kommen.

Im Hausflur die Bilder von Hochzeit, Flitterwochen, Hausbau. Daneben ein leerer Bilderrahmen, den sie aus Trotz aufgehängt hat. »Wir können es jederzeit wieder versuchen«, hat er gesagt, und Kirsten hat gewusst, dass sie es nicht kann, und daher ohne sein Wissen regelmäßig die Pille genommen. Dennoch sollte der Rahmen bleiben, um zu zeigen, dass sie mehr sind als nur sie beide, dass sie es zumindest einmal waren, wenn auch nur für eine kurze Zeit.

Ein leerer Rahmen für eine Leerstelle, die den Hausflur bewacht. Ihr ist kalt.

Einen Garten weiter steht der Nachbar im T-Shirt und schneidet den Buchsbaum kugelig. Schneidet und schnippelt und geht dann ein paar Schritte zurück, nicht richtig rund, noch mal ran, schnippelt und schnippelt, bald wird gar nichts mehr übrig sein von dem Bäumchen.

Wie privilegiert sie sind. Wie bezaubernd sie wohnen. Wie schön sie aussehen auf den Fotos.

Auf dem Wohnzimmertisch liegen neue Kataloge für ihre Mappe. Kurz überlegt sie, die Seiten noch einmal schnell durchzugehen. Ihr fehlen Lampen für das Schlafzimmer, ein Esstisch, mal wieder. Esstische fallen ihr schwer.

Manchmal verspürt sie den Wunsch, nie wieder dieses Haus zu verlassen. Hierzubleiben und von morgens bis abends Brot zu backen, Früchte einzuwecken und frischen Pfefferminztee aufzukochen. Ein Hausfrauendasein, ein überschaubares Leben, abgeschnitten von der Außenwelt. Eine weiße Wattewolke würde ihren Schädel ausfüllen, und abends würde sie selig in einen tiefen Schlaf gleiten.

Aber so kann sie natürlich auf Dauer nicht sein, eigentlich kann sie gar nicht mehr sein.

Roland weiß es. Konstantin hat es ihm gesagt, hat es nicht länger ausgehalten, hat einen förmlichen Brief geschrieben, wollte sich wohl erleichtern.

Sie macht ihm keinen Vorwurf. Ihr ging es nicht anders. Die Wahrheit musste raus, dem ewigen Juckreiz bei jeder gemeinsamen Mahlzeit musste abgeholfen werden. Wie schaffen es andere Menschen, mit ihren Lügen zu leben?

Sie weiß, dass jetzt alles zerbrechen könnte. Es war von Anfang an Rolands Bedingung. Sie durfte so vieles, nur das eine nicht, und Roland sagte immer wieder: »Solltest du jemals.«

Es gibt Familien, die nicht an zu viel Liebe zerbrechen. Modernere Familien. Falsch, mit modern hat das nichts zu tun. War es doch die Generation ihrer Eltern, die die Ehe für überholt und den Ehepartner als einzigen, lebenslangen Liebhaber für unnatürlich hielt. Nein, die Sache ist älter. Jahrhunderte älter. Da waren Zeiten, in denen Liebschaften normal waren. Die Zeit vor dem Tugendterror der Französischen

Revolution, die Zeit vor Napoleon. Wahre Freigeister ließen sich auch vom Mief des Bürgertums nicht beirren, lebten ihre Lieben, wie immer sie auch ausfallen mochten. Es liebten sich einst Virginia Woolf und Vita Sackville-West und Vita Sackville-West und Harold Nicolson, und dieser liebte Männer, und alle liebten sie das Abenteuer und das Konservative, die Sehnsucht und die Spießbürgerlichkeit, waren snobistisch, mütterlich, intellektuell und irgendwann tot.

Nein, es geht nicht um jung oder alt, um modern oder konservativ, um Virginia Woolf oder Napoleon. Es geht allein um Roland und doch auch nicht. Soll er doch toben.

Es ist das Umfeld. Das Haus, die Nachbarn, die eigenen Eltern.

Ihre Blicke, ihre Fragen. Was werden sie denken? Was werden sie in ihr sehen? Die eigene Mutter, die Roland allzu herzlich in die Familie aufgenommen hat, die immer wieder betont, was für ein *anständiger Kerl* er doch sei, wie *eloquent und belesen,* was für ihre Mutter unterm Strich gut verdienend bedeutet. Und dann die Schwiegereltern, die sie bei jedem Besuch herzen und küssen, *ihr seid ein so schönes Paar. Zum perfekten Glück fehlen eigentlich nur noch …*

Nimmermehr.

Kirsten geht in die Küche, plötzlich hat sie es eilig, öffnet den Kühlschrank, Milch, Butter, Joghurts, alles da, auch Aufschnitt und Brot, auf dem Ständer trocknet Wäsche, ist noch nicht ganz trocken, aber das kann er ja selbst.

Kirsten stellt die Spülmaschine an, will erst noch einmal ins Schlafzimmer, überlegt es sich dann anders. Nimmt nichts mit, nur die Handtasche, die an der Schulter baumelt, zieht die Tür hinter sich zu, das letzte Schnappen, dreht den Schlüssel dreimal um, steigt ins Auto, setzt zurück, sieht nicht den Nachbarn mit der Gartenschere, der ihr zuwinkt. Fährt los.

2

Die Fahrt ist nur ein Aufschub. Ein Weg, das Unvermeidliche hinauszuzögern. Kirsten fährt auf der Autobahn, keine Geschwindigkeitsbegrenzung, 120, 140, 160, 180, bewegt sich im Niemandsland, ziellos, aber wohl wissend, dass das kein Zustand ist, dass man so *nicht leben kann.* Es gab einen Start, es muss ein Ziel geben, aber noch ist der Tank voll, also erst mal Kilometer machen. Ein kurzer Blick in den Rückspiegel, aber da sind nur ihre Augen, die aussehen wie immer. Eine Frau in einem Auto. Was ist schon dabei? Doch in ihr pulsiert es, da ist eine Kraft, die rauswill, aber kein Ventil findet.

Auf dem Beifahrersitz liegen alte CDs. Doch Kirsten will keine Musik, die sich über das Jetzt legt, es künstlich mit Emotionen auflädt. Nur blauer Himmel und klare Luft.

Runter von der Autobahn, rauf auf die Landstraße, kaum was los, nur die schräg stehende Sonne, Licht von hinten, das alles seltsam mild erscheinen lässt.

Kirsten lässt die Fensterscheibe hinunter, spürt den warmen Wind im Haar und auf der Haut. Auf den Feldern blüht Raps oder Senf oder irgendetwas Gelbes. Schwarz-weiß gefleckte Kühe glotzen wiederkäuend dem schmutzgrauen Wagen nach, der kurz an einer Kreuzung anhält. Sie setzt den linken Blinker und biegt ab, denn links, da gehts in Richtung Grenze, und auch wenn es von der Entfernung her keinen Unterschied macht, kommt es Kirsten so vor, als sei sie noch weiter von ihrem einstigen Zuhause entfernt, wenn sie erst einmal eine Landesgrenze passiert haben wird.

Plötzlich kein Druck mehr, sondern Schwerelosigkeit. Ein eigentümliches Gefühl von Freiheit. Alle Last von den Schultern, nie wieder Termine, Telefonate, Pläne. Hoffnung? Nun nur noch sie und die Natur, die träge Sonne, der Wind. Am Körper hängt noch genug Fleisch, und Zeit ist relativ.

Die ewige Sehnsucht nach dem anderen Leben. Nach einem, das sie ausschaltet und ruhig werden lässt. Roland ist nicht genug; es braucht stärkere Anker.

Einmal stellte sie sich vor, in die Rolle der Mutter einer ehemaligen Klassenkameradin zu schlüpfen. Sandra hieß sie. Sie trug ständig Selbstgestricktes. Ihre Eltern waren protestantisch entschlossen. Das ganze Haus roch nach Holz, im Winter brannte ein Feuer im Kamin. Es herrschte Stockbrotgemütlichkeit. Der Vater, der in ihrer Vorstellung ihr Mann wäre, war groß gewachsen und bärtig. Er arbeitete irgendwo, vielleicht in einer Bank, und kam erst abends nach Hause, wo es ein Abendbrot mit Graubrot, Radieschen und Gewürzgurken gab. Und sie, sie würde gar nicht arbeiten. Dafür vormittags die Fenster putzen und nachmittags mit den Kindern am Basteltisch sitzen, denn niemand musste in dieser Familie in einen Hort oder sonst eine Form der Ganztagsbetreuung. Sie war ja da in diesem Haus zwischen Bienenwachskerzen und schadstofffreier Knete. Abends würden sie am Kamin sitzen oder im Garten um eine Feuerschale, Hauptsache Feuer, und ihr Mann würde auf der Westerngitarre Lieder aus dem Liederbaum spielen, und sie würden alle dazu singen. Zweimal die Woche würde er mit ihr schlafen, weil sich das so gehörte. Am Wochenende würden sie mit den Kindern in den Wald gehen, um die Natur zu erkunden, und sonntags in die Kirche. Und von ihr würde keiner etwas erwarten außer da zu sein. Ihr Mann würde ihre Natürlichkeit schätzen und ihre Bescheidenheit und ihre Sanftmut.

Kirsten tritt auf die Bremse, vierter Gang, direkt in den zweiten, so hat sie es mal gelernt, erster Gang, Kupplung, Handbremse, Motor aus.

Sie hält an, steigt aus.

Die Straße liegt leer vor ihr. Sie lehnt sich gegen das aufgeheizte Auto, atmet tief durch, lässt sich auf den Boden sinken.

Ihre Handtasche vibriert.

Sie kramt nach dem Mobiltelefon, »Zuhause« steht da über einer blau leuchtenden Klingel. Sie holt aus und wirft das Smartphone so weit sie kann, nicht weit genug, doch wenigstens in das Rapsfeld, Senffeld, gelbes Feld. Neues Zuhause.

Vor ihr die staubige Erde. Wann hat es zuletzt geregnet?

Mit den Händen greift sie in den Dreck, spürt Steinchen, Sand, Krümel unter ihren Nägeln. Hat kurz das Bedürfnis, sich das Gemisch ins Gesicht zu schmieren, hineinzubeißen, den Dreck zu schmecken, zu kauen, zu schlucken, eine ganze Handvoll.

Von Weitem sieht sie ein älteres Paar auf einem Feldweg. Sie tragen identische rote Steppwesten und kämpfen sich mit Nordic-Walking-Stöcken vorwärts. Sie weiß, dass der Anblick Roland amüsieren würde. Er würde die Augen verdrehen, womöglich etwas von Selbstgerechtigkeit faseln, Selbstgerechtigkeit oder Einfallslosigkeit oder Mangel an Individualität. Doch Kirsten sieht etwas anderes. Sie sieht ein Paar, das ein gemeinsames Hobby teilt. Wer hat das schon? Sie stellt sich vor, wie das Paar gemeinsam frühstückt und aus dem Fenster blickt. »Ist das Wetter schön! Wollen wir gleich noch eine Runde gehen?« Und sie sieht, wie er oder sie sich eine rote Steppweste kauft und zufrieden ist mit ihr. Genau richtig für die Bewegung, dazu schön leicht und bequem. »Das ist die beste Steppweste, die ich je hatte, deswegen habe ich dir genau die gleiche gekauft. Du sollst es genauso gut haben wie ich.«

Kirsten blickt nach oben. Am Himmel bilden Vögel ein schwarzes V, und Kirsten denkt, wie schön die Welt doch ist. Wenn man sie nur lässt.

Es ist alles nur eine Stundung. Ein retardierendes Moment. Die kleine Freiheit kurz vor dem Tod.

Manchmal ist da noch das kindliche Bedürfnis nach einer Katastrophe, die sie retten könnte, in der sie retten könnte. Manchmal denkt sie, dass sie im Auge des Sturms funktionieren würde, dass sie schnell genug ist, belastbar genug, kräftig genug, um anzupacken und Dinge zu entscheiden oder zu tragen oder zu ertragen. Vielleicht hätte sie sich für einen Krisenherd entscheiden sollen. Etwas Sinnvolles tun, Schweiß und Tränen, damit sie selbst endlich nicht mehr so groß ist, so übermächtig und furchtbar präsent. Damit es vorbei ist mit dem guten Leben, der eigenen Bequemlichkeit, den rotierenden Gedanken. Damit ihr niemand mehr etwas vorwerfen kann, ihr vorwerfen kann, dass sie am oberen Teil des Serpentinenbergs aufgewachsen ist und diesen im Grunde nie verlassen hat. Damit sie endlich aufhört, sich für sich selbst zu schämen.

Was hat sie davon abgehalten? Wie ist sie vom Zentrum des Geschehens an den Rand geraten? Ein Arzt hat gesagt, Sport würde gegen ihre Lethargie helfen. Joggen und frische Luft.

Kirsten greift noch einmal in die Erde, noch eine Handvoll Dreck. Gott, das muss aufhören!

Wenn es eine Katastrophe gibt, wenn sie einen überrollt, dann gibt es klare Befehle. Fernseher an, Radio an, Durchsage an alle: dies tun – jenes lassen. Für Roland ein Albtraum, für die meisten anderen Menschen vermutlich auch. Vielleicht hätte sie zur Bundeswehr gehen sollen? Als Menschmaschine im Einsatz. Aber dann hätte sie endgültig verraten, wer sie einmal zu sein glaubte.

Ach, Kirsten! Die Welt ist so ein dunkler Ort, voll von Grausamkeiten, die du dir nicht auszumalen wagst. Und du bist so ein kleines Licht. Was bildest du dir nur ein, wie kannst du dich nur so beklagen? Ab in die Ecke mit dir und denk mal drüber nach!

Mit dem Autoschlüssel kratzt sie sich über die Arme, nicht scharf genug, verreibt die Steinchen, es hilft nichts, nur ein paar rote Flecken. Sie steht auf und klopft sich den Staub von der Hose. Steigt wieder ein, fährt weiter. Die Vögel fliegen gen Süden, sie fährt gen Norden. Sie ist müde, die Lider brennen. Keine Tränen vorhanden.

Lohnt es sich noch, ein Nachtquartier zu suchen?

Die Sonne blendet sie beim Fahren. Die Autobahn wäre schneller, aber ab jetzt soll nichts mehr schnell gehen, und es muss auch nicht schnell gehen, wenn man kein Ziel hat.

Eine kleine Siedlung. Briefkästen direkt an der Landstraße, verwaiste Sandkästen und kinderlos baumelnde Schaukeln. Keine Vorhänge vor den Fenstern. Hier wohnen anständige Leute.

Sie hätte dicke Vorhänge gebraucht. Mehr als das. Bretter wären gut gewesen, schwarz lackierte, vielleicht auch Eisentore, luftdicht, lichtdicht.

Nicht daran denken. Zuhause liegt im gelben Feld. Roland genauso wie Konstantin. Die Schwiegereltern, die Eltern, der leere Bilderrahmen. Alles, was war.

Kurze Wut auf Roland, denn es geschah ja nicht ohne Grund, nicht ohne Vorgeschichte, fiel nicht einfach so vom Himmel, und wären sie glücklich gewesen, und wäre er der Richtige gewesen, und überhaupt gehören ja immer zwei dazu, der Verräter und der, der sich verraten lässt. Hat er es denn nicht regelrecht herausgefordert, provoziert, sie dazu gedrängt? Durch sein Nichtbeachten, Nichtsehen, Nichtberühren? Hatte sie überhaupt eine andere Wahl, ist es denn nicht einfach nur menschlich? Wie könnte sie so leben, auf Dauer?

Sie schüttelt den Kopf. Mit einem Mal kommt ihr alles irre witzig vor. Vor ihr taucht ein Schild auf, das die nächste Tankstelle ankündigt, und sie erinnert sich an eine alte Werbung und singt leise. *You can get it if you really want.*

Sie setzt den Blinker und nimmt die nächste Ausfahrt. Die Sonne geht unter.

3

Am Ende wird es eines dieser Hotels zwischen Burger King und Shell-Tankstelle. Eine Absteige für Fernfahrer, Handelsvertreter, Fremdgeher, Kriminelle. Gestrandet und verschämt, ein Hotel ohne Aussicht auf Erholung, aber zumindest eine Bleibe für eine Nacht.

Auf dem Tisch liegen ein Notizblock und ein Plastikkugelschreiber mit dem Namen des Hotels. Kirsten setzt sich und beginnt zu zeichnen. Das-ist-das-Haus-vom-Nikolaus. Nein, nicht vom Nikolaus. Einfach nur ein weiteres Haus, das sie gedanklich einrichtet. Ein großer Kasten, unterteilt in viele kleine Kästchen. Eine Fingerübung, die sie entspannt wie andere Menschen das Legen von Puzzles oder Malen nach Zahlen. Eine Albernheit, die Roland ihr ließ. In einer Mappe sammelte sie die Querschnitte von Häusern. Puppenhäuser nannte sie Roland. Dazu Skizzen einzelner Zimmer. Und Einrichtungsgegenstände: Sofas, Lampen, Tische und Stühle, die sie in Prospekten von Möbelhäusern entdeckt und ausgeschnitten hat. »Wenn dich Inneneinrichtung und Architektur interessieren, könnten wir Schöner Wohnen abonnieren. Oder Landlust oder wie das alles heißt«, hat Roland gesagt. Doch sie hat den Kopf geschüttelt. Darum ging es ihr nicht.

Vom Fenster aus kann sie die Autobahn sehen. Sie hört das gleichmäßige Rauschen der Lastwagen, Kleinwagen, Sportwagen. Eine Klangkulisse, die eine beruhigende Wirkung auf sie hat, aber vielleicht ist es auch der Rotwein von der Tankstelle, den sie aus dem Plastikzahnputzbecher trinkt.

Vielleicht ist ihre Reise hier schon zu Ende. Das Gebäude wäre hoch genug, das Fenster lässt sich öffnen.

Kirsten blickt auf die Uhr. Andere Menschen bringen jetzt ihre Kinder ins Bett, lesen ihnen Geschichten vor, singen Lieder, küssen sie, gute Nacht.

Durch die dünne Wand kann Kirsten den Fernseher aus dem Nachbarzimmer hören. Sie nimmt die Fernbedienung, drückt auf die Eins, auf die Zwei, drückt so lange, bis sich eine Harmonie einstellt, ein Gleichklang, ein Einvernehmen.

Der Mensch im Nachbarzimmer sieht eine Sendung, bei der sich vier fremde Menschen gegenseitig zum Essen einladen. Jeder will der beste Koch sein. Am Ende gewinnt einer.

Es ist die einzige Verbindung, die sie derzeit zu ihm herstellen kann. Also lässt sie die Sendung laufen, setzt sich aufs Bett, sieht hin, schaut aber nicht zu. Sie kennt das Gefühl.

Sie ist schon einmal hier gewesen. Nein, nicht hier. Nicht in diesem Hotel. Aber hier, im Niemandsland.

Sie war noch Schülerin und ihr Vater so oft auf Geschäftsreise, dass es sie fast überraschte, ihn einmal zu Hause anzutreffen. Es war die Zeit der Nachmittage in einem leeren großen Haus, in dem Mutter, Tochter, Haushälterin umeinander herschlichen, erträglich nur, weil es Ines gab. Kirsten konnte damals nicht ahnen, dass ihre Mutter ausgerechnet mit ihren Vorbehalten gegen Ines recht behalten sollte. Vielleicht war es auch Zufall, vielleicht hatte ihre Mutter gar keine Vorbehalte gegen Ines, sondern generell ein Problem mit Menschen. Womöglich hätte sie am liebsten alleine gelebt in diesem großen Haus.

Immerhin blieb sie höflich, wenn Ines zu Besuch war,

brachte selbst gemachte Limonade mit Eiswürfeln auf die Terrasse, ja, selbst gemacht, aber natürlich nicht von ihr, sondern von der Haushälterin, die mal so hieß und dann wieder anders. Kindern war es egal, ob die Limonade aus dem Tetrapack war oder mit Liebe zubereitet.

Nein, ihre Mutter hat Ines' Verrat nach dem Schulfest nicht kommen sehen. Hat nicht begriffen, dass Ines vorgab, Kirsten zu kennen, für sie da zu sein, sie am Ende aber einfach alleingelassen hatte.

Der Fernseher im Nachbarzimmer verstummt. Kirsten hört Schritte, ein Klappern (Schranktür?), ein Brummen (Föhn!), eine Klospülung. Sie hört, dass die Tür aufgezogen wird, kurz darauf zuschnappt. Sie läuft zum Spion, blickt auf den Flur, sieht nichts, müsste schon selbst die Tür öffnen, aber das dann doch nicht. Stattdessen tritt sie ans Fenster, blickt auf den Parkplatz vor dem Hoteleingang. Kann, muss aber nicht. Er könnte auch zur Raststätte gegangen sein oder in ein anderes Hotelzimmer, zur Tankstelle oder nur kurz zur Rezeption. Doch dann sieht sie ihn. Dunkelbrauner Übergangsmantel, Hut. Schnelle Schritte. Abgehetzt läuft er zu einem schmutzgrauen Irgendwas, denn Automarken kennt Kirsten nicht. Er macht sich am Kofferraum zu schaffen. Sie kann nicht erkennen, was genau er dort tut, doch kurz darauf wirft er die Klappe mit einer Hand wieder zu und dreht sich um, während sie selbst schon nach Schlüssel und Tasche greift und sich auf den Weg zur Lobby macht – ein großes Wort für einen sehr kleinen Raum – und sich fragt, warum ein Mann für eine so kurze Strecke wohl einen Hut aufsetzt.

Ihr Atem geht schnell, ihr Blick folgt den dunklen Flecken

auf dem gelben Teppichboden, an den Wänden hängen billige Drucke. Sie sieht nicht hin, Bilder sind Vergangenheit, die ewig gleichen Motive. Rousseau, van Gogh, Marc.

Die automatische Schiebetür öffnet sich, der Mann tritt ein, etwas älter als vermutet, und sie gibt sich gar keine Mühe so auszusehen, als habe sie nicht auf ihn gewartet, wozu soll sie sich jetzt noch diese Mühe machen? Befindet sie sich doch auf diesem schmalen Streifen zwischen hier und bald, und allem und jedem will sie nun offen begegnen, also lächelt sie ihn an, denn für Ängste ist in ihrer Vogelfreiheit kein Platz mehr.

»Was wollen Sie trinken?«, fragt sie und fährt sich mit den Fingern durch die Haare. Aber dann fällt ihr ein, dass er einen seltsamen Akzent haben könnte oder einen Sprachfehler, deshalb winkt sie schnell ab und sagt: »Ach, kommen Sie einfach mit.«

Er zieht seinen Hut ab, entblößt verschwitztes braunes Haar, an dem eine hohe Stirn nagt, und sagt: »Ich habe kein Geld bei mir.« Kein seltsamer Akzent, kein Sprachfehler, nur nikotinvergilbte Zähne.

»Brauchen Sie nicht«, antwortet sie und weiß, dass er die Situation auch falsch verstehen könnte. Daher versucht sie, freundlich zu klingen. Freundlich und ruhig und mit Kontrolle über die eigene Stimme, das eigene Handeln. Im Vollbesitz ihrer geistigen Kräfte, wie man so sagt.

Sie gehen in die Raststätte, setzen sich auf klebrige Barhocker an den Tresen, wo bereits, in sicherer Entfernung, ein schwergewichtiger Mann mit tief hängender Hose in sein Bierglas döst. Im Hintergrund blinken auffordernd Spielautomaten. Kirsten bestellt bei der gelangweilten Frau auf der anderen Seite des Bretts Sekt und Wein. Die gelangweilte Frau dreht den Schraubverschluss eines Piccolos auf, schenkt ein. Es sprudelt, da ist noch einmal Leben, daneben zwei Römergläser voll Wein, eine helle, ruhige Flüssigkeit, ein stehendes Gewässer, in dem man sich geräuschlos ertränken kann.

Anstoßen, austrinken. So leicht ist das. Kirsten betrachtet ihn aus den Augenwinkeln. Fernfahrer, Handelsvertreter, Krimineller, Gestrandeter?

Er öffnet den Mund, sie kommt ihm zuvor. »Ich will Sie gar nicht kennenlernen.«

Er nickt, als wisse er das schon. Verrückte Frau an Raststätte. Ja, das kommt vor.

Kirsten trinkt schnell und legt einen Schein auf den Tisch. Die gelangweilte Frau nickt zum Dank.

Kirsten steht auf, das Signal für ihn mitzukommen. Er greift noch schnell nach dem Wein, leert sein Glas in einem Zug. Nichts verkommen lassen.

Sie gehen zurück ins Hotel. Kirsten drückt den Knopf neben dem Fahrstuhl und gibt sich Mühe. Sie weiß, was sie mit ihrem Gesicht machen muss, damit es wie ein Lächeln aussieht. Freundlich und offen und liebenswert. Ein Lächeln ist ein guter Schutz. Ein Lächeln wirkt entspannend auf alle Beteiligten, gibt Sicherheit. Einem Lächelnden muss man keine Fragen stellen. Mir gehts gut, sieht man doch.

Der Fahrstuhl bingt, die Tür schnappt auf, die Tür schnappt zu. Kirsten legt eine Hand in seinen Nacken. Feucht fühlen sich seine Haare an, feucht und weich. Wie Entenfedern, denkt sie. Woher weiß sie, wie sich Entenfedern anfühlen?

Er ist kaum größer als sie. Sie zieht ihn zu sich heran, küsst ihn, und er lässt es geschehen. Er schmeckt nach Wein und Zigaretten. Kurz lässt sie von ihm ab, als die Fahrstuhltür ein zweites Mal bingt. »Mein lieber Scholli, du gehst ja ran«, sagt er, und sie lacht. Der Spiegel zerspringt. Falsche Welt, falscher Traum. Sie schüttelt den Kopf, verlässt den Aufzug, bleibt vor ihrem Zimmer stehen. Mein lieber Scholli, sie lacht noch einmal laut auf. Unmöglich, leider nichts zu machen. Sie wünscht ihm eine gute Nacht. Er blickt irritiert. »Mein Zimmer, dein Zimmer«, sagt sie und deutet auf die nebeneinanderliegenden Türen. Er runzelt die Stirn. Sie seufzt und zieht ihre Plastikkarte durch den Schlitz, woraufhin ein Lämpchen grün leuchtet und das Schloss aufschnappt. Schnell zieht sie die Tür hinter sich zu, dreht sich um und blickt durch den Spion. Da steht er. Mein lieber Scholli. Schüttelt kurz den Kopf. Angewidert? Fasziniert? Aber am Ende geht er einfach, geht den Flur zurück in Richtung Fahrstuhl und drückt den Knopf. Wo ist sein Hut?

Kirsten lässt ab vom Spion, wendet sich ihrem Zimmer zu, das dunkel vor ihr liegt. In der Fensterscheibe die Spiegelung ihres Gesichts, blank und blass. Im Nachbarzimmer hört sie ein Rauschen. Jemand duscht. Falsches Zimmer. Falscher Mann.

4

Schließlich ist sogar die Zeit gegen sie. Es müsste längst Morgen sein, aber auf den Straßen liegt graue Nacht. Keine blaue, keine schwarze. Die Nacht ist grau, und sie erträgt kein Grau mehr, denkt an weichen Teppichboden und ihren Kleiderschrank. Graue Kostüme an einer Stange. Zwölf Kostüme hatte sie, hat sie. Zwölfmal sie, eng nebeneinander stranguliert.

Grau. Grau wie die Betonwände des Museums. Moderne Architektur, die die Tristesse, die Tiefe, die Melancholie der Gemälde widerspiegeln soll. Es gibt ein Konzept! Einen Plan! Das ist kein Zufall, dieses Grau! Da haben sich viele Menschen viele Gedanken gemacht! Niemand soll sich hier wohlfühlen. Beklemmend soll es sein, bedrückend. Der Museumsbesuch – ein Erlebnis. Doch meistens führte Kirsten Schulklassen durch die Räume. Die waren zwar froh darüber, einer Unterrichtsstunde zu entkommen, gähnten jedoch ab der Hälfte der Führung und sehnten sich nach ihren an der Garderobe eingesperrten Rucksäcken, nach Schätzen wie ein welteröffnendes Smartphone, Zigaretten oder wenigstens Schokolade.

Wenn sie noch weiterfahren will, muss sie bald tanken. Zahlt sie mit Karte? Könnte sie sich so verraten? So ist es doch in Filmen und Serien? Hat Roland wohl schon *etwas in die Wege geleitet*?

Die Sonne geht auf. Rot, orange, gelb. Zu viel Gelb. Stroh, zusammengepresst zu Ballen auf den Feldern, lauter blonde Kinderköpfe. Sie will sie nicht sehen.

»Sieh hin!«, würde Roland jetzt sagen. »Sieh hin, mal es dir aus, stell dich der Sache. Schmerz ist heilsam.« Ach ja? Und was, wenn Schmerz einfach nur Schmerz bleibt?

Kirsten denkt an den Fahrradkeller. Hört das Ächzen und Schnaufen, sieht Ines, die sie anlächelt und dann aus ihrem Blickfeld verschwindet, sie zurücklässt im Glassarg, unfähig, sich zu rühren. Sie denkt daran, weil Roland ihr dazu geraten hat. Weil er glaubt, dass dort alles begann. Weil die Dinge immer früh beginnen und die Ursachen daher dort zu suchen sind.

Dann versucht sie, nicht darüber nachzudenken. Weil Roland ihr auch dazu geraten hat. Weil er denkt, dass sie vielleicht schon zu viel darüber geredet hat. Mit ihm und den Ärzten. Dass sich da womöglich etwas eingenistet haben könnte in ihren Erinnerungen.

Gerne hält ihr Roland Vorträge. Vorträge über dissoziative Amnesie oder Suggestibilität. Manches hat sie sich gemerkt. Das Experiment von Elizabeth Loftus: 24 Erwachsenen wird gesagt, dass sie sich als Kinder im Kaufhaus verirrt hätten, und prompt können sich alle daran erinnern, obwohl dieses Ereignis nie stattgefunden hat. Oder das andere Experiment, bei denen Disneyland-Besuchern eingeredet wurde, sie hätten dort Bugs Bunny getroffen, und die begeistert in diesen Erinnerungen schwelgten. Dabei gehört Bugs Bunny den Warner Brothers und hat in Disneyland nichts verloren.

Bildet sie sich die Geschehnisse im Fahrradkeller nur ein? Hat sie sich das alles nur ausgedacht, genau wie die Geschichten, die sie immer so gerne erzählt hat? Was sie Ines nicht alles erzählt hat. Nur das. Das nicht.

Bugs Bunny im Fahrradkeller. Kirsten atmet tief ein, aus. Egal, egal, das ist jetzt alles egal. Sie sieht vor sich eine Landschaft, die immer breiter wird, sieht die Häuser, die immer flacher werden, bis da schließlich gar keine Häuser sind und kein Land, nur noch das Meer.

Sie stellt den Motor ab und steigt aus. Draußen ist es kühl, die Luft ist klar und salzig.

Meer, verdammt noch mal! Verdammtes Meer! Grau und stinkig und in ständiger Bewegung. Voll Schlamm und Leichen und Auf und Ab und nie ruhig. »Scheiß-Meer!«, brüllt sie und wirft die Autotür zu. Was tut sie hier? Ausgerechnet! Blaue Nostalgie in Frankreich. Ines-Land. Warum ist sie nicht in den Wald gefahren, wo alles warm ist und weich?

Kirsten blickt sich um. Sieht kleine Fischerboote und Männer in Anglerhosen, die ihre Netze auswerfen.

Was müsste man tun, um hier neu anzufangen, genau an diesem Punkt? Anderer Name, andere Vergangenheit, gar keine Vergangenheit. Der große Wunsch nach einem totalen Gedächtnisschwund oder einem Zeugenschutzprogramm.

Kirsten setzt sich auf eine Steinmauer und blickt aufs Wasser. Schaumkronen, Algen, totes Tier. Eine Möwe scheißt auf Kirstens Mantel. Gezielter Treffer, ein dicker weißer Klecks.

Ein älterer Mann kommt auf sie zu, das Gesicht von der salzigen Luft und der Sonne gegerbt, auf dem Kopf eine Wollmütze. Er redet in der fremden Sprache auf sie ein, schwenkt ein weißes Stofftaschentuch, und was er sagt, klingt wie ein Fluch oder eine Entschuldigung oder beides zugleich. Kirsten gibt sich keine Mühe, ihn zu verstehen. Ines ging nach Frankreich. Sie dagegen wurde nach England verbannt.

Zwischen ihnen ein Meer und eine jahrhundertalte Rivalität. Nie wieder hat sie etwas von Ines gehört. So hat sie es doch gewollt? Ein harter Schnitt sollte es sein, *nimmermehr*.

Aber dann saß sie auf ihrem Zimmer im Internat und las Schlafes Bruder und Das Parfum und wieder einmal Christiane F. Im Schlaf sei man tot, stand bei Robert Schneider, und wie gerne hätte sie mit irgendjemandem darüber geredet. Doch da waren nur die englischen Mitschülerinnen, die gar nichts lasen oder Bücher in ihrer Muttersprache, von denen Kirsten noch nie gehört hatte. Und ja, da waren noch zwei andere Mädchen aus Deutschland, aber sie wollte doch nicht mit irgendjemandem reden. Sie wollte mit Ines reden. Mit Ines, lächelnde Ines.

Doch es kam kein Brief, keine E-Mail. Bald hörte sie auf, ihre Mutter nach Ines zu fragen, denn die winkte nur ab. »Die lebt in ihrer eigenen Welt« oder »Ich weiß nicht, was die macht, und ich will es auch gar nicht wissen« oder einfach »ist auch besser so«.

Kirsten selbst hat nie einen Versuch unternommen, mit Ines in Kontakt zu treten. Das dann doch nicht. Schmerz, Scham und immer wieder Wut. Es dauerte auch nicht lange, bis sie Roland kennenlernte.

Der alte Mann redet immer noch. Kirsten blickt stumm zu den Fischern, die ihre Netze durchs Wasser ziehen. Die einen engmaschig, die anderen mit breiten Maschen, jeder holt etwas anderes aus dem Meer, und was für den einen ein guter Fang ist, ist Unrat in den Augen des anderen.

Warum ist sie nur ausgerechnet nach Frankreich gefahren?

Der alte Mann nimmt sein Taschentuch und zerreibt die

Möwenscheiße, reibt sie richtig schön in den Stoff des Mantels rein, macht alles nur noch schlimmer, redet dabei beständig auf Kirsten ein.

Was um alles in der Welt kümmert ihn die Scheiße auf der Kleidung einer Fremden? Sie sollte ihn bitten aufzuhören, es doch gut sein zu lassen, noch könne eine Reinigung den Mantel retten, noch sei nichts verloren, aber das ist ja falsch, völlig falsch, alles ist verloren, diese Flucht sollte die letzte sein, aber nun sitzt sie hier und lässt sich von einem Unbekannten Möwendreck in den Mantel reiben.

Zum ersten Mal seit ihrem Aufbruch ist ihr zum Heulen zumute. Sie steht auf, lässt den Mann einfach stehen, geht weg, das kann sie gut, und endlich hat sie ein Ziel.

Für Touristen ist es offenbar noch zu früh am Morgen. Nur wenige Autos stehen auf dem Parkplatz.

Sie dreht sich noch einmal um. Ein alter Mann winkt ihr mit Möwenscheiße zu, und vielleicht hätte sie ihn fragen sollen, ob sie bei ihm bleiben darf. Bei ihm wohnen, in einem dieser alten Häuser, in denen der Boden knarzt, wenn man aufsteht, um noch vor Sonnenaufgang mit seinem Boot aufs Meer rauszufahren. Und sie, die sich mit kaltem Wasser am Waschbecken wäscht, weil es seine Zeit braucht, bis das Wasser warm wird in den alten Leitungen. Und mittags würde sie in einer gusseisernen Pfanne Fisch und Kartoffeln braten. Es muss eine gusseiserne Pfanne sein, in der jedes Gericht ein klein wenig anbrennt, denn nur so schmeckt es richtig.

Kirsten bleibt kurz am Eingang stehen. Das Schild verheißt 365 Stufen. Sie setzt den rechten Fuß auf die erste, zählt leise mit, zählt und zählt und blickt dann zur Seite nach unten in das schneckenförmige Treppenhaus, geht weiter und dreht sich dabei immer wieder um sich selbst.

Jeder Schritt ein Schritt gegen das hämmernde Herz. Sie blickt auf ihre Füße, das beruhigt. Hat immer geholfen. Am ersten Tag in England, am ersten Tag im Museum. Nach der Deutschstunde bei Schröder. Während der Nachtwanderung. Nach unten blicken. Zu den Füßen, die fest auf dem Boden stehen.

5

Die Nachtwanderung. Kurz bleibt sie stehen. Sie hat sich verzählt. Noch einmal runter und von vorn?

Sie hatten sich verlaufen. Eigentlich kann man den Weg von St. Blasien bis zum Schullandheim in einer knappen Stunde bewältigen. Doch auf Nachtwanderungen ist es nun einmal dunkel, und alle Markierungen sind grau.

Ines ging neben ihr, ging schnell, als würde sie den Weg kennen. Dabei liefen sie bereits seit einer nicht mehr zu bestimmenden Zeit im Kreis. Heute hätte jemand ein Handy gehabt, ein Navigationssystem, eine schlaue App, irgendwas. Damals hatten sie den Mond und die Sterne.

Schröder und die Trautmann wirkten ratlos. Das war neu. Lehrer ohne Plan, Erwachsene ohne Orientierung. Kirsten gefiel es. Alles gefiel ihr an dieser Nacht. Sie fühlte sich wie im freien Fall. Sie mochte den Wald, die Geräusche, das Dunkel, den Verlust des Gefühls für Raum und Zeit. Da war nur ein Jetzt. Und das war aufregend.

Ines hatte schlechte Laune und sprach kaum mit ihr. Sie wollte nur zurück in den Schlafraum, in diese staubige Holzkammer. Vor Kirsten hatte Ines ihr Gesicht abgeschlossen und den Schlüssel weit in den dunklen Wald geschleudert.

Also stapften sie schweigend vorweg, Schröder keuchte hinterher, und ganz am Ende trödelten die Jungs. Joey hatte einen dicken Ast gefunden und drosch damit auf Bäume und Sträucher ein.

Joey. Einmal hat sie ihn zu Hause besucht.

Er schwärmte damals für sie. Das taten einige. Von allen Jungen in ihrer Klasse erschien Joey ihr noch als der annehmbarste, da er der unangefochtene Anführer war. Er war anders. Anders fand sie bemerkenswert.

Er schrieb ihr einen Zettel, wollte sie am Nachmittag bei den Tischtennisplatten auf dem Schulhof treffen. Er schrieb den Zettel, faltete ihn mehrfach und schmuggelte ihn in einem unbeobachteten Augenblick in ihr Schlampermäppchen. Das aus Leder mit den Sicherheitsnadeln. Das, auf dem sich die noch kindlichen Unterschriften ihrer Mitschüler in Edding wiederfanden. Sandra und Caro, Jochen und Alex. Joey und Ines. Ines dreimal. Dazu die Symbole, die sie kannten: Peace, Drudenfuß, Yin und Yang.

Zunächst zögerte sie, glaubte an einen Streich. Also beobachtete sie Joey den Vormittag über. Und als keiner der anderen Jungs dämlich zu ihr rübergrinste, riskierte sie es. Nickte ihm nur zu, sagte im Vorbeigehen: »Dann bis später.« Nicht einmal Ines erzählte sie davon. Das hatte sie sich irgendwann so angewöhnt. Ines nicht alles sofort zu sagen, um sie dann überraschen zu können. Kleine Geheimnisse und die eine oder andere frei erfundene oder zumindest maßlos übertriebene Geschichte, die sie bei Gelegenheit aufploppen ließ. Und dann Ines' Gesicht, das vor Erstaunen und Betroffenheit zersprang, und sie, die Freundin, die immer noch unentdeckte Winkel bot, kleine ungeöffnete Schachteln, Abgründe, nicht zu tief, aber doch geheimnisvoll.

Dann kam der Nachmittag. Nur Joey, der kam nicht. Sie wartete, hörte Musik auf ihrem Walkman, saß unbeteiligt da, wartete drei Songs ab. Die Cranberries, Oasis, Kurt Cobain.

Über ihr Wetter, in den Zeitungen Politik, in den Häusern Eltern mit Sorgen, dazu eine Zeit, die sich unendlich dehnte, eine Jugend, die nicht vergehen wollte. Warten auf Joey. Der nicht weit weg wohnte, in einem der Häuser unweit des Parks mit den traurigen Totenkopfäffchen. Sie beschloss, ihm entgegenzugehen. Und da er ihren Weg nicht kreuzte, stand sie schließlich vor seiner Haustür, von der weißer Lack abblätterte und hinter der laute Stimmen zu hören waren. Eine tiefe Männerstimme, eine höhere Jungenstimme. Joeys Stimme. Und weil Kirsten trotz ihrer Bücher aus der Problembuchreihe wenig wusste von der Welt, drückte sie einfach auf die Klingel. Die Stimmen verstummten. Mit einem Klingeln hatte niemand gerechnet. Schritte näherten sich. Mit einem Ruck wurde die Tür aufgerissen. Vor ihr stand ein unrasierter Mann im Bademantel, der sich direkt wieder umdrehte, »für dich!« brüllte und verschwand. Am Ende des Flurs Joey mit großen Augen: »Was machst du denn hier?« Und direkt darauf: »Ja, ich weiß.« Und: »Tut mir leid.« Dann die Mutter, »willst du uns nicht bekannt machen?«, und eine weitere Peinlichkeit. Pantoffelschritte in die

Küche. Fliesentisch, Glasaschenbecher, Plastikfliegenklatsche und der Geruch nach Eintopf und kaltem Rauch. Aus dem angrenzenden Wohnzimmer quatschte der Fernseher. Joeys Mutter mit rotgefärbten und dauergewellten Haaren. Falsche Fingernägel, die nach einer Packung Marlboros griffen. Eine stoffbezogene Sitzbank. Und ein seltsames Gefühl von Gemütlichkeit. Kirsten fragte gar nicht, ob sie ihre Schuhe ausziehen sollte, setzte sich einfach, bekam ein Glas Cola.

Joeys Mutter war jung, viel jünger als ihre eigene Mutter. Sie war sehr dünn und trug enge, ausgewaschene Jeans mit Leopardenprint.

Kirsten fand sie schön.

Joeys Mutter sah nach Leben aus, nach Discobesuchen und Zigarettenautomaten und Spaß und Sex. So anders als ihre eigene Mutter.

Ihr fiel nichts auf, nichts schien ihr kritikwürdig, denn da war Joey, und da war seine Mutter, und Eltern waren wie Lehrer, nämlich Autoritäten, die es nicht zu hinterfragen galt. Dass Joey sich schämte, bemerkte sie nicht. Sie war gerade noch jung genug, um dieses kindliche Urvertrauen in Erwachsene zu haben, diesen Glauben, dass diese Ausgewachsenen schon wüssten, was zu tun sei und wann und warum, und nur langsam bekam dieses Bild Risse, nur langsam begriff sie, dass sie, wenn sie fallen sollte, auch fiel, unbemerkt von Lehrern und Eltern und Großeltern, die selbst nicht trittsicher waren.

Nach diesem Nachmittag hat Joey Kirsten nie wieder ein Briefchen ins Schlampermäppchen gesteckt. Es kümmerte sie wenig, da es am Ende ja doch mindestens ein Jonas sein sollte.

Joey. Ach, Joey. Große Fresse hatte er. Was hätte ihre Mutter zu ihm gesagt oder – allein die Vorstellung! – ihr Vater? Kirstens Eltern kannten ihre Klassenkameraden nicht, mieden Schulveranstaltungen und Elternabende. Wieso hätten sie auch hingehen sollen? Die Noten der Tochter waren gut.

Joey. »Dass so einer überhaupt aufs Gymnasium.« Hätte ihr Vater vielleicht so geredet? Oder ganz anders: »Es müssten viel mehr Jungs wie er aufs Gymnasium.« Aufstieg durch Bildung oder Chance für die nächste Generation oder Bildungsland Deutschland, vielleicht hätte er so argumentiert? Ach, hätte er doch irgendwas gesagt.

Stufe, Stufe, Stufe und schon wieder verzählt. Die Oberschenkel spannen, sie ist nicht trainiert, nicht in Form, hat sich etwas gehen lassen in den letzten Jahren, hat nicht mitgemacht bei Selbstoptimierung und Instagram.

Wann stand sie zuletzt auf einem Leuchtturm? Warum steigen Menschen überhaupt auf Türme, von denen aus die Welt nicht anders, nur kleiner aussieht? Oder geht es genau darum? Den Überblick zu behalten und sich zu vergewissern, dass die Dinge nicht so groß sind, wie sie einem erscheinen?

Kirsten muss nicht so schnell gehen, sie kann kurz stehen bleiben und Luft holen. Sie hat Zeit, sich zu erinnern. An die Nachtwanderung, den Irrweg, auf dem manche Mädchen panisch wurden und weinten, und vielleicht hatten auch ein paar der Jungs Angst, wollten es nur nicht so zeigen, denn das wurde man nicht so schnell wieder los; das blieb.

Der Wald war nachts unheimlich. Knackendes Holz und heulende Vögel. Rascheln im Busch und Schröder, der der Klasse zurief: »Nur ein Tier!« Sandra hatte sich auf einen Baumstumpf gesetzt, »ich kann nicht mehr, ich kann nicht mehr«, und geweint. Kirsten fand die Nachtverirrung wunderbar, sie genoss das Gefühl, ins Dunkle abzutauchen. Umgeben von Grau und Schwarz und dem dünnen Schein der Taschenlampen fühlte sie sich lebendig. Ihre Finger und Wangen waren steif von der Kälte, in den Füßen hatte sie kein Gefühl mehr. Sie lächelte.

Doch dann: vermehrtes Knacken. Starkes Rascheln. Dazu ein dunkler Schatten. Wenn das ein Tier war, dann musste es ein sehr großes sein. Und schließlich war es Ines, die ihn zuerst erkannte: »Da steht einer!«

Ein Mann, der mit heruntergelassener Hose hinter einem Baum stand. Wieder Geheule, gemischt mit Gelächter. Und Schröder, der auf ihn zustürmte, die Taschenlampe wie einen Knüppel erhoben, loszeterte und schimpfte und »was fällt Ihnen eigentlich ein«, und der Mann, der daraufhin mit nacktem Po davonrannte, und nein, da war gar keine heruntergelassene Hose, völlig falsch. Da war einfach gar keine Hose. Nur Wanderschuhe und ein Norwegerpullover und zerzaustes Haar. Und Ines, die brüllte: »Das war der Horst, der kennt den Weg!« Ines, die Horst hinterherrannte, schnell rannte, die es offenbar kaum erwarten konnte, das Schullandheim zu erreichen, und die ganze Klasse ihr nach. 28 Schüler und zwei Lehrer flitzten Horsts schlaff wackelndem Po hinterher, der wie zwei leuchtende Mondsicheln weiß durch das Gestrüpp des Waldes schimmerte.

Doch Kirsten war nicht so schnell mit ihren tauben Füßen. An einem Ast blieb sie hängen, stolperte, fiel. Und links und rechts an ihr rannten sie vorbei, immer dem Horst nach, dem Horst mit seinem nackten Hintern, was für ein Spaß!

Hat sie gerufen? Ines, Herr Schröder, Frau Trautmann? Hilfe, hört mich denn keiner?

Sie hat bestimmt gerufen. Aber sicher ist sie sich nicht. Dafür schmeckt sie noch deutlich den Geruch des kalten Waldbodens, fühlt die eisige Schicht, die sich klirrend über ihren Körper legte. Zum ersten Mal spürte sie damals den Drang, einfach liegen zu bleiben. Den Dingen ihren Lauf zu lassen. Es würde jemand zurückkommen und sie holen. Bis dahin konnte sie hier liegen bleiben.

Und wenn niemand käme?

Würde der Wald sie verschlingen? Würden Moos und Pilze sie überwuchern?

Sie lächelte. Das war verrückt. Völlig verrückt. »Ich verliere den Verstand.« Sie sprach den Satz laut aus. Da war ja niemand. »Ich verliere den Verstand.« Sie kicherte. Dann liefen ihr Tränen übers Gesicht und hinterließen heiße Spuren auf Wange, Nase, Lippen. Sie schloss die Augen. Einschlafen. Vielleicht wäre es dann vorbei.

Ihr Fuß pochte. Schmerz zerbrach die Taubheit. Vorsichtig versuchte sie aufzustehen, aufzutreten. Jeder Schritt ein Ziehen. Bestimmt würde ihr gleich jemand entgegenkommen und sie stützen. Schröder mit Ines. Vermutlich machten sie sich schwere Vorwürfe. Was musste das für ein Schrecken für sie gewesen sein. Bei der Ankunft im Schullandheim feststellen zu müssen, dass sie fehlte! Gleich würde sie ihre Stimmen hören, ihr Rufen. »Kirsten! Kirsten, wo steckst du?«, würden sie rufen.

Ein Schritt, ein Ziehen. Der Himmel nun bewölkt. Eine dicke Schicht hatte sich vor die Sterne geschoben. Sie humpelte in die Richtung, in die der Rest der Klasse gerannt war.

Humpelte immer weiter. Gleich würden sie rufen. Gleich würde sie die Lichtkegel der Taschenlampen sehen. Gleich.

Doch die einzigen Lichter, die sie schließlich sah, waren die Laternen, die an der schmalen Straße standen, die zum Schullandheim führte.

Verschwitzt und außer Atem erreichte sie die schwere Holztür und stieß sie auf.

Schröder war gerade dabei, den Spanner-Vorfall der Polizei zu schildern, was die Dorfpolizisten mit einem Schulterzucken quittierten. Die anderen Schüler waren bereits in die Schlafräume geschickt worden. Ines putzte sich die Zähne, als Kirsten mit dreckverschmiertem Gesicht den Waschraum betrat. »Wo hast du denn gesteckt?«, fragte Ines. Doch Kirsten antwortete nicht, sondern drehte den Wasserhahn auf und ließ heißes Wasser über ihre klammen Hände laufen.

Niemand hatte sie gesucht.

6

Leuchttürme sind kein guter Ort, um sich das Leben zu nehmen. Es gibt Brüstungen, über die man klettern muss, und selbst so früh am Morgen dann doch vereinzelt Touristen, die einen von seinem Vorhaben abbringen wollen. Dann gibt es Polizisten, die schnell vor Ort sind, weil ein Mann mit einem Tuch voll Möwenscheiße sie gerufen hat. Es gibt ziemlich viele Menschen, die in einer Sprache, die man nie lernen wollte, auf einen einreden. Und viele Möglichkeiten, sehr schnell eine Identität festzustellen.

Ein Verschwinden muss genau geplant sein. Man kann nicht einfach die Tür hinter sich zuziehen, sich ins Auto setzen und losfahren. Das müsste sie eigentlich wissen. Es ist schließlich nicht das erste Mal, dass sie scheitert.

Nun sitzt sie in einem kahlen Raum eines Gebäudes, dessen Bestimmung sie nicht kennt. Durch ein hohes Fenster fällt Licht. Sie streckt die Hand aus und sieht den Schatten am Boden. Schließt die Hand zu einer Faust, öffnet sie wieder. Beobachtet, wie ihr der Schatten folgt, wie sie Figuren mit ihren Fingern formt. Ein Hund. Eine Schnecke. Ein Vogel. Ihre Finger flattern, flatt-flatt. Flieg, kleiner Vogel, hinein in die kalte Eislandschaft, die still ist und menschenleer.

Auf dem Flur nähern sich Schritte. Sie hört das Klirren eines Schlüsselbunds, das Klicken des Schlosses. Sie sieht Roland, der in der Tür steht, und ist nicht erstaunt. Er tritt in den Raum, ein großer Schatten legt sich über Kirstens Tiere, vertreibt Hund, Schnecke, Vogel, seufzt einmal schwer und sagt: »Kannst du jetzt bitte mal aufhören mit dem Scheiß?«

Auf der Rückfahrt sitzt sie neben ihm und schweigt. Wer einen langen Fluchtweg wählt, muss auch einen langen Heimweg in Kauf nehmen, das hat sie nicht bedacht. Sie schweigt, Roland macht Vorwürfe.

Sie blickt ihn von der Seite an, fragt sich kurz, ob da noch Liebe ist, blickt schnell wieder auf ihre blassen Finger, denn die Antwort kennt sie längst, flatt-flatt.

»Du dachtest, ich schlage alles kurz und klein, wenn ich es herausfinde«, sagt er.

Früher hätte er es getan. Jetzt liegen die großen, behaarten Hände auf dem Lenkrad.

»Du dachtest, ich setz dich vor die Tür«, sagt er.

Früher hätte er es getan. Jetzt hat er sie abgeholt und neben sich ins Auto gepackt, ins Auto, das noch am Leuchtturm stand, während Rolands Mietwagen längst von Touristen in Beschlag genommen worden war, die darin die Schönheit Frankreichs erkunden wollten.

»Du dachtest, ich wäre so eifersüchtig auf diesen Konstantin, dass ich komplett den Verstand verlieren würde.«

Früher hätte er ihn verloren. Doch dann kam ein leerer Bilderrahmen, und den Verstand zu verlieren war fortan ihr Privileg.

Schließlich beschimpft er sie noch ein wenig, nennt sie eine Drama Queen, stellt fest, dass sie hier nicht das Opfer sei, bis sie irgendwann fragt: »Warum bist du gekommen?«

Er blickt auf die Straße, und endlich ist da Stille.

7

Das Wetter bessert sich, als die Straßen vertraut werden. Als sie in die Wohnsiedlung einbiegen und Kirstens Herz zu Eis wird, sieht sie Kinder, die mit Kreide auf die Straße gemalt haben. Mit Ines ist sie einst über Kästchen gehüpft. Ein Stein entschied über Himmel, entschied über Hölle.

Ein Nachbar rollt die Mülltonne raus, morgen Papier und Bio. Er winkt ihnen zu, sie winken zurück, sie sind so ein nettes Paar. Und dieses wunderschöne Haus. Anständige Leute.

Roland zieht die Handbremse, schaltet den Motor aus, »bitte reiß dich zusammen«.

Kirsten entfährt ein tiefes Schluchzen, das Roland nicht anders als falsch deuten kann. Doch vielleicht macht es die Sache auch leichter, vielleicht ist es gut, dass er ihre Tränen missversteht, soll er sich doch bestätigt fühlen, er, der wortlos in das Haus geht, sein Haus, in dem er eine Flasche Wein öffnet, seinen Wein, und ohne ein Wort der Erklärung Gemüse auf ein Holzbrett packt, ein Messer aus dem Block zieht und ein Essen zubereitet.

Kirsten setzt sich, riecht die Gewürze (mediterran) und schließt die Augen. Tellergeklapper, Zwiebeln, die in der Pfanne zischen.

In ihrem Kopf: eine Landschaft aus Eis. Weiße Hügel unter grauem Himmel. Es ist still. Keiner sagt ein Wort. Da sind nur das Pfeifen des Windes und das Knirschen ihrer Schritte im Schnee. Die einzigen Schritte im Schnee. Kahle Bäume auf einer Anhöhe in der Ferne und ein gefrorener See. Die Welt ist leer geräumt. Sie trägt einen langen Mantel mit einer fellbesetzten Kapuze, die sie sich tief ins Gesicht gezogen hat. Ihre Haut ist taub vor Kälte. Sie spürt nichts mehr. Pfeifen des Windes. Knirschen der Schritte.

»Das war jetzt das dritte Mal!«, brüllt er. In einem Haus, in dem nachts keine Kinder schlafen, kann man ungestört brüllen. Im Hintergrund murmelt die Spülmaschine.

Er schenkt Wein nach. Unter den buschigen Augenbrauen wirken seine Augen dunkler als sonst. »Das ist eben sein Temperament«, hat ihre Mutter einmal gesagt.

»Wir sind jetzt zwölf Jahre verheiratet. Und das war das dritte Mal.«

Er trinkt und wird ruhiger. Sie sehnt sich nach Schnee. Es hat so lange nicht geschneit.

»Ich hatte gehofft, das würde mit den Jahren mal aufhören.«

Sie schweigt. *A, B, C – die Katze lief im Schnee.*

Dann etwas Unerwartetes: seine große, behaarte Hand, die nach ihrer greift. Zu ihr gebeugt: »Du kannst dich nicht jedes Mal einfach aus dem Spiel nehmen, wenn etwas passiert, was nicht deinen Vorstellungen entspricht und wofür du geradestehen musst.«

Sie schüttelt den Kopf, wiederholt tonlos: »Nicht meinen Vorstellungen entspricht.«

Er schnaubt und steht auf. »Vorsichtig ausgedrückt«, fügt er hinzu. Ja sicherlich, damals in der Schulzeit. Aber die Male danach? Und gerade dieses Mal. Da sei es doch an ihm gewesen, oder etwa nicht? Aber nein, hier stehe er. Wisse zwar nicht, wie es weitergehen soll, aber hier stehe er. Und bleibt dann tatsächlich stehen vor dem großen Schiebefenster Richtung Garten, eine kurze Pose, antike Statue, griechischer Held, denkt sie, sagt aber nichts. Stattdessen soll sie erzählen von dem anderen Mann. Also berichtet sie lauter Lügen, wie es Erwachsene eben tun. Nein, falsch. Gelogen hat sie schon immer. Nie sonderlich gut, dafür aber ohne rot zu werden. Ines hat sie Dinge erzählt, die irgendwie stimmten, die in Wahrheit jedoch kleiner waren und nicht glänzten. Der Ferienflirt mit dem Cousin. Der Pferdestall der Tante in Küstennähe. Der Sturz aus dem Fenster ihres Kinderzimmers.

Wie Ines sie angesehen hat, als sie berichtete, dass sie sich an einem Tag, einfach so, in den Fensterrahmen setzte und aus einer unerklärlichen Schwermut herausfallen ließ. Ein Sturz ohne Folgen. Der Rasen war weich, das Kinderzimmer lag im ersten Stock. Blaue Flecke, Prellungen. Niemand, der von ihr Notiz nahm. Der Vater im Büro, die Mutter irgendwo im Haus. Sie auf dem Rasen. Niemand, der zu ihr kam. Um sie herum nur zirpende Grillen, neugierige Blaumeisen, desinteressierte Amseln. Aufgestanden, den Dreck von der Hose geklopft, weitergemacht und es schließlich Ines am zerblitzten Baum erzählt. Zu ihrem nächsten Geburtstag hat Ines Kirsten eine Ausgabe von Hotel New Hampshire geschenkt. Auf die erste Seite hat sie geschrieben: »Kirsten! Bleib weg von offenen Fenstern!«

Kirsten steht auf und bindet sich einen Schal um. Roland ist längst betrunken. »Ich gehe noch schwimmen«, sagt sie.

Er blickt auf. »Es ist fast neun.«

»Das Schwimmbad hat bis zehn auf, mit dem Rad bin ich in fünf Minuten da.«

Ein Aber, ein Abwinken und sie, die ihre Schwimmtasche holt und geht.

8

Morgen wird sie müde sein. Doch sie wird Zeit zum Schlafen haben. Roland hat dem Museum eine E-Mail geschrieben und sie krankgemeldet. Sie wird liegen blieben und er in die Klinik fahren. Vermutlich wird er mit einem Kollegen über sie reden, sich *erkundigen*, wieder einmal professionelle Hilfe für sie suchen, da ihm, dem Profi, die professionelle Distanz fehlt.

Im Schwimmbad ist die Luft warm und das Wasser kalt. Der Geruch nach Chlor und Frittenfett strömt aus der Ecke mit den Plastikstühlen und dem gut gemeinten Schriftzug »Bistro«.

Kirsten holt Luft und taucht. Unter Wasser endlich Stille. Sie trägt eine Schwimmbrille, die Haare stecken unter einer schwarzen Adidas-Badekappe. Sie versucht, möglichst lange unten zu bleiben und erst dann die silbrig spiegelnde Wasseroberfläche zu durchbrechen, erst zurückzukehren zu Ansprache, Lauten und Sauerstoff, wenn es sich nicht mehr vermeiden lässt. Ihr Blick geht zum Boden: Kacheln, Kacheln, Kacheln, Ende. Umkehr und zurück: Kacheln, Kacheln, Kacheln.

Als Kirsten noch Schülerin war, hat sie eine 25-Meter-Bahn ohne Luft zu holen geschafft. Mit Gänsehaut saßen sie am Beckenrand. Ihre Zähne klapperten, während sie die Ausführungen über die richtige Technik beim Kraulen über sich ergehen lassen mussten. Ihr Sportlehrer trug eine jener knallbunten Slipbadehosen, unter denen sich deutlich das Glied abzeichnete, und es fiel Kirsten schwer, nicht ständig dorthin zu sehen. Die Jungs aus ihrer Klasse trugen Shorts, die keine Mutmaßungen zuließen, wofür sie dankbar war. Sie selbst hatte einen schwarzen Badeanzug angezogen, vor dem sie ständig die Arme verschränkte, um die vor Kälte hart gewordenen Brustwarzen zu verbergen. Der ganze Schwimmunterricht war nichts anderes als anderthalb Stunden Beschämung. Die Mädchen schämten sich für ihre Brüste – weil sie welche hatten oder eben gerade nicht –, die Jungs schämten sich für ihre Blicke auf selbige und was das mit ihnen machte. Zum Glück hatten sie Schwimmen nur im Winter, wenn das Hallenbad geöffnet war.

Kirsten erinnert sich, wie sehr sie das Föhnen hasste und dass sie lieber die noch nassen Haare unter eine Wollmütze steckte. Doch nach der zweiten Mittelohrentzündung innerhalb eines Winters stand sie geduldig unter einer dieser fest montierten Föhnhauben, die ewig brauchten, um das Haar auch nur ansatzweise zu trocknen. Neben ihr Ines, die es leichter hatte mit ihren kürzeren Haaren. Ines, die sie anlächelte und ihr plötzlich ins Ohr flüsterte: »Ich wette, heute haben alle einmal ins Becken gepisst.« Kirsten lachte und nickte, und Ines gestand: »Also ich hab jedenfalls reingepinkelt«, und Kirsten lachte noch mehr.

Ines erzählte ihr diese Dinge einfach. Erzählte, dass sie sich nach dem Klo oft die Hände nicht wusch, dass sie ins Schwimmbad urinierte, dass sie sich schon einmal eine mit Kondom überzogene Gurke eingeführt hatte, dass sie beim Masturbieren manchmal an Jonas dachte. Ines fand nichts dabei, schämte sich nicht, genoss es vielleicht auch ein wenig, ihre Freundin zu schockieren. Kleine Ferkeleien, um Kirstens glanzvolle Lügen in Schach zu halten.

Kirsten taucht auf, hustet, keucht. Sie zieht die Schwimmbrille vom Kopf, blickt auf die Uhr. Das Bad schließt gleich, sie muss los. Einen Moment lang hält sie sich aber noch am Beckenrand fest. Denkt an Ines, denkt, dass sie sie vermisst, immer vermisst hat. Entspannt ihren Beckenboden. Und lässt es laufen.

9

Als Kirsten aufwacht, ist es schon Mittag. Roland ist in der Klinik, auf dem Küchentisch liegt ein Brief für sie.

Sie macht sich Kaffee, sie macht sich Toast. Sie sieht, dass die Tauben im Kirschbaum wieder ein Nest gebaut und die ganze Terrasse vollgeschissen haben. Wie oft soll sie die Vögel noch vertreiben? Oder tut sie den Tauben unrecht? Flatt-flatt.

Das Telefon läutet. Sie hört an der Hartnäckigkeit des Klingelns, dass es ihre Mutter ist, und geht nicht ran.

Im Museum wird Beate sie vertreten. Die Schüler mögen Beate nicht. Weil sie alles so ernst nimmt. Und weil sie nur die Farben sieht und die Striche und die Künstler, aber nicht die Kinder und Jugendlichen.

Kirsten nimmt den Umschlag in die Hand. Sie muss den Brief nicht öffnen. Sie weiß, was darin steht. Ein Name, eine Nummer, ein Wunsch. Ein Psychotherapeut, wieder einmal. »Irgendwann lasse ich dich einweisen«, hat er ihr gedroht. Doch sie weiß, dass er das nicht darf und auch niemals tun würde. Denn dann würde er seinen rätselhaftesten Fall verlieren, seinen liebsten noch dazu. Seinen Zauberwürfel, an dem er seit Jahren herumdreht, und es doch nicht schafft, alle Farben auf die richtige Seite zu schieben.

»Der Mann tut dir nicht gut«, hat ihre Mutter einmal gesagt, dann hat sie es vergessen. »Was für ein netter Mann«, hieß es stattdessen. Groß, gut verdienend, gut angezogen.

Seither klingelt das Telefon, bis es irgendwann aufgibt.

»Roland will gar nicht, dass du gesund wirst. Denn dann

verliert er das Interesse.« Ihre Kollegin Beate hat in Worte gefasst, was Kirsten längst wusste, sicher hat sich Beate bei ihrer Analyse tiefgründig gefühlt, das war doch schön für sie. Roland braucht die zerstörte Frau. Er hat Kirsten geheiratet, er hat sie ausgewählt, er braucht sich also nicht zu wundern. Behandeln darf er sie nicht. Aber drehen und wenden und bestaunen, dass da wieder Rot ist und Gelb auf der grünen Seite des Würfels. Und dass es nie anders sein wird. Zerstörte Frau, unordentliche Frau. Zauberwesen, Fee, böse Königin, einem Märchen entsprungen.

Kirsten wartet, bis der Toast kalt ist. Schmiert dann Butter drauf, die nicht verläuft. Marmelade, Käse, Wurst. Alles schmeckt gleich.

Kinder waren ihre Hoffnung. Sie sollten Anker, Halt, Sinn sein. Nicht nachdenken, sondern Brote schmieren. Einkaufen, Wäsche waschen, Laterne basteln. Arzttermine. Kinderarzt, Zahnarzt, Augenarzt. Schwimmkurs, Stützräder, Schleife binden, Wackelzähne, Haare waschen, Friseurtermine, Kuchen backen, Freundschaftsbücher ausfüllen, Nägel schneiden, Geburtstage feiern. Keine Zeit für Gedanken, nur ab und zu etwas Schneegestöber. Knarzende Schritte in der weißen Schicht. Spuren, die schnell wieder verwehen. Dafür morgens kleine warme Körper bei sich im Bett. Weiche Haut, die nach süßem Kind duftet. Sie wollte schmelzen für sie. Sie wollte sie lieben, mehr als alles andere auf der Welt. Sie wollte sich aufgeben für sie und für sie da sein, ohne irgendeine Gegenleistung, irgendeine Dankbarkeit zu erwarten. Bedingungslos lieben wollte sie.

Doch es sollte nicht sein. Und das brach ihr das Herz.

Kirsten legt sich aufs Sofa. Sie kann nicht schlafen, kann nicht aufstehen. Sie hält die Augen geschlossen, und die Zeit vergeht. Man muss gar nichts tun, sie vergeht. Genutzt oder ungenutzt. Der Zeit ist es gleich, was man in ihr tut und wer und ob und wie lange. Gefahren sind lautlos und unsichtbar, aber hier auf dem Sofa, die Fenster und die Tür zugesperrt, da erscheint es ihr doch gut und sicher zu sein, ein Zustand, der nichts für sie tut und nichts gegen sie.

Auf dem Wohnzimmertisch liegen noch die Prospekte. Kirsten nimmt einen in die Hand, blättert. Bleibt hängen auf einer Seite mit Teppichen. Teppiche für ein Wohnzimmer, ein Badezimmer, ein Kinderzimmer. Sie greift nach der Schere, doch im Türschloss dreht sich ein Schlüssel. Roland, lange vor dem Feierabend.

Sie weiß, was er will und was sie nicht will. Sie kommt ihm zuvor.

Im Flur steht er, hängt den Mantel über den Kleiderbügel, dreht sich zu ihr, an den Füßen noch die blauen Lederslipper, als sie auf ihn zukommt, vor ihm auf die Knie geht und sich an seinem Reißverschluss zu schaffen macht. Er ist schlaff, natürlich ist er schlaff. In Rolands Alter braucht es schon etwas mehr. Sie nimmt sein dünnes, fleischiges Glied zwischen zwei Finger und steckt es sich in den Mund, saugt daran. Es ist weich und schmeckt nach Urin, das dichte Schamhaar riecht muffig. Sie würgt, versucht, ihren Ekel zu unterdrücken, da erlöst er sie auch schon, zieht sie hoch zu sich, drückt seine dicken Lippen auf ihren Mund. Sie riecht Kaffee und Fleischwurst, löst sich von ihm, lässt es zu, dass er ihren Hals küsst, mit der Hand unter ihren Pullover fährt und sie Richtung Schlafzimmer drängt. Es dauert ja auch nicht lange, und soll er doch den Hals küssen. Lieber den als den Mund.

10

Seit Ines sie verriet und nie wieder etwas von sich hören ließ, hat Kirsten keine beste Freundin mehr gehabt. Sicher: Sie hat Freunde. Und sie hat Roland. Man sagt über Kirsten, sie sei klug, humorvoll, unkonventionell, und damit ist wohl etwas Gutes gemeint. Vielleicht ein wenig eingebildet, aber durchaus selbstironisch und geheimnisvoll.

Dennoch. Bei niemandem steht Kirsten oben auf der Liste. Von Geheimnissen erfährt sie erst als Zweite oder Dritte oder gar nicht. Trauzeugin oder Patentante ist sie nie gewesen. Kirsten hat niemanden, den sie als wichtigsten Vertrauten benennen könnte.

Es heißt: Die Zeit heilt alle Wunden. Es heißt: Menschen ändern sich. Es heißt: Jeder ist ersetzbar, und der Friedhof ist voll von Menschen, die sich für unersetzbar hielten. Doch allein die Tatsache, dass etwas oft gesagt wird, macht es noch lange nicht wahr. Und Kirsten weiß: Auch heute noch wäre Ines die Eine. Die Eine, die sie verletzen könnte wie niemand sonst auf der Welt. Die Eine, über die sie nicht hinwegkommt.

Nach der Nachtwanderung saß Kirsten draußen auf einer Bank vor dem Schuppen, in dem die Schüler bei schlechtem Wetter Tischtennis spielten.

Ines kam und setzte sich neben sie. Schröder nahm es nicht so ernst mit dem *Zapfenstreich*. »Ihr seid alt genug, um alleine den Weg ins Bett zu finden«, sagte er. Vielleicht meinte er das so. Vielleicht wusste er aber auch aus langjähriger Erfahrung, dass die Schüler hier in der Einöde nachts kaum etwas anstellen konnten und sparte sich daher den Kampf.

»Schlafen die anderen schon?«, fragte Kirsten.

Vielleicht war es auch Ines, die zuerst sprach und sich mit einem »Hier bist du also« neben sie setzte. Wer kann sich nach so vielen Jahren schon an die Details erinnern?

Ines sagte, dass manche der Mädchen schon schliefen, während andere viel zu aufgedreht dafür waren, und wieder andere – Jungs und Mädchen – weinten und ihre Eltern anrufen wollten.

»Habt ihr mich denn gar nicht vermisst?«, fragte Kirsten mit Blick auf ihre Füße.

Und dann ganz viele Sätze, »Kirsten, es tut mir so leid, ich wollte nur möglichst schnell, ich dachte, du wärst bei den anderen«.

»Nicht mal Schröder. Nicht mal Schröder hat es bemerkt?«

»Nein, also, ich weiß nicht. Er hat sofort die Polizei angerufen, als wir …«

»Du hast mich da einfach liegen gelassen.«

»Du warst doch schon kurz nach uns …«

»Du hast mich allein gelassen.«

»Kirsten, du bist doch nie allein. Du bist doch immer umgeben von – was weiß ich.«

»Wann hast du gemerkt, dass ich fehle?«

Ines zuckt mit den Schultern. »Erst als wir hier waren. Ich habe dich nicht gesehen. Ich war mir aber sicher, dass … Kirsten, es tut mir so leid. Ich dachte nicht … Ich war mir so sicher, dass du gleich wiederauftauchen würdest. Und so war es dann ja auch.«

Kirsten nickte. Ines hakte sich bei ihr ein und legte den Kopf auf ihre Schulter. Dann schwiegen sie und lauschten in die Dunkelheit. Ein Licht in dem mit Schindeln bedeckten Landschulheim ging aus, dann noch eins und noch eins.

Wie war diese Nacht? War sie warm? War sie kalt? Kirsten war warm. Müde war sie und träge. Es war schwer, auf Ines böse zu sein. Matt war sie und schläfrig. Seltsam wohlig wurde ihr neben Ines, die wie ein Heizofen auf sie wirkte. Einsetzende Herzschmelze, drohender Gletschersturz.

Kirsten war nicht lustig in diesem Moment und nicht schön. Sie war nicht klug und nicht verspielt. Sie war einfach da und war genug.

»Nur noch drei Tage«, sagte Ines. »Dann gehts wieder nach Hause.«

»Ja«, antwortete Kirsten. Aber was sollte sie da? In diesem großen leeren Haus. Hätte sie doch bloß den Mut gehabt, Ines zu sagen, dass sie einem Zuhause niemals näher gewesen war als in genau diesem Moment.

Er hieß Konstantin, heißt Konstantin. Er fiel ihr auf, weil er seit ein paar Monaten jeden zweiten Sonntag alleine ins Museum kam.

Es gibt Besucher, die regelmäßig ins Museum kommen, die jede Sonderausstellung mitnehmen und auch die Werke, die immer schon da waren, immer da sein werden, aufmerksam betrachten, ganz so, als sollten diese nicht zu kurz kommen, sollten mit Anerkennung gegossen werden wie blütenlose Topfpflanzen mit Wasser; Pflanzen, die es neben den frisch geschnittenen Rosen in der hohen Vase schwer haben. Diese Wiederkommer waren für gewöhnlich ältere Paare, für die ein Museumsbesuch ein gutes Mittel war, um leere Tage zu strukturieren. Aufstehen, Frühstück, Sonntagszeitung, bisschen Museum, Mittagessen mit Fisch und Salzkartoffeln, Mittagsschlaf, Kaffee Kuchen, Spaziergang im Viertel, Abendbrot, Tagesschau. Wieder ein Tag geschafft, gute Nacht.

Der Mann, der da jeden zweiten Sonntag kam, war nicht alt. Er war auch nicht mehr jung, aber irgendwo in dieser Grauzone zwischen 30 und 50 Jahren, in der manche Menschen schon sehr alt, andere noch sehr jung sind.

»Er sieht gut aus«, sagte Beate, die sich die meiste Zeit an der Museumskasse langweilte oder ins Büro zurückzog, um an *medialen Vermittlungskonzepten* zu arbeiten oder *langfristige Kooperationen* zu etablieren.

Gut, das hieß: schlank, groß, volles Haar. Er wäre Kirsten in einer Fußgängerzone vermutlich nicht aufgefallen. Was sie an ihm interessierte, war nicht sein äußeres Erscheinungsbild. Es war sein Wiederkommen. Sie wollte herausfinden, was es war, das ihn ins Museum lockte. Also folgte sie ihm, schlenderte durch die Ausstellungsräume, zog immer engere Kreise um ihn. Gab es ein Gemälde, das er besonders mochte? Oder kam er, wie so viele andere, nur wegen der Architektur des Gebäudes hierher? Hatte er eine Vorliebe für spitze Winkel und schroffe Formen aus Stahlbeton?

Eines Tages sprach sie ihn an. Auch das gehörte zu ihren Aufgaben: die Menschen im Museum anzusprechen, ihnen das zu erläutern, was sie eigentlich fühlen sollten.

Er, der Konstantin hieß, Konstantin heißt, stand vor einem Selbstporträt eines Malers: Der Künstler vor seiner Staffelei, im Mund die Pfeife, in den Augen ein angedeutetes Lächeln.

»Er sieht entspannt aus, nicht wahr?«, sagte sie, als sie sich neben ihn stellte. »Aber sehen Sie sich die Farben an: Blau wie die Nostalgie, Braun wie das Leid, Grün wie der Tod.«

Er räusperte sich, sagte dann aber nichts, nickte nur. Schweigend betrachteten sie den Maler, und der Maler betrachtete sie.

Konstantin roch gut. Nicht nach sich selbst, sondern nach einem dunklen Parfum, das Kirsten gefiel. Sein Gesicht war von der Art, wie man es schnell wieder vergisst. Ein Gesicht, glatt genug, um die eigene Wange daran zu legen und hinunterzurutschen.

»Warum kommen Sie immer wieder hierher?«, fragte sie schließlich.

Er räusperte sich noch einmal und sagte, ohne die Augen vom Maler abzuwenden: »Ich komme wegen Ihnen.«

Sie nickte nur und war nicht überrascht. »Dann kommen Sie doch das nächste Mal eine Stunde später«, sagte sie. »Das ist kurz vor meiner Pause.«

13

Kirsten streicht mit der Hand über Rolands behaarte Brust, über seinen Bauch. Er wird langsam fett. Seine Augenlider hängen. Wenn er jetzt einschläft, ist alles verloren. »Kannst du mir verzeihen?«, fragt sie schnell. Das eben noch klären, ehe der Alltag wieder anrollen kann. Draußen startet ein Motor, Rolands Armbanduhr tickt schrecklich laut, aber er will keine andere. Tick-tock dröhnt es in ihrem Schädel. Wie kann er das nur ausblenden? Tick-tock! TICK! TOCK!

Es ist Montag, heute Gelber Sack und Restmüll. Irgendwo herrscht Krieg, und Benzin ist teurer geworden.

»Nein«, sagt er.

Sie zieht ihre Hand zurück und die Decke bis unters Kinn. »Wirst du gehen?«, fragt sie.

Zu Weihnachten könnte sie ihm eine neue Armbanduhr schenken, eine leise, eine digitale, die müsste er dann anziehen.

Im Halbdunkel wirken die Vorhänge vor den Fenstern wie dicke Baumstämme. Blau, grün, braun. Sie denkt an das Kinderbuch: Wo die wilden Kerle wohnen. Ihr Vater hat es ihr früher vorgelesen, als er sich noch als Teil der Familie betrachtete, und sie hatte sich vorgestellt, es einmal ihren eigenen Kindern vorzulesen.

Die wilden Kerle interessierten Kirsten nicht. Nur vom Wald konnte sie nicht genug bekommen.

Genau in der Nacht wuchs ein Wald in seinem Zimmer.

»Wirst du gehen?«, fragt sie noch einmal.

Der wuchs

»Nein«, sagt er.

Sie setzt sich auf die Bettkante, sucht ihre Unterhose.

und wuchs, bis die Decke voll Laub hing

»Willst du, dass ich gehe?«

Braucht er überhaupt eine Armbanduhr? Er guckt doch eh ständig aufs Handy.

»Nein.«

und die Wände so weit wie die ganze Welt waren.

Da ist die Unterhose, sie ist feucht. Kirsten steht auf, wirft sie in den Wäschekorb, holt eine frische aus der Schublade.

»Was willst du dann, das ich tue?«, fragt sie, überlegt kurz, ob die Frage grammatisch korrekt formuliert ist, und fummelt die Ösen ihres BHs hinter ihrem Rücken zusammen. Wenn er doch das Zimmer verließe, damit hier ein Wald wachsen kann.

»Ich will, dass du endlich einmal hinter dir aufräumst«, sagt Roland schließlich. »Ich habe keine Lust mehr, dich am anderen Ende der Welt einzusammeln.«

»Frankreich ist nicht das andere Ende der Welt.«

»Du weißt, was ich meine. Deine Eskapaden müssen ein Ende haben.«

Er dreht sich auf die Seite, stützt den Kopf mit der Hand ab. Eine seltsam anmutige Haltung für seinen schweren Körper.

Sie hält kurz inne. Da spricht nicht ihr Psychiater, da spricht ihr Mann zu ihr. Irritiert dreht sie sich um. Hat er doch immer wieder mit ihr darüber geredet, hat sie befragt, es anschließend bereut, hat gesagt, dass er das Hier und Jetzt bevorzuge, verhaltenstherapeutische Ansätze kombiniert mit Medikamenten. Da waren ja auch genug andere, die Fragen stellten und sie erzählen ließen, immer und immer wieder, vom Schulfest, dem Fahrradkeller, dem Wald. Die ihr zu Schnee im Kopf rieten. Die Narben auf den Armen und am Knie sind längst verheilt. Ständig hat sie versucht aufzuräumen. Ordnung und Regeln und Strukturen und ein Mann und ein Eigenheim und eine Stelle in einem Museum mit deutlich markiertem Fluchtweg. Im Notfall bitte die Scheibe einschlagen.

Oft ist sie in ihrem Umfeld auf Unverständnis gestoßen für ihre frühe Heirat, für ihre schlecht bezahlte Stelle. Wozu hatte sie denn studiert? Wieso machte sie sich so abhängig von einem Mann?

Roland war Teil ihrer Ordnung, auch wenn er ihr damals, als sie sich in einem dieser engen englischen Studentenwohnheime das erste Mal trafen, sagte, sie solle doch damit aufhören, solle zu ihrer Unordnung stehen.

Das hatte ihr gefallen. Das hätte vermutlich jedem gefallen – bleib wie du bist, sei ganz du selbst.

Roland steht auf, die Matratze stöhnt. Er zieht sich die Boxershorts über den Hintern. Sagt zu ihr: »Geh dahin, wo es wehtut. Geh nach Hause.«

14

Ihr Zuhause war für Kirsten dann am schwersten zu ertragen, wenn es sich auf seinen eigentlichen Kern konzentrierte: die Familie. Familie, das waren ihre Eltern, selten noch Großeltern, die dann auch recht bald starben, und eine Tante, die aus Gründen, die Kirsten nicht kannte, irgendwann den Kontakt zu Kirstens Mutter abbrach.

Die Familie, das waren drei einsame Menschen, die gemeinsam unter einem Dach lebten.

Besonders qualvoll erschienen Kirsten die verzweifelten Versuche, *einen Familienurlaub* miteinander zu verbringen.

Ihre Eltern wollten ihr *etwas bieten.* Und auch: *etwas von der Welt zeigen.* Was sie ihr zeigten, waren die Kanaren, Mallorca und die griechischen Inseln. Buffets, die sich im Angebot kaum unterschieden, Hotels, die sich gar nicht unterschieden.

Als Kirsten aufs Gymnasium kam, fanden ihre Eltern, sie sei alt genug für ein eigenes Hotelzimmer. Und während sie am Pool dösten und sich alle halbe Stunde einmal wendeten, sich zweimal am Tag aufrafften, um ein paar Züge im Meer zu schwimmen, um sich anschließend, wieder am Pool, den ersten Drink zu bestellen, verbrachte Kirsten die meiste Zeit der unendlich langen zwei Wochen auf ihrem Hotelzimmer und zappte durch die Fernsehkanäle, die Unterhaltung boten in Sprachen, die sie nicht verstand, von der Deutschen Welle einmal abgesehen.

Da ihr nichts anderes blieb, schickte sie kleine Hilferufe an Ines: Postkarten, die möglichst wenig nach Pauschalurlaub aussehen sollten, am besten in Schwarz-Weiß. Auf diesen Postkarten rückte sich Kirsten die Welt zurecht. Sie schrieb von einem spanischen Jungen, dem sie Blicke beim Frühstücksbuffet zuwarf. Einem Mädchen mit Nasenpiercing, das aus Österreich kam und mit dem sie sich angefreundet hatte. Später erfand sie noch Küsse und Gefummel am Strand. Dazu ein bisschen Wahrheit: die Liste der Bücher, die sie mit in den Urlaub genommen hatte. Die Musik, die sie auf ihrem Walkman hörte. Und dass sie Ines vermisste.

Schließlich war die Karte voll und der Urlaub noch lang. Deutsche Welle, Pool, schlafen, lesen, kleine Experimente unter der Bettdecke.

Kirsten konnte schlecht die Wahrheit schreiben. Gott, was hätte sie sich danach gesehnt, davon zu berichten, dass das einzig Gute an diesen Urlauben die Bücher waren, die Ines ihr geliehen hatte. Hermann Hesse war es jetzt, sie waren nun mal in dem Alter, und sie brauchten Geschichten, die schlecht endeten, Geschichten voll Sehnsucht und Leidenschaft und Lebensbeendungsgedanken. Dazu ein bisschen Douglas Adams.

Wie gerne hätte sie Ines erzählt, dass sie die weiß getünchten Hotelfassaden hasste, dass hier nur Rentner residierten und alternde, ausgeblichene Akademiker, ein paar Familien mit quäkenden Kleinkindern und nur vereinzelt Jugendliche, mit denen es unmöglich war ins Gespräch zu kommen, da sie mit ihren Eltern zusammensaßen und Mau-Mau spielten.

Sie wusste damals: Wenn sie sich nach den Ferien wiedersahen, dann würde Ines ihr sagen, dass sie sich in Bayern beim Wandern mit Blick auf einen See schrecklich gelangweilt habe. Sie würde sich über die spießigen Wandersocken ihres Vaters mokieren und ausführen, was für dämliche Tiere Kühe waren, und es würde lustig sein. Denn selbst wenn Ines sich gelangweilt hatte zwischen Zwiebelturmkirchen, frisch gemähten Wiesen und Kuhdung – sie hatte wenigstens eine Schwester an ihrer Seite und Eltern, die vielleicht peinlich waren, um die sie sich jedoch nicht zu sorgen brauchte. Nein, Ines durfte offen sämtliche Zumutungen eines Familienurlaubs aufzählen. Doch ihr, Kirsten, fiel eine andere Rolle zu.

Ines etwas bieten.

Kirsten erinnert sich an einen sonnigen Tag. Es muss in den Pfingstferien gewesen sein, da alles blühte und der Sand noch nicht unter den Füßen brannte. Sie stieg eine Steintreppe hinab zu einem Strand auf Teneriffa oder Kreta oder Rhodos. Sie erinnert sich daran, wie schön sie das Meer damals noch fand. Wie weit und geheimnisvoll rauschend, und wie hässlich die Touristen, die müde auf ihren Handtüchern lagen, paniert vom Sand, rot verbrannt oder weiß leuchtend.

Sie fragte sich, ob sich das Meer darüber ärgerte, nur mit den Zungen an dieser trägen Masse lecken zu können. Andernorts zog es sich zusammen und entrollte sich vollständig, um wegzuspülen, was störte, und wieder Platz zu schaffen für Vögel und Stille und Einigkeit. Vielleicht ärgerte sich das Meer an diesem Tag wirklich, denn es wirkte wilder als sonst, regelrecht boshaft und wütend. Noch hatte niemand die rote Flagge gehisst, die ein Badeverbot anzeigte. Doch selbst wenn – die Touristen hatten sich längst daran gewöhnt und ignorierten sie oft genug.

Betreten auf eigene Gefahr.

Kirsten sah ihre Mutter, die ihr zuwinkte. Sie trug einen Bikini mit grellem Papageienmuster. Ihr Haar war durch Salzwasser und Sonne ausgebleicht. Die Haut wirkte ledrig, der Bauch faltig.

Da es niemanden gab, den Kirsten beeindrucken wollte, ging sie zu ihr. Im Hintergrund Meeresgetöse. Immer neue Wasserformen türmten sich auf und fielen in sich zusammen. Kurze Fratzen, kleine Geschichten. Alle vergänglich. »Komm, wir hüpfen über die Wellen«, sagte auf einmal ihre Mutter, und Kirsten lachte oder pfiff oder machte sonst ein Geräusch mit ihrem Mund, abfällig jedenfalls, denn dafür war sie nun wirklich zu alt. »Komm schon«, sagte ihre Mutter, lächelte und streckte ihr die Hand entgegen. Der Vater: nicht im Bild.

Kirsten trat hinein ins Postkartenmotiv, ergriff die Hand. Da stand sie und hielt die Hand ihrer Mutter, die ihr in die Augen blickte und ähnlich erstaunt über das ungewohnte Bild zu sein schien wie Kirsten.

Das Wasser umspülte ihre Füße, sie gingen ein paar Schritte tiefer hinein. Kraftvoll rissen die Wellen an ihren Körpern. Neben ihnen andere Urlauber. Eltern mit Kindern, kleinen Kindern. Mit und ohne Schäufelchen, Eimerchen, Sonnenhütchen. »Und hopp!« Die ganze Reihe sprang, die Welle rutschte unter den Füßen durch, Gischt schlackerte zurück in die Tiefe, sammelte Kraft für einen neuen Anlauf. »Und hopp!«, und noch einmal: »Hopp!«

Doch ewig wollte das Meer nicht mitspielen, und beim dritten Hopp und Kirstens Blick auf ihre schwankende Mutter siegte das Wasser. Kleinkinder wurden zurück zu ihren

Burgen gespült, Kirstens Mutter umgekegelt, ihr Papageien-Bikinioberteil heruntergerissen. Zwei schlaffe Brüste mit knorpeligen Brustwarzen baumelten über dem mütterlichen Lederbauch, und sie lachte, meckernd wie eine Ziege, während sie auf ihrem Hintern im Sand saß. Meck meck meck. Mit beiden Händen hielt sie sich die Badehose fest, an der das Meer riss, und lachte und lachte. Der Anblick blanken Busens konnte die Touristen nicht schockieren, nur Kirsten war er zu viel. Hastig suchte sie nach den Zwillingspapageien, die ins Meer abzutreiben drohten. »Mutter!«, sagte sie. Nicht Mama, kaum noch Mama. Sie reichte ihr das Stück Stoff und wollte ihr hochhelfen, doch ihre Mutter blieb mit großen Augen im Sand sitzen wie eine Einjährige, die beim Versuch laufen zu lernen auf den Windelpo geknallt war. Das Meer schien endlich zufrieden, rauschte besänftigt, gluckerte nur noch ein wenig, und Kirsten wusste, dass ihre meckernde barbusige Mutter eine weitere Erinnerung war, die sie nicht mit Ines teilen konnte.

15

Sie hat den Sommer fast überstanden, ohne von ihm verbrannt zu werden. Roland bringt sie mit dem Auto zum Bahnhof. Er sagt, es sei besser, wenn sie den Zug nehme. Er traut ihr immer noch nicht, vermutlich wird er ihr nie vertrauen, und womöglich ist es genau dieses Band, das sie zusammenhält.

»Albern, dass du dir ein Zimmer nimmst«, sagt Roland

und reiht sich in die Schlange vor dem Parkhaus ein. Die Schranke portioniert den Autoandrang.

»Du kennst doch meine Mutter«, sagt sie.

Er will etwas entgegnen, verkneift es sich aber.

»Fahr doch eben rechts ran, ich steige hier aus«, sagt sie. Den Bahnsteig finde sie schon allein. Sie sieht, dass es in ihm arbeitet. Rasender Roland. Er mag es nicht, wenn sie ihn so nennt.

Die Autotür fällt zu, das Seitenfenster fährt herunter. Roland: »In zwei Tagen bist du wieder da«, und sie weiß nicht, ob das ein Befehl, eine Drohung oder eine Aufmunterung sein soll.

Am Bahnhof kauft sie eine gebutterte Laugenbrezel, eine Mohnschnecke, ein Tomaten-Mozzarella-Ciabatta und eine Halbliterflasche stilles Wasser. Wenn der Magen so voll ist, dass er schmerzt, dann ist es gut.

Auf dem Bahnsteig steht ein Mann in einem Quadrat, das mit gelber Farbe auf den Boden gezogen wurde, und raucht. Albern sieht das aus. Ein Himmel-Hölle-Kästchen.

Kirsten erinnert sich an Zugfahrten im Raucherabteil, an Lerngruppentreffen in Cafés mit vollen Aschenbechern auf den Tischen, an Zigaretten vor Hörsälen. Ihre Kleidung muss nach Rauch gestunken haben, aber das hat sie nicht gestört, vielleicht hat sie es auch gar nicht bemerkt und am nächsten Tag einfach dieselbe Jeans, denselben Pullover wieder angezogen.

Die erste Zigarette mit Ines.

Sie waren erst zwölf, fühlten sich jedoch groß. Sie hatten so wenig Ahnung und nicht einmal ein Feuerzeug. Das kauften sie sich für eine Mark am Kiosk, eines dieser transparenten Kunststoffdinger, deren Rädchen sich schnell verhakten. Sie waren so ungeschickt, dass sie sich beim Versuch, die Zigaretten anzuzünden, die Finger am heißen Metall verbrannten.

Die Zigaretten zogen sie aus dem Automaten neben der Aral-Tankstelle, Kirsten hatte fünf Mark aus dem Portemonnaie ihrer Mutter genommen. Da sie sich nicht auskannten, kauften sie Marlboro. Das war die Marke, die die Erwachsenen kauften. Die Marke von Joeys Mutter. Später würde Kirsten auf Lucky Strikes und rote Gauloises umsteigen, denn das rauchten die anderen, aber nicht die Erwachsenen. Zumindest damals nicht.

Mit den Rädern fuhren sie durch die Schrebergärten, vorbei an der Streuobstwiese und noch ein Stückchen weiter. Sie legten ihre Räder ins Gras und folgten einem schmalen Weg, der durch strohige Gräser zu dem Baum führte, den der Blitz in der Mitte geteilt hatte. Der Stamm muss einmal dick und stabil gewesen sein, aber ein Unwetter hatte ihn verstümmelt. Die stolze Krone war auseinandergebrochen, doch die Äste waren immer noch kräftig und ideal zum Daranhochziehen, zum Daraufsitzen und Liegen und Rauchen.

Von dort oben hatten sie einen guten Blick auf die Stadt und den kleinen Bauernhof, dessen Felder je nach Jahreszeit die Farbe wechselten, erst weiß, dann grün, dann gelb, dann braun. In unmittelbarer Nähe des kaputten Baums befand sich ein Strommast. Leicht hätten sie die Sprossen des Masts hochklettern können. Nur ein gelbes Schild mit Blitz und dem Hinweis »Lebensgefahr« hielt sie davon ab.

Kirsten hat noch genau das Bild vor Augen: Ines, die

sich auf einer Astgabelung zurücklehnt und die Beine übereinanderschlägt. Sie trug eine Jeansjacke, und Kirsten wusste, dass Ines sich darüber ärgerte, dass ihre Jeansjacke nicht dunkel genug war, nicht so dunkel und eng wie Kirstens. Ines schloss die Augen und sagte: »Ich könnte hier ewig so liegen, hundert Jahre lang schlafen.«

»Nee, Reihenhausmädchen. Das würde ich dir nicht durchgehen lassen.« Kirsten grinste, und Ines blickte sie erwartungsvoll an. »Hier wurde mal ein blauer Müllsack gefunden. Weißt du, was drin war?« Kunstpause und ein Blick zu Ines, die damit beschäftigt war, ihre Sachen aus dem Rucksack zu holen: Zigaretten, Feuerzeug, ein Odol-Mundspray, Kölnisch Wasser, Kaugummi. Ines schüttelte den Kopf, zuckte mit den Schultern, wollte nicht zu interessiert erscheinen, doch Kirsten konnte sich ohnehin nicht länger zurückhalten. »Ein Baby«, platzte es aus ihr heraus. »Ein totes Baby.« Betretenes Kopfnicken, hochgezogene Augenbrauen. Die Welt ist schlecht, aber das war ihnen nicht neu. »Man sagt, die Mutter hat es umgebracht«, fuhr sie fort. Man, das war Annabell, die in die Klasse über ihnen ging, allerdings war sie einmal sitzengeblieben und damit zwei Jahre älter als sie. Annabell wohnte am Fuße des Berges, in einem dieser Wohnblocks mit Käseschachtelbalkonen und gepflasterten Glasscherbenspielplätzen. Sie trug einen BH seit sie elf war, hatte längst ihre Periode und schon mit mehreren Jungs geschlafen. Sagte man.

Ines tat, als kenne sie die Geschichte bereits. Sie hatte diese und ähnliche oft genug gehört oder bei RTL Explosiv gesehen.

Sie schnippte mit dem Feuerzeug, und schließlich klappte es. Ein Zug und die Aufforderung, es ihr gleichzutun. Kirsten nahm ihr die Zigarette aus der Hand, führte sie an den Mund. Es brannte scharf, sie hustete, Ines lachte, nickte ihr aber aufmunternd zu. Kirsten wurde schwindelig, während Ines sich gleich noch eine Zigarette aus der Schachtel nahm.

Sie sahen sich an, froh darüber, jemanden zu haben, mit dem sie dieses erste Mal erleben durften, froh darüber, es miteinander erleben zu dürfen. Sie lächelten, denn es war ein großes Glück, ein Geheimnis zu teilen, etwas Verbotenes getan zu haben, wie es von ihnen erwartet wurde, verboten, aber nicht wirklich gefährlich. Am Ende würden sie zurückkehren in ihr Zuhause, in dem Eltern ihre Kleidung wuschen und Essen für sie kochten und ihnen jeden Sonntag Taschengeld gaben, und nichts wäre zerstört und unumkehrbar. Und doch würden sie am Abend in ihren Betten liegen, grinsen und einschlafen mit dem Gefühl, einen Fuß in die Welt der Erwachsenen gesetzt zu haben.

Die Marlboro-Packung vergruben sie unterhalb des Baums. Für das nächste Mal, wie sie sagten.

Dann Odol, Kaugummi und Kölnisch Wasser. »Ich glaube, man riecht es trotzdem. Oder man riecht den ganzen anderen Kram. Das ist fast noch auffälliger. Wir sollten duschen«, sagte Ines.

»Wir können zu mir gehen«, sagte Kirsten. »Meine Mutter ist nicht da. Und mein Vater ja ohnehin nicht.«

16

Als Kirsten aufwacht, befindet sie sich in einem Zustand angenehmer Verwirrung. Es ist die erste Orientierungslosigkeit nach dem Schlaf, die sie so oft erlebt hat, und sie genießt diesen Moment, in dem sie nicht weiß, an welchem Ort und in welcher Zeit sie sich befindet. Kurz darauf die Enttäuschung darüber, nur unter dem eigenen Mantel aufgewacht zu sein, nicht als die Schülerin, auf die Ines am Baum wartet.

Der Zug rattert gleichmäßig, ein rhythmisches »Es ist gut. Es ist gut. Es ist gut«. Nur wenige Reisende sitzen in dem Waggon des Regionalzugs. Vor dem Fenster dämmert es, und statt Landschaft sieht Kirsten nur ihr eigenes Spiegelbild. Mit Zeigefinger und Daumen greift sie sich in die Wange, zwickt sich selbst, um etwas Farbe ins Gesicht zu bekommen.

Ist sie noch schön? Schön genug? Schöner als? Die Schönste im Land?

Das war einmal wichtig. Womöglich der Grund für ihre Beliebtheit in der Schulzeit. Ines war klüger, witziger, belesener. Ines hörte lieber zu, als selbst zu reden. Dachte noch über die dümmsten Fragen nach. Die »Wenn du nur noch«-Fragen.

Wenn du nur noch einen letzten Song hören dürftest – welcher wäre es?

Wenn du nur noch einen einzigen Ort besuchen dürfest – welcher wäre es?

Wenn du nur noch ein letztes Gespräch führen dürftest – mit wem würdest du es führen?

Eine Durchsage, »nächster Halt«. Kirsten möchte sitzen

bleiben, weiterfahren, will noch ein bisschen mehr von dem einlullenden Geratter, dem babyberuhigenden Geschunkel, doch das geht nicht. »Dieser Zug endet hier.«

Müde Straßenlaternen neigen sich über leere Wege, stöhnen kaltes Licht auf den Asphalt. Wo früher Telefonzellen standen, stehen heute Mieträder und grün lackierte Ladestationen für E-Bikes. Die Postfiliale gibt es nicht mehr, dafür einen Kiosk mit DHL-Paketshop und einen SB-Bäcker.

Kirsten geht zu Fuß durch das milchige Licht, ihre Schuhe klackern auf dem Kopfsteinpflaster, die Häuserwände spielen Echo.

Nur wenige Menschen sind noch auf den Straßen; die Stadt wirkt einsam und verlassen, wie eine jener Städte, die ihren Zenit längst überschritten haben, weil sich die Welt weiterdreht und sie dabei überholt.

Der Hotelkomplex ist neu. Fünf Stockwerke, hochgeschossen aus einem Platz, auf dem früher Autos parkten und sich im Herbst ein Riesenrad drehte.

Kirsten betritt das kühle Foyer. An der Rezeption steht eine junge Frau mit dunklem Teint und hochgesteckten Haaren und lächelt sie tapfer an. Kirsten nennt ihren Namen und wartet auf die kleine Plastikkarte. Der Mantel, die hohen Schuhe, der Koffer – die Rezeptionistin wird sie für eine Geschäftsreisende halten, für eine Kongressteilnehmerin, für irgendjemand, der weiß, was er tut. Nicht für eine Touristin in der eigenen Stadt. Doch nur so, denkt Kirsten, nur so ist es möglich. Check-in und Check-out, das Zimmer muss bis zehn Uhr geräumt sein, sie hat also nichts zu befürchten.

Im Hotelzimmer stellt sie ihren Koffer auf die lästige

Tagesdecke, streift sich die Schuhe von den Füßen und öffnet die Minibar. Sie dreht den Schraubverschluss eines Merlot (trocken) auf und trinkt direkt aus der Flasche. Aus dem Fenster hat sie das, was man *einen guten Blick* nennt.

Unschuldig leuchten die Fenster der Häuserfassaden. Kirsten löscht das Licht, trinkt, betrachtet die Häuser, Tankstellen, Kirchen und Fabriken, hört das Rauschen der Autos, erahnt die Sterne. Denkt an ihr neues Zuhause, denkt an ihr altes Zuhause, träumt sich klein. Bettlakengespräche kommen ihr in den Sinn. Eine Erinnerung an helle blaue Augen und weiche Haut.

»Kannst du nicht bei mir bleiben?«

»Ich habe ihm versprochen zu bleiben. Also bleibe ich. Bleibe bei ihm.«

»Ich habe zwar kein Haus, nur diese Wohnung. Aber für uns beide …«

»Ich bitte dich. Es würde nicht klappen.«

»Warum denn nicht?«

»Ich bin unerträglich. Auf Dauer hält es keiner mit mir aus. Keiner außer ihm.«

»Du lässt es mich ja gar nicht mit dir aushalten!«

»Konstantin, nicht mal meine Eltern haben es mit mir ausgehalten. Nicht einmal ich selbst halte es mit mir aus.«

Ein Kuss auf die Schulter. Ein Kuss auf das Schulterblatt.

»Ich sollte jetzt gehen.«

»Nein, eben gerade nicht. Du solltest bleiben. Draußen ist es kalt. Und hier, unter der Decke, ist es warm.«

17

Kirsten steht mit einer Tasse Kaffee am Fenster ihres Hotel-zimmers, neben ihr die Tageszeitung, die sie aus dem Früh-stücksraum mitgenommen hat. Es ist Jahrestag. »Wo waren Sie, als die Zwillingstürme brannten?« steht auf der Titel-seite.

Sie hat schlecht geschlafen. Es fehlten Rolands Gegen-gewicht auf der Matratze, der leere Bilderrahmen, der buchs-baumschneidende Nachbar. Der Glaube an Normalität und Alltag.

Wie könnte Roland die beiden Kräfte verstehen, die in ihr toben, die an ihr zerren und nagen und sie in entgegengesetzte Richtungen reißen? Die Sehnsucht zu entgleiten, einfach aus dem Fenster zu fallen. Der Wunsch nach Verankerung.

Warum hat Roland sie auf diesen Trip geschickt? Das passt nicht zu seinem professionellen Ansatz. Narrative Ex-positionstherapie. Traumaintegration mit Atmung, Be-wegung, Imagination. Prolongierte Exposition. Sie kennt das Fachvokabular. Es geht ihr inzwischen leicht von der Zunge. Die Ärztinnen, die Therapeuten, die *Coaches*. Jeder war beein-druckt von dem Wissen, das sie sich über die Jahre hinweg angelesen hatte. Und jetzt?

»Fahr halt hin und schaus dir an.«

Plumpe Verzweiflung. Ungeduld? War er einfach nur ge-nervt von ihr, seiner Ehefrau? Ein allzu menschliches Gefühl, hurra! Damit konnte sie leben.

»Dieses Rückwärtsgewandte kotzt mich an«, hat sie gesagt, als Roland das erste Mal von einem Klassentreffen sprach, und Roland hat gelacht. »Wer denkt denn in unserem Alter noch über seine Schulzeit nach?«, hat sie ihn gefragt.

Roland hat den Kopf geschüttelt. »Genauso gut könntest du fragen: Wer denkt in unserem Alter denn noch über seine Kindheit nach?«

Als Kirsten Roland das erste Mal sah, saß sie bei einer dieser Studentenwohnheimfeiern betrunken auf einem Sofa und langweilte sich. Langweilte sich so lange, bis sie ihn sah, den rasenden Roland.

Die meisten deutschen Studenten in Kensington kannten sich, doch er war neu. Dass dieser große Mann mit der tiefen Stimme und den buschigen Augenbrauen Psychologie studierte, machte ihn für Kirsten noch attraktiver. Da der Fels und hier sie, die wütende Brandung.

Er hatte sich neben sie gesetzt und ihr dabei zugesehen, wie sie ihre Fingerspitzen über die Flamme einer Kerze hielt, deren Wachs Nasen über eine alte Rotweinflasche zog, die als Kerzenhalter diente.

»Was machst du da?«, fragte er sie.

»Ich schaue, wie lange ich es aushalte«, antwortete sie. »Kann ein Finger Feuer fangen?«

Er schüttelte den Kopf, umschloss mit seinen großen Händen ihre kleinen und legte sie auf seine Brust. Es war kaum zu ertragen.

Kirstens Fingerkuppen pochten vor Schmerz, während er sie rieb und ihrem Blick standhielt, bis ihr ungehemmt Tränen über die Wangen liefen. Ihre Stimme klang merkwürdig fremd, als sei sie kein Teil von ihr, als sie sagte: »Ich bin auf der Welt. Aber ich komme nicht an sie heran.«

Er nickte nur und sagte: »Ich weiß.«

Das stimmte zwar nicht, aber fortan wusste er viel. Wusste, dass es gut war, früh zu heiraten, und wie man günstig an einen Hauskredit kam. Er wusste, wie man Brot bäckt und welche Versicherungen man wirklich braucht. Wusste, wie man Bäume beschneidet und Autoreifen wechselt. Und immer wieder wusste er, was das Beste für Kirsten war. Er ließ sie erzählen. Von der Schulzeit und ihrer schönen, androgynen Freundin Ines, der das Leben nichts anhaben konnte, der es egal war, was die Mitschüler so dachten und trugen und tranken. Sie erzählte von der Schulfeier und Deutsch bei Schröder und zitierte Rilke für ihn. Er ließ sie erzählen vom Danach, von den Nächten in der Hütte. Immer wieder fragte er sie, wollte Details, stellte Fragen, Fragen, Fragen, damit sie sich erinnerte, alles ans Licht zerrte, auf dass es endlich verdaut werden könne.

Am Ende hatte Roland zu viel gefragt, sie hat nur noch wiedergeben können, was er ihr eingeflüstert hatte. Als er es selbst bemerkte, sagte er: »Ich liebe dich mehr als jeder andere Mann dich je lieben könnte. Du kannst alles machen. Aber bleib bei mir.«

Auch das stimmte nicht. Natürlich konnte sie nicht alles machen. Er war ihr verfallen, das wusste sie, sie kannte es bereits. Immer wieder hatte es Männer gegeben, die so taten, als seien sie die breite Schulter, an die sie sich lehnen könne, obwohl sie das gar nicht wollte. Woran das lag, weiß sie nicht. Sie weiß nur, dass es sie immer einsamer gemacht hat und dass sie Scham empfindet bei der Erinnerung an all die Männer, denen sie so schwer etwas abschlagen konnte. Ihre Wangen brennen bei dem Gedanken an die Nächte, die wenig mit Liebe, mehr mit einer Hoffnung auf Nähe und einem drückenden Gewicht auf ihrem tauben Körper zu tun hatten.

Roland dachte, er könnte ihr genug sein. Als sich herausstellte, dass dem nicht so war, betrachtete er es als Teil ihrer Krankheit.

Kirsten nimmt einen leichten Mantel und verlässt das Hotel. Selbst der dünne Stoff ist zu viel. Draußen ist es sommerlich warm. Es ist einer jener Sommer, die es übertreiben. Ein Sommer, der sich aufbläht, gierig ist und die Welt mit Licht und Hitze flutet, bis sie kurz vorm Platzen steht, und der sich am Ende nur widerwillig zurückzieht, um Raum zu lassen für einen Herbst, einen Winter, in dem die Menschen wieder klar denken können und die Natur leise aufseufzt.

Das Freibad ist noch geöffnet, Kirsten könnte schwimmen gehen. Stattdessen schleicht sie mit schnellen Schritten und gesenktem Blick über den einen Platz, vorbei am Café Fritz, in dem sie mit Ines gelernt hat, Kaffee zu trinken, ohne dabei das Gesicht zu verziehen, vorbei am Drogeriemarkt, ehemals Hertie, geht weiter, in der Hoffnung, nicht erkannt zu werden, bis sie den Berg erreicht, dessen Straßenzüge eingeteilt sind in Unterschicht, Mittelschicht, Oberschicht.

18

Ihre Mutter ist maskenhaft geschminkt und trägt zu viel Schmuck. Ein bisschen Weihnachtsbaum, ein bisschen Pierrot, ein bisschen der Joker.

Sie erkennt die Tochter, begrüßt sie, sagt: »Papa ist nicht da«, das ist er seit sieben Jahren nicht mehr. Andere Frau, anderes Leben. Wie viele Frühlinge kann ein Mensch ertragen?

Kirsten nickt nur und tritt ein, sagt, sie könne nicht lange bleiben, was eine Lüge ist, aber nett gemeint.

Eine Umarmung fällt beiden Seiten schwer. Lieber deckt sie den Tisch, und Kirsten unternimmt einen kurzen Gang durchs Haus, will wenigstens einen Blick in die Nachttischschublade und das Apothekerschränkchen im Badezimmer werfen. Doch der Inhalt: unverändert. Bachblüten und zwölf Sorten Schüßlersalze. Kalziumflorid und Eisenphosphat und Kaliumchlorid und Kieselsäure. Nichts, was ihre Mutter in Gefahr bringen könnte. Beim Öffnen des Schränkchens entfleucht eine Wolke aus Erinnerungen an den Vater, flatt-flatt, der die Mutter mit Aspirin provozierte. Die grün-weißen Schachteln sind verschwunden.

Als sie noch klein war – es muss kurz nach ihrer Einschulung gewesen sein –, da litt Kirsten unter einer Grippe; glühte nächtelang, redete wirr, schlief und schlief. Ihre Mutter löste Schüßlersalze Nummer drei und Nummer fünf in lauwarmem Wasser auf und flößte es ihr ein. Nun müsse der Körper eben seine Arbeit tun, sagte sie. Ihr Vater tobtc. »Du bringst das Kind um!«, brüllte er durchs ganze Haus, »du bringst das Kind um!«, und nicht mal der dicke Teppichboden konnte seine Wut schlucken. Nach drei Tagen, an denen das Fieber nie unter 40 Grad gesunken war, packte er Kirsten und brüllte: »Ich bringe sie jetzt zum Arzt!«, und ihre Mutter brüllte zurück: »Der kann gar nichts machen bei Viren.« Der Arzt konnte nichts machen. Lobende Erwähnung fand das Bemühen der Eltern, dem Kind ausreichend Flüssigkeit zukommen zu lassen. Ansonsten solle sich die Patientin schonen, dann werde sie schon von ganz allein wieder gesund. Und das wurde sie auch. Nur das Gebrüll, das blieb.

Kirsten klappt den Apothekerschrank wieder zu. Im Haus sieht es ordentlich aus, die Frau aus Polen ist ihr Geld wert.

Der Leitfaden für Angehörige sagt: Nicht zu viele Fragen, keine Überforderung, keine Konfrontation.

»Möchtest du etwas trinken?«, fragt ihre Mutter, und trotz Schminke sieht Kirsten das blanke Gesicht und die Ahnungslosigkeit dahinter.

»Ich bin wegen des Klassentreffens hier«, sagt sie schnell und wartet auf ein Zeichen, ein Wiedererkennen, doch es ist hoffnungslos. Kaffeekochen klappt aber.

Bei ihrer Mutter zu übernachten erscheint Kirsten unmöglich. Kein Auge würde sie zubekommen. Wach würde sie liegen und auf Schritte im Haus horchen, auf das Knarzen der Tür zu ihrem Schlafzimmer, in dem kaum noch etwas an ihr altes Kinderzimmer erinnert. Ein weiteres Gästezimmer ist es geworden. Mit neuem Teppichboden, einem hellen Interlübke-Bett und grauer Tagesdecke. Wer hier übernachten soll, weiß Kirsten nicht. Aber hübsch sieht es aus.

Nicht zu viele Fragen.

Und dann nach so einer Nacht voll Gehorche und ohne

Schlaf, würde ein Frühstück begleitet von Missverständnissen und Fragen folgen und in einem der mütterlichen Wutanfälle enden, die bereits die Frau beeindruckt haben, die jetzt hier für Ordnung sorgt und immer besser Deutsch spricht.

»Du trinkst wie immer mit Milch?«, fragt ihre Mutter und lächelt sie an. Kirsten nickt und lächelt zurück. Manches bleibt. Wie hat ihr Vater seinen Kaffee getrunken?

Auf einer silbernen Etagere liegen Kekse. Kirsten nimmt sich einen, beißt hinein und hofft auf Erinnerungen. Ruhe einkehren lassen, zu Hause fühlen. Der Keks klebt am Gaumen, schmeckt feucht und alt. Sie legt ihn angebissen zurück.

Ihre Mutter schlägt die Beine übereinander, schöne Beine, denkt Kirsten plötzlich, schöne schlanke Beine ohne wulstige blaue Krampfadern. Blümchentasse, Untertasse, Zuckerdose mit Zuckerwürfelzange, Milchkännchen, Biskuits. Ein Kaffeetrinken mit der Queen.

»Gehst du mit Ines zum Klassentreffen?«, fragt ihre Mutter, und Kirsten zuckt zusammen, ein kleiner Stromschlag. Zu viel Teppichboden. Schließlich schüttelt sie den Kopf.

Ines. Altes bleibt. Vergangenes bleibt. Ist eingespeichert in der wurmförmigen Masse, die in einer Schale liegt und von Woche zu Woche weiter zu schrumpfen scheint. Roland ist da auch noch, klammert sich fest, stemmt sich mit aller Kraft gegen die glatten Seitenwände des mütterlichen Schädels. Wäre er nicht mehr da, wäre manches einfacher. Wären Konstantin und harte Schnitte einfacher.

Keine Überforderung.

Das Fensterglas ist streifenfrei, der Garten verwahrlost. Er gehört nicht in den Aufgabenbereich der Frau aus Polen.

Wenn ihre Mutter früher erzählte, sie habe so viel zu tun, dann meinte sie damit keinen Beruf, denn sie hatte keinen, sondern den Garten. Der sei so *fordernd*, der wachse ihr *buchstäblich über den Kopf.* Die Rosen, die Buchsbäume, die Sträucher. Doch offenbar hat sie nun auch ihn vergessen.

Verwunschen liegt er da, die Rosen wuchern wild. Pflanzen, die als Unkraut gelten, blühen rot und violett, und eigentlich, denkt Kirsten, gefällt ihr der Garten so besser. Endlich haben die Pflanzen Raum, und keiner stört sie mit selbst gemachter Limonade.

»Ines war da«, sagt ihre Mutter.

»Mama …« Kurzer Blick ins Grüne. Der geheime Garten. Wie alt waren sie, als sie das Buch lasen? Waren sie noch Grundschülerinnen? Oder schon auf dem Gymnasium?

»Ja, wenn ich's doch sag. Sie war hier mit ihrer kleinen Tochter. Hat einfach geklingelt, stell dir das mal vor. Zum Glück war ich angezogen, normalerweise lege ich mich um die Uhrzeit kurz noch mal hin.«

Kirsten atmet tief aus. Keine Konfrontation, keine Konfrontation.

»Wusstest du, dass sie eine Tochter hat?«

»Mama!«

»So drei oder vier schätze ich sie. Dreckige Füße hat sie gehabt.«

»Mama, es reicht, das ist doch völliger Blödsinn. Warum sollte Ines denn hier klingeln nach all den Jahren?«

Pierrot gewinnt die Oberhand, die Mundwinkel zittern. Schwarze Tränen auf weißem Grund.

»Aber wenn ich's dir doch sag.« Trotziges Geheul. Mutter Kleinkind. Der Anblick ist schwer zu ertragen.

»Ist schon gut.« Kirsten legt ihre Hand auf die ihrer Mutter. Eine weiße Muschel, zu klein, um das fleckige Tier zu bedecken, das da zwischen Geblümtem zittert.

»Sie wollten nur kurz auf die Toilette und sind dann wieder gegangen.«

»Ja sicher doch, Mama. So wird es gewesen sein.« Dann sieht sie ihre Mutter an, schüttelt den Kopf und grinst. Der Clown lacht auch.

19

Ihrer Mutter hat es gefallen, als Kirsten nach ihrem Studium eine Stelle in einem Museum annahm. Die Bezahlung ist zwar miserabel, doch darauf kommt es nicht an. Kirsten steht in gepflegter Kleidung in gepflegter Umgebung, hat Umgang mit kultivierten Menschen in Burlington-Socken, langen Wollmänteln, Ray-Ban-Brillen. Ab und zu ein paar Schulklassen, das ist auszuhalten.

Was Kirsten selbst an ihrer Arbeit am meisten schätzt, ist nicht die Kunst, sondern die Ruhe. Der Kreis ihrer Kollegen ist überschaubar, die Besucherzahl ebenfalls. Wenn tatsächlich einmal Schüler von ihrem Lehrer durch eine Ausstellung gepeitscht werden, bedeutet das eine Stunde Trubel, dann ist wieder Stille.

Für die Schüler gibt sie sich keine besondere Mühe. Die Jugendlichen haben kein Auge für Kunst, betrachten die Bilder mit demselben Interesse wie den Feuerlöscher oder den Wasserspender im Eingangsbereich. Dafür sehen sie andere Dinge. Dinge, für die Erwachsene keinen Blick mehr haben. Sie haben empfindliche Nerven, ungetrübte Geschmacksknospen. Sie saugen Eindrücke auf, sind empfänglich für Stimmungen und Impulse, Impulse, Impulse, wollen aus der Haut fahren vor Tatendrang und ständiger Erregung. Sie haben eine Leidenschaft, um die sie so viele gealterte und ausgeblichene Künstler beneiden.

Man sollte aufhören, Kinder und Jugendliche mit Kunst zu quälen. So gewöhnt man sie ihnen nur ab, findet Kirsten. Niemand braucht Museen. Die Menschen haben andere Sorgen. Sie wollen essen und schlafen und schnelles Internet. Sie wollen unterhalten werden und träumen und *sich wiederfinden* in Geschichten.

Was wollen Museen? Was will die Kunst? Zum Denken anregen, wachrütteln, anprangern. Identitätsstiftend will sie sein. Doch die meisten Menschen sind der Ansicht, dass sie längst eine Identität haben.

»Natürlich braucht man Museen, man braucht sie mehr denn je«, hat Roland ihr entgegnet. »Museen erinnern die Menschen daran, dass es noch etwas anderes in der Welt gibt. Ohne Museen würden sie die Keulen auspacken und auf all jene einknüppeln, die nicht ins Bild passen, würden nur noch fressen und saufen, samstags zum Fußball gehen und abends Castingshows gucken.«

Wenn Kirsten Besucher durchs Museum führt, dann fühlt sie sich wie eine Schwindlerin. Sie nennt Daten und Fakten, erläutert Epochen und Techniken, kennt Anekdoten zu vielen Bildern der längst toten Künstler, aber das ist nur die oberste Schicht. Die Besucher nicken und scheinen zufrieden. Viele ergänzen, prahlen mit ihrer Bildung, Oberstudienrat soundso, der es immer besser weiß. Dann verlassen sie das Museum und fühlen sich gefeit gegen die allgemeine Verdummung. Dabei haben sie sich nur ein paar Bilder angesehen. Bilder, die sie bereits aus Katalogen kannten. Dafür hätte ein Besuch im Museumsshop wahrlich gereicht. Bis in die Herzen kann Kirsten nicht vorstoßen. Den Wahnsinn, die Panik, den Schrecken, die Zärtlichkeit, die Liebe des Künstlers vermitteln.

Doch da viele Museumsbesucher schon zufrieden sind, wenn es ihnen gelingt, eine Dreiviertelstunde lang das eigene Gähnen zu unterdrücken, versucht sie es auch gar nicht mehr. Bleibt dafür freundlich und lächelt und ist froh, wenn die Besucher wieder gehen und sie zurücklassen in diesen Hallen, in denen sie einfach nur herumstehen darf als Teil einer Dauerausstellung.

»Ich habe mir die Bilder im Museum angesehen, ich habe mir alle angesehen. Ich glaube, ich bin zu dumm für Kunst. Ich verstehe sie einfach nicht. Kannst du sie mir erklären?«

Sie saßen im Innenhof des Museums. Hier war es warm und still. Kein Brunnenplätschern. Wasserverschwendung. Stattdessen vollgefressene Stadttauben und resiliente Kastanien. Konstantin einen halben Meter neben ihr auf der Bank. Ihre Handtasche markierte die Grenze. *Wer sich dem Objekt nähert, löst einen Alarm aus.*

Sie sah Konstantin an, und vor ihren Augen verschwammen seine Gesichtszüge, lösten sich auf, setzten sich neu zusammen.

Die Augen sackten auf Kinnhöhe hinab, der Mund wanderte auf die Stirn, die Nase verschob sich nach rechts. Sein Gesicht, ein Schieberätsel. Sie wollte alles wieder an den richtigen Platz setzen, doch das ging nicht. Der Alarm.

»Ich kann dir sagen, wie der Mensch heißt, der das Bild gemalt hat. Wo er geboren wurde und wo er starb. Wie er gelebt hat und wen geliebt. Ich kann dir sagen, was für ein Leben er hatte und wie seine Mitmenschen die Bilder aufgenommen haben. Aber verstehen musst du es am Ende schon selbst.«

»Und wenn ich es nicht verstehe, selbst wenn ich alles über das Bild weiß?« Der Mund rutschte weiter hinab, wippte leicht auf dem Adamsapfel.

Sie schüttelte den Kopf.

»Kirsten, ich will alles über dich wissen.« Mit einem Ruck war sein Gesicht wieder aufgeräumt. »Erzählst du dich von Anfang an?«

Sie nahm die Handtasche auf den Schoß. Es war nun Platz.

»Das kann ich tun«, sagte sie. »Aber es bleibt dabei. Verstehen musst du es am Ende schon selbst.«

20

Rolf ist tot. 72 Jahre alt, Leberzirrhose. Es gab einen Artikel in der Lokalzeitung und drei Todesanzeigen. Eine von der Familie, eine von der Feuerwehr (unser Kamerad) und eine vom Droste-Hülshoff-Gymnasium.

Der Mann, der die Schulaula jetzt aufschließt, heißt Jürgen, hat kurze blonde Haare, gerötete Wangen und einen Hausmeisterservice. Einen zerzausten weißen Hund besitzt er nicht. Er spricht auch nicht viel, aber er soll ja nur aufschließen und dem DJ mit der Musikanlage und dem Licht helfen, den Caterer hineinlassen und ein paar Tische aufstellen.

Es war nicht schwer, das alles zu organisieren. Essen, Licht, Musik. Das kennt sie von Veranstaltungen im Museum. Ein paar Anrufe, ein paar Unterschriften. Die Namen der Mitschüler hatte sie alle noch im Kopf. Viele fand sie bei Facebook, Instagram, Xing, die fehlenden Adressen hatte Michael ihr genannt. Ein Großteil der Eltern wohnt noch, wo er immer schon wohnte, und konnte die Einladung weiterreichen. Auch Ines' Adresse hatte sie von Michael. Mit zittrigen Händen hat sie die Buchstaben auf den Umschlag geschrieben. Unbekannte Straße, unbekannte Stadt. Lauter fremde Wörter starrten ihr entgegen. Nur der Vorname ist geblieben. Ines.

Der DJ nennt sich Matze und studiert Englisch und Deutsch auf Lehramt. Er ist erst 22, sagt aber, dass er öfters bei 90er-Jahre-Partys auflege.

Ob er sich an den 11. September erinnere? Es sei doch Jahrestag.

Matze lacht und schiebt die Wollmütze aus dem Gesicht. »Natürlich nicht.«

Kirsten lächelt und nickt. Natürlich nicht. Ihr habt eure eigenen Katastrophen. Und wer weiß, welche noch kommen werden.

Den Mauerfall haben sie damals nicht annähernd begriffen, waren viel zu klein, und vieles ist vergessen, aber sollte man irgendjemanden aus ihrer Generation, der man den Namen Y verpasst hat, danach fragen, wo er war und was er tat, als die Zwillingstürme brannten, dann würde er oder sie darauf immer eine Antwort wissen.

Kirsten: Doppelstunde Sport, zurück ins Internat, nur schnell Duschgel und Handtuch holen und dann in die Gemeinschaftsdusche, über die ihre Mitschüler Gas-chamber-Witze rissen, die Kirsten anfangs irritierten, die sie aber bald schon nicht mehr wahrnahm.

Doch sie kam nicht mehr bis zur Dusche. Sie blieb im Wohnraum stehen, wo bereits andere Schüler saßen und gebannt auf den Fernseher starrten, der eine dichte Rauchwolke über New York zeigte. Sie setzte sich, noch schwitzend vom Ausdauertraining, und hörte bis in die Nacht zu, wie Moderatoren Bilder kommentierten und keine Hintergründe kannten. Sie versuchte, ihre Eltern anzurufen, doch niemand ging ans Telefon, und sie fühlte sich allein wie noch nie seit ihrem Wegzug aus Deutschland. Sie dachte an Ines und hätte gerne mit ihr über den Dritten Weltkrieg gesprochen. Ihr fiel kein anderer Mensch ein, mit dem sie darüber hätte reden können. Am nächsten Morgen hatte sie eine Erkältung und ein paar Jahre später New York ein One World Trade Center.

»Alles okay?« Matze kratzt sich unter der Wollmütze, wieso nimmt er das Ding nicht einfach ab, wenn es juckt?

»Ja, natürlich, wieso?«

»Keine Ahnung, Sie wirken so abwesend.«

Sie verzieht den Mund und flieht ins Mädchenklo. Die Toiletten sind wie eh und je ein Sinnbild von Rebellion, sexueller Frustration und jugendlicher Langeweile.

Sie selbst hat als Schülerin mit schwarzem Edding kleine Atomkraftwerke, Atompilze und Radioaktivitätszeichen gemalt, hat »Fuck Chirac« an diverse Türen geschrieben, nicht einfach den eigenen Namen oder den irgendeines Jungen. Sie hatte eine Message, eine Message für Klotüren, die seither mehrfach übermalt, überklebt, nein, vermutlich komplett ausgetauscht worden sind.

Aus der Aula tönt Musik: Is this the real life? Is this just fantasy?

»Falsches Jahrzehnt!«, brüllt Kirsten durch die geöffnete Tür über den Gang. Und Matze: »Hab's gleich. Wayne's World war doch aber in den 90ern.« Kurze Pause, dann Sleeping in my car von Roxette und die starke Stimme einer toten Sängerin.

Kirsten hört selten Musik von früher. Sich weiterentwickeln, hier und jetzt und vielleicht noch in der Zukunft, so muss es doch sein. Aufgeschlossen will sie sein, vielleicht auch Altem gegenüber. Klassische Musik, Oper, Jazz – neue Herausforderungen, bloß kein Stillstand. Nicht einer dieser Berufsjugendlichen werden, die nicht loslassen können, die immer noch Chucks tragen, Band-T-Shirts tragen, alten grauen Männern und Frauen auf der Bühne zujubeln, heimlich rauchen. Die bloß nicht Mutter sein, erwachsen sein wollen, sondern beste Freundin, für immer Mädchen, für immer *Mädelsabend*.

Ein Mädel ist sie schon lange nicht mehr, ein Glück! Kirsten würgt. Sie blickt in den Spiegel. Das Schultoilettenlicht lässt sie gelb aussehen. Sie schließt die Augen, wünscht sich ein Bett, will alles nur im Traum erleben.

In ihrem Kopf liegt Schnee. Ein zugefrorener See, Weite, Menschenleere. Das kaum vernehmbare Knarzen der Flocken, die Schicht auf Schicht eine kalte, unberührte Decke bilden, die sich in ihren Haaren verfangen, ihre Wimpern benetzen. Der Atem aus Eis, die Augen klar.

Schnee.

Leise

fallen

die Flocken

herab und bilden

eine feste Schicht.

So hat sie es in der Therapie gelernt. Ein Bild heraufbeschwören, das hilft gegen Panik und Niedergeschlagenheit. Das zwar nichts löst, aber lindert. Die Welt dämpft, den Schall schluckt. Decke drüber.

Von draußen erklingen Stimmen. Frauenstimmen, Männerstimmen. Die ersten Gäste, dabei ist es noch früh.

Ob es dieselben sind wie damals? Die ewigen Zufrühkommer? Vom Papa mit dem Auto gebracht. Musst halt ein bisschen warten vor der Schule, aber liegt doch auf dem Weg ins Büro, ist doch praktisch, und du wirst nicht nass, wirst nicht überfahren oder geklaut. Rolf schließt ja auch gleich auf. Die Zufrühkommer, die dann frierend vor dem Schiff rumstanden, bis sie das Geklimper von Rolfs Schlüsselbund und Lady Dis Hecheln hörten.

Vorsichtig öffnet sie die Tür des Mädchenklos.

»Kirsten!« Da freut sich jemand, sie zu sehen. Es ist Joey. Sie erstarrt kurz, horcht in sich hinein. Nein. Da ist nichts. Nichts.

Er steht vor ihr in Jeans und weißem Hemd. Der oberste

Knopf ist geöffnet. Sein Gesicht ist unrasiert und wirkt rau, doch die Augen sind braun, der Mund breit, wie gehabt. Immer noch derselbe Schlecker-Dieb, etwas abgenutzt, doch nicht gealtert. Er nimmt sie in den Arm, er fühlt sich weich an und riecht nach Deo. Sie denkt kurz nach. Nein, dieser Körper ist ihr fremd. Der Druck der Arme, der Geruch, die Haut. Es erleichtert sie. Sie spürt, wie sich etwas in ihr löst. An dieses Kästchen kann sie einen Haken setzen.

»Schade, dass du nie wieder einen Zettel in mein Mäppchen gesteckt hast«, sagt sie und lächelt, als er sie kurz loslässt, woraufhin er sie noch einmal an sich zieht und sagt: »Ich habe mich so geschämt. So fürchterlich geschämt. Ich hätte wissen müssen, dass …«

»Ich fand es schön bei euch, ehrlich«, sagt sie, und nun nimmt er endgültig die Arme von ihr, das muss ja sein, und steht da, die Hände in die Hüften gestützt, blickt zur Seite, nur nicht in die Augen, und lacht. »Ja, weißt du.« Er atmet tief ein und schwer aus. »Es wurde nicht wirklich. Also. Mein Vater und ich. Egal. Ich bin jetzt Physiotherapeut.«

Sie nickt, ohne zu verstehen.

»Und ich weiß natürlich, dass das nichts ist, was du … was dich … Aber es ist wirklich nett, es macht mir Spaß. Die Arbeit mit den Patienten. Viele Frauen, oft ältere. Das ist wirklich nett. Und die Praxis. Sie ist groß, eine Gemeinschaftspraxis, wir sind zu viert, weißt du. Und ich bin so was wie, na ja, der Chef oder Leiter, oder wie man das nennen will.« Mit der Hand knetet er seinen Nacken. Er wirkt verlegen, wird dann unterbrochen von Jochen. Immer noch schlank, groß, Tiroler-Nussöl-gebräunt.

»Gut, dich zu sehen«, ein Spruch, noch einer, irgendwas wie »oh, hallo Kirsten«, aber sie hört gar nicht mehr zu, der Moment ist längst verstrichen.

Sie blinzelt, und aus den fremden Menschen werden wieder die Schüler von einst. Sie gleicht die Schablonen ab, legt sie übereinander, lächelt, denn das gehört dazu, nimmt sich ein Glas Wein und sagt zu einer Frau, die an einer Wand lehnt:

»Na, Reihenhausmädchen? Bist du inzwischen einmal in Mailand gewesen?«

III

Ines und Kirsten
Kirsten und Ines

I

Ines war in New York und in Thailand. Einmal in Peru, mehrfach in Skandinavien. In Mailand ist sie nie gewesen.

»Was machst du hier?«, fragt sie Kirsten. Kirsten, die vor
ihr steht in einem dünnen Wollmantel und schwarzen Stie-
feln. Kirsten, die beim Abiball für die meisten längst nur noch
Erinnerung war, nicht mehr dazugehörte. Die eine, die abgehauen war und angeblich irgendwo in England steckte. Ein
bisschen verrückt soll sie ja gewesen sein. Ein Schulgespenst.

Ines ist schwindelig. Reflexhaft würgt sie die Wörter hervor, stellt die Fragen, die es nun zu stellen gilt, die offen-
sichtlichen, obwohl sie am liebsten eine Abkürzung nehmen
würde. Zurück zu der Zeit der alten Vertrautheit. Zigaretten-
teilend auf dem zerblitzten Baum. Geheimnisse flüsternd im
trüben Zustand kurz vor dem Einschlafen, die Köpfe gebettet
auf weichspülerduftigen Kissen. Stattdessen: »Wo bist du gewesen? Warum bist du abgehauen?«

Es klingt kalt. Es passt nicht zu der Feier.

Um sie herum: Begrüßen, Abklatschen, Umarmen. Ein
paar Eckensteher. Gläserklirren, Musikwünsche, Gelächter.
Nudelsalat, Kartoffelsalat, Tomatensalat. Michael, der in-
zwischen seinen grünen Pullover ausgezogen und tellergroße
Schweißflecken entblößt hat. Er legt einen Arm um Kirsten.
»Schön, dich zu sehen.«

Ines' Stimme ist dünn: »Du wusstest das?«

»Was wusste ich?« Michael sieht Ines fragend an.

»Dass sie kommen würde.«

»Natürlich wusste ich das.« Michael schüttelt den Kopf, lächelt verlegen. »Sie hat uns doch eingeladen.« Er grinst. »Der Spruch von der Karte, der ist von Tocotronic, oder? Die fandest du damals gut, nicht? Du fandest die gut, und ich fand die scheiße.« Er lacht, und Ines schlägt sich die Hand vor den Mund und rennt zum Mädchenklo. »Ben liebt Anna« steht in dünnem Kulikrakel an der Tür. Sie kniet vor der Kloschüssel, würgt.

Jenseits der Kabine Gegacker vor dem Spiegel: diese und jene – fett geworden. »Lieber fett als runzelig.« Gack, gack, gack. Doch noch alles so wie früher?

Zaghaftes Klopfen an der Klotür. »Ines, gehts wieder? Was machst du da drin? Bist du eingeschlafen?«

Keine Antwort.

Noch ein Klopfen. »Wollen wir mal kurz an die frische Luft gehen?«

Ines zögert. Es ist zu viel Früher auf zu engem Raum. Sie hat doch Martin und Marie, Marie und Martin, und diese Stelle, diese wirklich gute Stelle, und Kollegen, die sie respektieren. Und nun? Es brauchte keine Stunde, um all das Aufgebaute einzuschlagen und sie zurechtzustutzen auf das Format eines Mädchens, das gerade erst seinem Scout-Schulranzen entwachsen ist.

In der Aula läuft Kurt Cobain. Where did you sleep last night? Was hat der DJ sich dabei nur gedacht? Es ist kurz nach neun Uhr, und ein paar sind schon betrunken. Nichts

mehr gewohnt, die erste Party seit hundert Jahren. Zu viele
Eltern in der Aula, die Gespräche über Babysitter führen und
nur Zeit bis elf Uhr haben, um sich zu berauschen. Die Sache
ist jetzt schon peinlich, aber das Mitsingen klappt noch, alle
ziemlich textsicher, zumindest beim Refrain. Nur kapiert
haben sie den Song bis heute nicht.

2

Die Luft außerhalb der Schule ist angenehm, und die Beton-
tischtennisplatten stehen noch, wo sie immer standen, wo sie
vermutlich noch in hundert Jahren stehen werden.

Ines' Hände zittern, als Kirsten ihr ein Flaschenbier reicht
und sich neben sie setzt. Hinter ihnen surren die letzten Mücken des Jahres um eine Straßenlaterne. Ines wagt nicht, zur
Seite zu blicken, blickt daher auf die Schatten vor sich. Ihren
und den ihrer Freundin. Schweigend trinkt sie. Fette Tauben
gurren in den Bäumen.

»Wo bist du gewesen?«, fragt Ines noch einmal.

Kirsten legt den Kopf schief, sieht sich Ines genauer an.
Ines ist nicht älter, sondern schöner geworden. Aber das weiß
sie vermutlich nicht. Ines hat keinen Blick für sich selbst, das
war schon früher so.

»Zu Hause. Bei meinem Mann.« Irgendetwas stört sie
selbst an ihrer Antwort. Sie fühlt sich nicht aufrichtig an.

»Du hast geheiratet?«

Kirsten nickt.

»Du bist verschwunden. Nach Deutsch bei Schröder. Du

bist verschwunden. Und irgendwann warst du dann in England.«

Kirsten nickt. »Stimmt. So war das.« Und trinkt.

»Und wo bist du gewesen? Nach Schröder? Vor England?«

»In einer Hütte, im Wald.«

Kein Gurren mehr. Ines fühlt sich, als hätte jemand eine Glasglocke über sie gestülpt. Sie sieht Kirsten an, Kirsten, die sich so wenig verändert hat. Ein paar feine Linien auf der Stirn und um die Mundwinkel. Weiblicher, eleganter, aber unverwechselbar Kirsten, und sie denkt an den Leberfleck rechts vom Bauchnabel und den anderen zwischen den Brüsten und fragt sich, ob mit den Jahren noch weitere dazugekommen sind, und dann denkt sie an Marie und wünscht sich zu ihr, will zu ihr ins Bett und unter die Decke kriechen, sich an den kleinen Mädchenkörper schmiegen, der warm und sanft bebt, wenn sie schläft, der so gut riecht und so viel von ihr will, ach was, gar nicht viel, im Grunde doch nur Liebe, mehr nicht.

»Du warst verschwunden. Es hat in der Zeitung gestanden. Die Polizei hat dich gesucht.«

»Hat sie.«

»Aber …«

»Nach drei Tagen bin ich wiederaufgetaucht.«

Ines schüttelt den Kopf. Marie, jetzt. Ihr altes Kinderzimmer, ihre alte Bettwäsche mit Papageien, Palmen, zahmen Löwen.

»Du bist *nicht* wiederaufgetaucht.«

Kirsten lacht. »Natürlich bin ich das.«

Ines schüttelt den Kopf. »Bist du nicht. Nicht für mich.

Du bist abgehauen und hast nie wieder was von dir hören lassen.« Flaschenbierschlucke und eine Gestalt, die sich von Weitem nähert, langsam aus dem Dunkel hervortritt. »Ich habe die Zeitungsausschnitte aufbewahrt. Ich habe dich nie wiedergesehen.«

»Das ist richtig. Du hast mich nie wiedergesehen.«

Michael steht vor ihnen, die Frauen rücken zur Seite. Da sitzen sie wieder auf ihrer Tischtennisplatte. »Die Musik ist echt beschissen«, sagt er. »Mein Gott, ist die Musik beschissen. War die früher auch schon so beschissen?« Sie lachen und stoßen an. Die Bierflaschen klirren. So jung kommen wir nicht mehr zusammen.

3

Nach Deutsch bei Schröder sind sie nach Hause gegangen. Kirsten hat Ines am Berg der sozialen Schichten in der Mitte abgesetzt, hat sich verabschiedet, sich nichts anmerken lassen und ist weitergegangen. Vorbei an ihrem Haus, in dem selten jemand wohnte, vorbei an dem guten Spielplatz ohne Zigarettenstummel und Glasscherben, vorbei an der Streuobstwiese und dem zerblitzten Baum, unter dem sie ihre erste Packung Marlboro vergraben hatten.

Kirsten war wenige Tage nach ihrer ersten Zigarette hierhin zurückgekehrt. Sie hatte nach dem Päckchen sehen, vielleicht auch eine rauchen wollen. Sie hatte die Stelle gefunden, hatte gegraben. Doch da war nur Erde, die zwischen ihren Fingern zerbröselte, unter ihre Nägel kroch und schwarze Halbmonde bildete. Ines musste ihr zuvorgekommen sein.

Kirsten ging weiter und dachte sich nichts dabei, sie war nicht einmal aufgeregt. Ging bis zum Wald, folgte dem offiziellen Weg, kam von diesem ab, bis sie zu der Hütte gelangte, in der ein Schlafsack und mehrere Tafeln Schokolade bereitlagen. Wasserflaschen, Klopapier, Bücher, Taschenlampe, ein Taschenmesser. Handys gab es noch nicht. Ein Handy hätte die Sache einfacher gemacht. Ein Handy hätte die Sache unmöglich gemacht.

Kirsten erzählt mit fremder Stimme. Die Stimme einer erwachsenen Frau, die es nicht gibt in Ines' Kopf, denn auch Mädchen haben Stimmbruch, der jedoch oft nicht wahrgenommen wird, sich einfach so einschleicht. Aus einer glockenhellen Stimme wird milchiges Glas.

Ines will Kirsten ansehen, immer nur sie. Will in ihre Augen sehen, ihre Konturen nachfahren, will sich den Anblick einverleiben, sie mit Haut und Haar verschlingen, doch es ist zu viel. Zu viel Herzklopfen, zu viel Zittern. Sie hält dem nicht stand, und so blickt sie immer am Gesicht vorbei, sieht nicht Kirsten, sondern Vögel auf kahlen Bäumen, asphaltierte Straßen, verzinkte Abfalleimer, platt getretene Kaugummis auf dem Schulhofboden. Sieht alles, prägt sich alles ein.

Sie möchte eine Frage stellen, doch heraus kommt nur ein Krächzen. Und dann sagt Michael: »Ich habe dir Auflauf gebracht, weißt du noch?«

Kirsten lächelt und nickt. »Natürlich weiß ich das noch.«

Krächz, krächz: »Du wusstest das? Du warst dabei?«

Michael nickt.

»Du hast der Polizei gesagt, du wüsstest von nichts.«

Michael seufzt. »Ja sicher. Das hatte ich doch versprochen.«

»Und was für ein Auflauf überhaupt? Und …«

»Nudeln, glaube ich. Aber ganz sicher bin ich mir da nicht mehr.«

»Ich hatte ohnehin keinen Appetit. Ich war ja nicht zum Spaß da.« Kirsten lächelt. Traurig? Nostalgisch? Ein bisschen verrückt?

Ist es das? Ist Kirsten ein bisschen verrückt? Stimmen womöglich all die Geschichten, die sie früher erzählt hat? Ist all das wirklich passiert? Der Nachmittag, als Kirsten auf ihrem Fenstersims saß, ein Buch las und aus einer plötzlichen Laune heraus beschloss, sich fallen zu lassen? Ines hat beim Zuhören darauf geachtet, nicht allzu beeindruckt zu wirken. Hat ihr Gesicht blank gelassen, und in ihrer Erinnerung scheint ihr das ganz gut geglückt zu sein, was wohl unter anderem daran lag, dass sie die Geschichten, die ihre Freundin erzählte, zwar gerne hörte, jedoch nicht glaubte. Vielleicht hätte sie ihr glauben sollen. Vielleicht stimmt es ja, was Kirsten sagt. Vielleicht ist es genauso gewesen.

»Warum wusste Michael von der Hütte? Warum er und ich nicht?«

»Ines!« Kirsten ist wütend. Sie steht auf, springt von der Betontischtennisplatte. Haben sie jemals gestritten? Ines kann sich nicht erinnern, und es schmerzt sie, Kirsten gegen sich aufgebracht zu haben. Die Ablehnung kommt unerwartet, passt nicht in den Strudel alter Gefühle.

Sie sieht Kirstens Rücken im Halbdunkel. Sie möchte zu

ihr gehen, sie anfassen. Sie möchte sie packen, streicheln, kratzen, umklammern, drücken, möchte sie küssen. Doch die Gefahr ist zu groß, dass sie bei Berührung verschwinden könnte. Also lässt sie Kirsten da stehen. Mit dem Rücken zur Welt.

»Dass sie es überhaupt drei Tage ausgehalten hat in dieser Hütte.« Michael ist immer noch da. Hat es sich irgendwie bequem gemacht.

Ines schließt die Augen, stellt es sich vor. Die Stunden in der Hütte. Die Geräusche der Nacht, das Pinkeln im Wald, die Käfer auf dem Holz, die Spinnen an der Wand. Niemand kann auf Dauer in einer Holzhütte bleiben, das sind Kinderfantasien, eine Hänselgretelei. Was wollte Kirsten da, wo wollte sie hin, was war ihr Plan, hatte sie überhaupt einen?

»Das war eine ziemlich schwachsinnige Aktion«, meint Michael. Dass die Polizei sie nicht viel eher gefunden hat, spreche nicht gerade für die Beamten. »Ich hatte sie schon nach einem halben Tag.« Er trinkt, rülpst. Um Jahre älter, unverändert.

»Weil ich dir mal von der Hütte erzählt habe. Deswegen hast du mich so schnell gefunden.« Kirsten dreht sich um, kommt zurück zur Platte.

Es war eine Schulklasse, die sie entdeckte. Bei einem Wanderausflug wollten die Grundschüler eine Pause bei der Hütte machen. Blätter bestimmen, Käfer bestaunen, Wurstbrote auspacken. Kirsten lag in ihrem Schlafsack, auf dem Kopf eine Wollmütze, die Arme vor der Brust verschränkt. Da sie keine der Fragen, die die Lehrerinnen stellten, überzeugend beantworten konnte, riefen diese die Polizei.

»Dabei warst du auf dem besten Weg, ein Penner zu werden.« Michael lächelt, aber es ist ein bitteres Lächeln. Ironisch tanzen. Ironisch lächeln. »»Suche nach vermisster Schülerin eingestellt‹. So stand es in der Zeitung.«

»Aber das stimmte ja gar nicht«, sagt Ines. »Ich habe dich weiter vermisst. Weiter gesucht. Und du? Hast du denn gar nicht …«

Kirsten seufzt. Eis und Schnee und ein pfeifender Wind. An ihrem sicheren Ort stehen Weiden, deren Zweige raureifsilbern glänzen. Scheue Rehe und Eichhörnchen, Schilfgras und tanzende Flocken. An manchen Tagen fahren Kinder auf dem See Schlittschuh. Doch meistens ist Kirsten hier ganz allein.

»Ich sehe mal besser nach den Jungs«, sagt Michael, rutscht von der Platte, geht zurück in Richtung Schulaula.

Den Jungs.

Kirsten wartet, bis er außer Hörweite ist. Taubengegurre. Andere Vögel suchen sich schönere Plätze als einen Schulhof.

»Herzlichen Glückwunsch übrigens«, sagt Kirsten.

»Wozu?«

Kirsten lacht oder tut so. »Na, zu deiner Schwangerschaft.«

Ein ungläubiger Blick.

»Auf deine neue Oberweite kann man glatt neidisch sein.« Ein versöhnliches Lächeln, ein bisschen Zuckererdnüsse und Mailand. Ines legt eine Hand auf ihren Bauch, eine Hand auf ihre Brust.

Titten.

4

Am Ende spuckt sie nur noch Galle. Was soll jetzt auch noch kommen? Ines drückt die Klospülung, wischt sich den Mund mit einem grauen Papiertuch aus einer an die Wand montierten Plastikbox ab. Durch die Tür drängt gedämpfte Musik, Boys don't cry von The Cure, und irgendjemand brüllt »falsches Jahrzehnt« und ein anderer »egal! Die 90er waren eh beschissen«.

Mit zitternden Händen kramt Ines ihr Smartphone aus der Tasche, öffnet die Kontakte, wählt und wartet. Sie sieht sich im Spiegel an. Bleich und vom Kotzen verschwitzt.

Martins Stimme im Handy klingt ruhig und klar.

»Alles gut bei dir?«

»Sie ist hier, Martin. Hier auf dem Klassentreffen.«

»Wer ist auf dem Klassentreffen?« Kurzes Geraschel. Eine Chipstüte, die zur Seite gelegt wird.

»Kirsten! Kirsten ist hier auf dem Klassentreffen.«

»Kirsten? Deine Freundin Kirsten, die in der neunten Klasse spurlos verschwunden ist?«

»Ja! Sie ist hier!«

Schweigen auf der anderen Seite.

»Sie hat das Klassentreffen organisiert. Kannst du dir das vorstellen? Obwohl sie seit der Neunten nicht mehr hier war und sich nie wieder gemeldet hat. Jetzt will sie hier wohl eine Art Abschlussfeier für sich veranstalten. Martin?« …

»Martin, bist du noch dran?«

»Jaja, ich höre dir zu. Es ist nur.«

»Was? Was ist?«

Ein Rauschen aus dem Smartphone, Martin, der tief einatmet, ausatmet.

»Irgendwie habe ich immer gedacht, die gebe es gar nicht. Diese Kirsten. Die hättest du dir ausgedacht.«

Ines lässt das Smartphone sinken. Im Spiegel wohnt ein Gespenst und ahmt sie nach. Von rechts unten eine Stimme aus dem Smartphone: »Hallo? Ines? Hallo?« Der Daumen, der automatisch auf den roten Punkt rutscht. Martin: aus.

Die Klotür öffnet sich, Caro trippelt herein. Schuhe mit hohem Absatz, kein eleganter Gang. Ein Pferdegeklapper, das beim Hinsehen schmerzt. Eingequetschte Zehen, wunde Fersen. Caro grinst Ines an, zieht einen Lippenstift aus der Handtasche, spannt die Lippen an. Für wen macht sie sich schick? Ines lehnt an der Wand, die kühlen Kacheln fühlen sich angenehm an auf der Haut.

»Schon so betrunken?«, fragt Caro. Ines lächelt und sieht ihr beim Schminken zu. Sie fühlt, was sie bei Caro seit jeher gefühlt hat: ein bisschen Mitleid, ein bisschen Verzweiflung. Scheidungskind. Pferdekind. Caro.

»Wie geht es deiner Mutter?«, fragt Ines und weiß selbst nicht, warum sie das wissen will. Höflichkeit. Interesse?

»Gut. Ganz gut. Klar, Rückschläge gibt es immer. Aber dank der Medikamente hat sie es weitestgehend im Griff. Stell dir vor, seit ein paar Jahren ist sie sogar wieder in festen Händen. Schön zu sehen, dass das in dem Alter überhaupt noch möglich ist.« Caro fährt den Lippenstift wieder ein, dreht sich um in Richtung Tür, lächelt Ines an. »Lieb, dass du fragst.«

Und erst da begreift Ines. Caros Mutter war gar nicht komisch, sondern litt unter Depressionen. Wann wäre sie alt genug gewesen, um das zu begreifen?

Raus aus dem Klo und rein ins Getümmel. Kurt Cobain, schon wieder. Es ist Kirstens Party, macht sie das nur für sich? Wozu das alles, wozu dieses Klassentreffen? Was soll dieses Stolpern im Dunkeln? Als ob Kirsten noch etwas an ihrer alten Klasse liegen würde!

Jemand drückt Ines ein Bier in die Hand, sie stellt es auf einem Tisch wieder ab. Ab sofort kein Alkohol mehr, dafür so bald wie möglich in die Apotheke, am besten gleich morgen früh.

Morgen.

Morgen mit Marie zum Bahnhof. Laugenbrezeln im Zug knabbern, Kühe auf den Wiesen zählen. Heimfahren zu Martin, in die Wohnung mit Blick aufs Taubennest, mit dem Fenstersims, auf dem Marie stehen und die Menschen an der Bushaltestelle beobachten kann. Die Wohnung weit oberhalb des eigentlichen Geschehens. Sehnsuchtsort, sicherer Ort. Ein Ort, an dem sie nicht infrage gestellt wird.

In der Mitte des Raums tanzt Sandra mit namenlosen Mädchen. Warum hat sich Ines so wenig für sie interessiert? Aus einem Gefühl heraus, besser zu sein als sie alle? Kaltes Gelächter schlägt ihr entgegen. Wie gerne würde sie jetzt einfach nach Hause gehen. Doch so weit ist es noch nicht, hier gibt es so viel zu tun, so viel Arbeit liegt vor ihr.

Wo ist Kirsten?

5

Die Klassenzimmer sind nicht abgeschlossen, selbst das Lehrerzimmer steht offen. Sie sind jetzt groß; niemand wird mehr mit schwarzem Edding »Mr Penis« an die Wand schreiben. Oder doch? Ohne es zu merken, ist Ines erwachsen geworden. Sie selbst sieht es nicht, spürt es nicht, weiß wohl, dass Jahre vergangen sind, in denen sie weitergemacht hat, so wie sie in der Schulzeit einfach immer weitergemacht hat. Ein neuer Sommer, eine neue Klassenstufe, Jahr für Jahr. Doch wenn sie in sich hineinhorcht, ist da immer noch sie. Was früher schmerzte, würde auch heute noch schmerzen.

Sind sie anständiger geworden? Gehemmter? Nicht mehr bereit, Feindschaften offen auszutragen, Gemeinheiten direkt ins Gesicht zu sagen, Gefühle ungefiltert herauszuprusten? Oder geht es insgeheim auch den anderen beim Klassentreffen so wie ihr? Im Inneren immer noch sie. Die Jungs von damals. Joey, Patrick, Jochen und Alex. Denken sie über Frauen immer noch in Oberweitekategorien? Und Michael – immer noch Angst, nicht in der Raucherecke stehen zu dürfen? Wie er wohl als Lehrer ist? Duckt er sich weg? Ist er im Lehrerzimmer ein Schleimer? Was macht er mit Schülern, die seinen Unterricht stören? Hat er Angst, dass jemand seinen alten Spitznamen erfährt? Forever Schwitze-Michel.

Ines öffnet wahllos Klassenzimmertüren. Einige haben noch Kreidetafeln, doch in den meisten stehen Whiteboards. Sie findet ihr altes Klassenzimmer. Ihren alten Platz direkt am Fenster. Die Bäume sind noch dieselben, die Straßenlaternen leuchten jetzt mit LED.

Im Winter saßen sie hier oft in der ersten Stunde noch im Mantel, durchgefroren vom Schulweg und zu faul, sich auszuziehen. Die erste Stunde in einem Stadium, in dem sich Erwachsene später starken Kaffee kochen. Sonnenaufgang kurz vor dem ersten Pausenklingeln. Wenn es wärmer wurde, konnte sie von ihrem Platz aus die Schüler auf dem Sportplatz sehen, an dessen Rand ein Lehrer mit Trillerpfeife stand und die Mädchen und Jungen *zum Warmwerden* erst mal vier Runden auf der Kreisbahn laufen ließ. Kurzer Pfiff und los und endlich etwas Zeit, den eigenen Gedanken nachzugehen.

Nach Kirstens Verschwinden hat Ines gehofft, dass die Tür aufgehen und sie einfach hereinkommen würde. Der Phantomschmerz hielt lange an. Sie hatte gehofft, Kirsten würde hereinkommen und sich neben sie setzen, um ihr während einer langweiligen Unterrichtsstunde unauffällig Sätze auf den Block zu schreiben. Boah, ist das langweilig, hast du was zu essen dabei, wie lange denn noch, ich habe nichts verstanden. Vielleicht hätte Kirsten auch ein Buch dabei, das sie Ines möglichst unauffällig unter der Bank rüberschöbe, ganz so, als sei es *heiße Ware.* Sie wollten ja nicht für Streber gehalten werden.

Der Platz neben Kirsten war begehrt. Jedes Mädchen wollte neben ihr sitzen, es war ein Privileg.

Ines setzt sich kurz auf ihren alten Stuhl. Nach Kirstens Verschwinden hat sich niemand getraut, sich neben sie zu setzen. Vielleicht hat es aber auch einfach nur niemand gewollt. Sie steht wieder auf, verlässt den Raum, der gar nichts in ihr auslöst, keine Nostalgie, keine Wehmut, einfach gar nichts, und will endlich Kirsten finden, hat Angst, sie wieder verloren zu haben.

Selbst in der Nacht, selbst menschenleer strahlt die Schule eine Autorität aus, über die auch die ausgestellten Projektarbeiten, Collagen oder Leben-lernen-wachsen-Plakate in bunten Buchstaben nicht hinwegtäuschen können. Es muss an der Architektur liegen. An der ganzen Anlage des Gebäudes. Diese Flure und diese Zimmer, dafür gedacht, eine bestimmte Zahl von Menschen gegen ihren Willen in sich aufzunehmen, und ja, natürlich ist das undankbar, aber Eltern können noch so oft von jenen fernen Ländern berichten, in denen es Kindern nicht möglich ist, Lesen und Schreiben zu lernen. Ein Privileg fühlt sich nicht wie ein Privileg an, wenn es zur Pflicht wird.

Vor Ines liegt ein Flur in klarer Symmetrie. Kleiderhaken, Türen, Toiletten. Sie denkt an Krankenhäuser und Haftanstalten. Orte, an denen Menschen verändert werden sollen. Gesunden sollen – körperlich und moralisch. Komm rein, und wir lassen dich erst wieder raus, wenn es dir besser geht, wenn du besser bist. Besser oder tot.

Ines blickt auf den Boden. Erstaunlich, dass in der Schule noch immer derselbe Teppichboden liegt, der auch zu ihrer Schulzeit das Getrampel dämpfen sollte. Was ist das für ein Material, das so vielen Schritten, Tritten, Matsche und Gesudel standhält?

Vor der letzten Tür des Flurs bleibt sie stehen. Es ist der Kunstraum. Damals wie heute. Als hätte der Raum all die Jahre über in einem tiefen Schlaf gelegen. Derselbe Trockenwagen, auf den die Schüler ihre Wasserfarbenversuche ablegen sollen, damit die Farbe nicht verläuft. Doch schon auf dem Weg dorthin wellt sich das Papier, hinterlässt die Farbe traurige Nasen. Neben dem Wagen stehen die Staffeleien, die kaum benutzt werden, weil es nicht genug für alle gibt.

Ines bleibt vor der Wand mit den Kunstdrucken stehen. In den neunzehn Jahren seit ihrem Abitur scheint die Kunstwelt nichts erschaffen zu haben, das es wert wäre, an die Stelle der ewigen Klassiker zu treten. Daher hängen hier nach wie vor: Monets Seerosen, Dalis Uhren, Van Goghs Sternennacht, Franz Marcs Kuh. Sie sieht sich die Kuh genauer an. Betrachtet das lebendige, sich windende Tier, das sanfte Gelb, das nur am unteren Bauch durch einen schwarzblauen Fleck gebrochen wird. Ines legt eine Hand auf ihren Unterleib. Zwei Schritte weiter: der Traum von Rousseau. Und noch zwei Schritte weiter: Kirsten. Das letzte Werk in dieser Reihe.

»Erinnerst du dich wirklich nicht mehr?«, fragt sie.

»Ich weiß nicht, woran ich mich erinnern soll. Kirsten, hilf mir.«

Kopfnicken in Richtung Fenster, vor dem Fenster das Flachdach des Fahrradkellers.

»Hier sind wir nach dem Schulfest eingestiegen.«

Ines sagt nichts. Denkt an die Konzertmuschel, das Leuchten des Joints. Denkt an Bier und Übelkeit. Denkt an unruhigen Schlaf und an das Dunkel, das durch graue Punkte gebrochen wurde. Schwaches Licht, das durch die kleinen Ritzen des Rollladens drang, den sie nicht ganz heruntergelassen hatte. »Wir sind nicht lange hiergeblieben. Es war albern und langweilig. Ines, muss ich dir das wirklich alles erzählen? Du bist doch dabei gewesen!«

In Ines' Kopf rauscht es, schwarz-weißes Rauschen, die Bildstörung eines alten Fernsehgeräts. »Ich weiß nicht«, sagt sie. Kurzes Scharfstellen im Kopf. Bilderflackern, Testbild und ein hohes Piepen.

»Komm mit.« Kirsten legt eine Hand auf ihre Schulter und schiebt sie aus dem Raum, Ines spürt den warmen Druck auf ihrer Haut.

Sie verlassen das Schiff und steigen die Treppe zum Fahrradkeller hinunter. Das Tor quietscht, als Kirsten es aufzieht. Sie drückt einen Lichtschalter. Grelles Neonröhrenlicht erleuchtet den Raum, der so anders ist als einst. Sauber und ohne Sofas. Früher war der Fahrradkeller ihr Rückzugsort, war genauso versifft wie sie es haben wollten und Rolf es zuließ. Eine Art Mini-Jugendzentrum mitten auf dem Schulgelände, eine anarchische Oase. Von alldem ist nichts geblieben.

Einen Moment lang ist alles scharf gestellt: Ines sieht Michael in einem grauen T-Shirt, seinen sehnigen Arm. Sieht den Edding in seiner Hand, die weiße Wand im Treppenhaus, sieht Patrick, der lacht, und Jochen, der die Augen verdreht. Und sie sieht Jonas, der sie anlächelt. Bild aus.

Kirsten, ungeduldig: »Wir fanden die Aktion in der Schule blöd, das sagten wir zumindest, aber vermutlich hatten wir einfach Schiss, und schlecht war uns auch. Wir hatten viel zu viel getrunken.«

Kirsten lehnt sich an die Wand und senkt den Blick. »Wir sind dann noch in den Fahrradkeller.« Sie schluckt, und Ines ruft: »Stopp.« Da kommt etwas. Raoul und Joey. Michael auch irgendwie dabei. Mehrere Flaschen, harte Sachen. Der süßliche Geruch von Gras. Tüten, die kreisten, und eine alte Plastikcolaflasche als Bong. Joey lachte und zeigte Kirsten, wie man sie richtig hielt.

»Stopp, ich weiß.« Ines hält die Hand hoch, will den dünnen Faden der Erinnerung nicht verlieren.

Sie sieht sich selbst auf einem der Sperrmüllsofas liegen, den Kopf auf ein Kissen gebettet. Nicht Kirstens Kissen, nicht ihr eigenes, sondern ein altes Ding voller Brandlöcher. Sie erinnert sich an schwere Lider und eine schwere Zunge. Ein Gefühl zwischen kotzen, schlafen und sterben müssen. Sie sieht Kirsten auf dem anderen Sofa ihr schräg gegenüber und Jonas am Eingang des Fahrradkellers.

Aus.

Ines öffnet die Augen. Vor ihr steht Kirsten und weint.

6

Bis heute kann sich Ines nicht erklären, warum sie Kirsten nach der Nachtwanderung nicht als vermisst gemeldet hat. Natürlich hat sie schnell bemerkt, dass Kirsten fehlte. Warum hat sie Schröder nichts davon gesagt?

Sie kennt die Antwort. Sie ist klein und ekelig und beschämend. Sie hat es einen Moment lang genossen, ohne die Freundin zu sein, die alle Aufmerksamkeit auf sich zog. Es waren Minuten allgemeiner Mittelmäßigkeit. Sie waren einfach eine Horde Schüler, aus der niemand durch Schönheit, Ideenreichtum oder einen besonderen, nicht benennbaren Zauber hervorstach. »Die Welt ist einfacher ohne Kirsten«, schoss es Ines durch den Kopf, als die ersten Schüler fragten, wo sie denn stecke, die Kirsten, die kurz darauf dreckverschmiert im Waschraum auftauchte.

Seither denkt Ines, dass sie verflucht ist. Sie hatte sich eine Welt ohne Kirsten gewünscht, sie hat eine Welt ohne Kirsten bekommen. Und das, obwohl Ines, seit sie denken kann, Angst davor hat, dass Menschen sie verlassen. Dass sie ihr einfach so abhandenkommen. Nicht Kirstens Verschwinden löste diese Unsicherheit in ihr aus. Sie war schon lange davor da. Mit Martin hat sie immer mal wieder darüber gesprochen. Er mag diese Art von Gesprächen. Er sagt: »Die menschliche Seele interessiert mich.« Auch wenn er nicht sagen kann, was die menschliche Seele genau ist. Gerne hätte er Psychologie studiert, doch Statistik schreckte ihn ab. Stattdessen Journalismus, weil es auch da um Menschliches geht, wenn es gut läuft.

Es lief nicht gut.

»Hattest du je Angst, ich könnte dich verlassen?«, hat er sie gefragt. Sie schüttelte den Kopf, und er lächelte. »Deshalb hast du mich also geheiratet.« Den Spatz in der Hand, die Taube vor dem Küchenfenster. Bei aller Eintönigkeit des Alltags, dem Paare mit kleinen Kindern kaum entgehen können, hatte Martin ihr nie das Gefühl vermittelt, er wolle sie verlassen. Wenn er aus dem Fenster glotzte, unzufrieden war mit sich und der Welt, dann sah sich Ines nicht als Teil ebendieser, fühlte sich nicht verantwortlich für Martins Lustlosigkeit. Vielleicht war das ein besonders großer Beweis ihrer Liebe. Vielleicht das genaue Gegenteil.

Bei ihren Eltern war es anders.

Ines erinnert sich an einen Filmabend. Helga und Manfred lieben alte Filme, damals wie heute, und so lief Frühstück bei Tiffany, den Ines als kleines Mädchen als verstörend empfand. Heute ärgert sie sich über die Verniedlichung von Prostitution und die rassistische Darstellung des Nachbarn, die auch schon in den 60er-Jahren für Empörung sorgte.

Ihre Eltern sahen verträumt Vögelchen Hepburn mit riesiger Sonnenbrille vor dem Schaufenster stehen, summten leise Moon River, lachten über den Nachbarn und freuten sich über den Kater im Regen. Anne ließ solche Fernsehabende stoisch über sich ergehen, für die Schwester schienen sie einfach zum Familienleben dazuzugehören, und klar, die Eltern bestimmten das Programm, wer sonst? Auf dem Fernsehtisch standen Schälchen mit Erdnüssen und Salzbrezeln, Helga trank Weißwein, Manfred Bier, beide wirkten glücklich, weil *endlich mal wieder etwas Gescheites* im Fernsehen gezeigt wurde, und Ines fragte sich, wie man nur eine so schreckliche Frau wie diese Holly lieben konnte.

Das Schlimmste war jedoch der Moment, in dem ihre Mutter ihren Arm um Ines legte, sie mit den rot lackierten Fingerspitzen tätschelte und zu ihr sagte: »Das ist Audrey Hepburn. Dein Papa steht auf die.«

Das war alles.

Und natürlich weiß Ines heute, was ihre Mutter ausdrücken wollte, dass womöglich eine kleine neckende Eifersucht in ihren Worten mitschwang, denn Helga war vieles – doch mit Sicherheit keine Audrey Hepburn. Wie gönnerhaft, die Schwärmerei ihres Mannes so offen auszuplaudern, sich einzugestehen, dass Manfred auch andere Frauen attraktiv fand. Denn natürlich nahm sie das nicht ernst, natürlich stand sie darüber.

Ines jedoch sah in der dürren Schauspielerin mit den Rehaugen eine Bedrohung für ihre Familie. Sie betrachtete ihren Vater, der in ausgebeulter Cordhose und Pullunder im Fernsehsessel saß und Bier trank. Stellte sich vor, wie er seinen Koffer packte, Hut nahm, Mantel nahm, wie er durch die Tür ging, während an der Straße neben einer grauen Limousine Audrey Hepburn in einem schwarzen Kleid stand und ungeduldig an der Zigarettenspitze zog. Sie stellte sich vor, wie ihr Vater ihnen noch kurz winkte und dann zu Audrey Hepburn ging, weil Audrey Hepburn nun mal aufregender war als Helga, Anne und sie, und weil es nichts gab, was sie einer Audrey Hepburn entgegensetzen konnten. Wie sie Audrey Hepburn hasste!

Martin lachte, als Ines ihm das erste Mal davon erzählte. Also erzählte sie ihm weitere Geschichten. Geschichten von ihrer Mutter, die sich beim Abholen verspätete, erzählte, wie sie, Ines, als letztes Kind alleine mit den Erzieherinnen vor der Tür des Kindergartens stand und sich sicher war, aufgegeben worden zu sein. Sie erzählte davon, wie sie und Anne in den Ferien für ein paar Tage mit den Großeltern an die Küste geschickt wurden und sie unter einer permanenten Anspannung litt, die sich erst löste, als sie wieder nach Hause kam und sah, dass alles noch da war; alles und alle.

Solche Geschichten.

Dann denkt sie an Marie. Fragt sich, ob es gelingen kann, den Fluch auszutricksen, ihn aufzuheben, damit sie alle zusammenbleiben können, Jahr für Jahr. Älter werden und keinen dabei verlieren, niemanden zurücklassen oder aufgeben. Keine teuflische Krankheit, kein Tod, kein Verlassen oder Verlassenwerden. Ob das Band stark genug ist, ob sie sich wirklich erleben werden und irgendwann zusammensitzen, sich Bilder ansehen, sich erinnern und sagen: »Schau mal, so war das damals. So sahst du aus, und weißt du noch?«

Was hat Martin bei diesen Gesprächen gesagt? Es ist Ines entfallen. Denn oft sitzt sie, wenn sie so redet, unter der Glasglocke und hört nur sich und sich und wieder sich selbst, hört ihre Stimme, die vom Glas reflektiert wird und doch keine Antwort ist.

Vermutlich hat Martin nach ihrer Kindheit gefragt, nach ihrer Kleinkindzeit, dem Babyalter. Ob man sie schreien ließ, ob sie viel allein war, wenig körperliche Nähe erfuhr. Vermutlich hat er dann noch etwas zu ihrer Beziehung gesagt und zu ihren Freundschaften. Hat darüber geredet, wie sehr sie *jemanden an sich heranlässt,* und vermutlich hat er ihr noch viel mehr gesagt, das ihr entgangen ist, weil sie wieder einmal einen ihrer Tagträume hatte, eine dieser Fantasien, weil sie gerade dachte, dass sie nackt mit gespreizten Beinen auf einem Glastisch liegt und jemand mit einer riesigen Geflügelschere an sie herantritt, um sie zu tranchieren.

Vom Ende der Nachtwanderung hat sie Martin nie erzählt.

7

»Hier steckt ihr also.« Michael stellt sich neben Kirsten an die Wand. »Letzte Station: Fahrradkeller. Alles wie immer.« Er grinst, dann sieht er Kirstens verweintes Gesicht und blickt zu Boden.

Aus seiner Jackentasche holt er eine Bierflasche und öffnet sie mit einem Feuerzeug. Immerhin das hat er mit den Jahren gelernt.

Er nippt und sagt: »Wisst ihr. Ich würde meinen Schülern so gerne mal was wirklich Wichtiges vermitteln.«

»Zum Beispiel wie man ein Bier mit einem Feuerzeug öffnet?«

Er lacht. »Zum Beispiel.« Trinkt. »Nein, im Ernst, schaut euch doch um. Das ist doch alles Scheiße. Ich meine: Kein Mensch mag seine alte Schule. Oder kennst du jemanden, der sagt: Boah, Schule. Da wäre ich echt gerne noch etwas länger geblieben?«

Ines schüttelt den Kopf. »Nein. Aber hast du mir nicht gesagt, du hättest deine Schulzeit in schöner Erinnerung?«

Michael schwankt, fängt sich und redet einfach weiter. »Ich meine: Du gehst in dieses Gebäude, und da stehen dann Typen vor dir. Erwachsene, die du im Zweifel auch noch ernst nimmst, weil du jung bist und sie nicht durchschaust, weil du nicht durchschaust, dass sie auch Probleme haben und zum großen Teil ziemlich kaputt und fertig und frustriert sind. Nicht alle, klar, es sind ja nie alle. Aber einige. Und die keinen Bock haben auf dich und die anderen, die im Grunde auch nur fernsehen wollen oder ficken.«

Ines sieht Michael von der Seite an. So hat sie ihn noch nie reden hören.

»Ich meine: Die Lehrer stehen da vor dir, und du bist ihnen egal oder sie haben Angst vor dir oder sie sind genervt von dir, vielleicht meinen sie es sogar gut, sind Idealisten oder etwas in der Art, und dann sollen sie dich beurteilen. Bewerten. Biste gut, biste schlecht. Daumen hoch, Daumen runter. In Mathe oder Latein oder Bio oder Sport. Nicht: biste loyal und zuverlässig oder biste ein guter Zuhörer, ein guter Mensch. Nicht mal, biste schlau. Schlau muss man in der Schule nicht sein. Meistens reicht auswendig lernen. War damals so, und heute kommt man immer noch damit durch. Aber ist ja auch egal, denn am Ende ist es doch so: Dieser Mini-Ausschnitt deines Lebens. Diese paar Jahre und die Frage, wie gut du im Auswendiglernen bist. Die legen den Grundstein.«

»Aber nach den Schulnoten fragt doch später eh keiner mehr«, entgegnet Ines.

Bier-Bier-Bier. »Nee. Das heißt – doch. Meine Schüler, die wollen das manchmal wissen. Aber das meine ich nicht. Klar, bei den ersten Bewerbungen fragen die noch nach dem Zeugnis, aber es ist bald recht egal. Ich meine einen anderen Grundstein: In der Schule wird dir schonungslos vermittelt, wo du stehst. Du kannst dich nicht verstecken. Biste angreifbar, wirste angegriffen. Wenn einer dich zum Deppen erklärt, werden ihm weitere folgen. Neun Jahre lang Loser auf dem Gymnasium – was macht das mit einem? Das macht einen kaputt, meint ihr nicht?«

»Mein Gott, Michael. Du redest so, als hättest du dich

in deiner Jugend auf der Straße durchschlagen müssen.«
Ines schüttelt den Kopf, doch Michael ist nicht zu stoppen:
»Glaubst du, wer hier auf der Schule den Versagerstempel
aufgedrückt bekommen hat, geht danach an die Uni oder in
irgendeinen Job rein und stellt sich direkt in die Mitte der
Kennenlernrunde? Nee. Der kriecht in der Küche um den
Kaffeeautomaten herum. Für so was wird hier der Grund-
stein gelegt. Kaffeeautomatenrumkriecher.«

»Michael?«

»Was denn, was? Jaja, Ausnahmen. Die gibt es immer. Die,
die es danach unbedingt allen zeigen wollen und auf einmal
malochen bis zum Umfallen. Die plötzlich aufblühen, jetzt
erst recht und so weiter! Und natürlich gibt es das böse Er-
wachen der Schulsuperstars, die im wahren Leben grandios
scheitern. Kannste hier ja sehen. Joey. Weißte, was Joey heute
macht?«

»Er ist Physiotherapeut.«

»Genau. Physiotherapeut. Nichts gegen Physio-
therapeuten, aber …«

»Michael!«

»Ist ein ehrbarer Beruf, aber … wo war ich?«

»Das Schulfest.« Ines' Stimme klingt dünn.

»Welches Schulfest?«

»Na, *das* Schulfest. Das, nach dem Kirsten verschwand. Du
wirst dich ja wohl noch daran erinnern, Mr Penis?«

»Ja, doch ja. Mr Penis … Aber man kann sich ja nicht an
alles erinnern! Meinst du, ich erinnere mich noch an jede
Fete? Ich habe zwei Kinder, muss zweimal im Jahr die Hölle
des Kindergeburtstags über mich ergehen lassen. Schlimms-

ter Tag im ganzen Jahr! Die Kinder knallen völlig durch vor Aufregung. Aber ich selbst – ich kann mich an kaum einen meiner Geburtstage erinnern!«

Ines nickt. »Geht mir ähnlich.«

»Nicht mal an meinen Sechszehnten oder so. Irgendwann waren wir mal im Zoo, und einmal in der Kerzenküche, das fanden alle Scheiße, aber sonst … Hast du vielleicht auch schon mal darüber nachgedacht? Ich habe immer das Gefühl, die meisten nehmen das einfach so hin, diesen ganzen Klimbim, von dem am Ende gar nichts bleibt.«

»Michael!« Ines nimmt ihm die Bierflasche aus der Hand, er holt sie sich so abrupt zurück, dass Schaum auf den Boden schwappt.

»Ist ja gut, das Schulfest. Mr Penis. Mein Gott, war das eine Scheiße.« Er nimmt noch einen Schluck, unterdrückt ein Rülpsen. »Wenn damals jemand ein Handy gehabt hätte, dann wüssten wir heute, was passiert ist. Dann hätte irgendjemand die ganze Nummer gefilmt. Dann wäre die Katastrophe perfekt gewesen.« Er schüttelt den Kopf. Wer alles da war, weiß er auch nicht mehr. Aber sie – sie seien da gewesen. Und Alex und Joey und Raoul. Weitere Jungs aus den oberen Klassen, aber keine anderen Mädchen. Kirsten saß auf dem einen Sofa zwischen Joey und Raoul, Ines auf dem anderen Sofa. »Ihr wart beide ziemlich breit.«

Klack, eine Linse öffnet sich in Ines' Kopf. Fokus auf Kirsten, verschwitzt und mit klebrigen Haaren. Kichert nach rechts, da sitzt Raoul, kichert nach links, zu Joey. Klappe zu, der Vorhang fällt, schwarze Nacht.

»Ich weiß gar nicht, wer angefangen hat«, sagt Michael.

Trinkt und kurzes Schweigen. Stimmengewirr und Bassgeblubber aus der Ferne. Irgendwelche Kleingruppen auf dem Pausenhof, doch der Voyeurismus scheint noch nicht befriedigt, es ist noch voll in der Schulaula.

»Die Welt ist ziemlich klein als Schüler«, sagt Michael plötzlich, und Ines weiß nicht, ob eine kleine Welt gut ist oder bedrohlich. Vermutlich für den einen das, für den anderen das, aber das will sie jetzt auch gar nicht wissen, sondern: »Womit angefangen?«

»Was?«

»Du sagtest: Du weißt nicht mehr, wer angefangen hat.«

Aber da geht der Vorhang wieder auf, brennende Augen sehen Kirsten; Kirsten, die küsst. Erst Raoul, dann Joey. Sieht, wie die Jungs an ihren Hosen rumfummeln. Einer – Raoul? – nimmt Kirstens Hand und legt sie in seinen Schoß. Das Ratschen von Reißverschlüssen. Kirsten, die sich vor Lachen biegt. Und Jonas, der am Eingang des Fahrradkellers steht und nach ihnen ruft.

»Ich bin nicht stolz darauf, das ist dir doch hoffentlich klar?«, sagt Michael. Ines nickt. Der Vorhang ist noch nicht gefallen.

Sie sieht Michael, von der Schulbeschmiererei noch völlig berauscht, und hört irgendjemanden, der ihm zuruft: »Na komm schon, Kleiner. Auf die bist du doch schon lange scharf.« Michael, der an seinem Gürtel zieht, sodass seine Baggypants bis zu den Knien schlabbern. Zum Vorschein kommt ein bläulich schimmernder, traurig herabhängender Pimmel. Ein unbehaarter Kleine-Jungen-Pimmel. Es dauerte nicht lang, bis die anderen lachten und höhnten, »da kommt er ins Schwitzen, der Michel«, der daraufhin schnell wieder einpackte, was er besser nie ausgepackt hätte.

»So«, sagt er. »Und du hast besoffen in der Ecke gelegen, während ich mich zum Affen gemacht habe. Das wolltest du doch hören, Ines, ja? Bist du jetzt zufrieden?« Er klingt verärgert und leert sein Bier in einem Zug. »Ich bin nicht stolz drauf, okay? Aber ich habe mich oft genug dafür bei Kirsten entschuldigt.« Er drückt sich von der Wand ab und geht Richtung Treppe, dreht sich noch einmal um. »So jung kommen wir nicht mehr zusammen.« Er stöhnt. »So seid ihr, ihr beide. So richtig tocotronisch. Vollkommen verkopft und larmoyant und …«

»Undankbar?«

»Ja, genau. Undankbar. Danke, Kirsten. Wisst ihr, da draußen«, er zeigt mit dem Finger irgendwohin, »da draußen, da schmelzen die Polkappen. Die ganze Zeit, die wir hier rumstehen und quatschen. War das nicht mal euer Ding? Die Welt retten? Wart ihr nicht mal besser und uns allen moralisch überlegen? Und jetzt …« Er lässt den Finger sinken. Irgendwas will er noch sagen. Zum Abschluss. Für einen Abgang mit Knalleffekt. Doch ihm fällt nichts mehr ein. Er winkt ab und verlässt den Fahrradkeller, geht zurück zu dieser faden Veranstaltung mit Häppchen und schlechter Musik und Erwachsenen, die ihre Untaten von damals klein- und alles andere schönreden.

8

Ines sieht Michael nach, sieht seinen Schatten die Treppe hinaufhuschen, sieht Kirsten an, sieht plötzlich sich selbst, damals im Fahrradkeller. Hört Jonas, der draußen nach ihnen ruft. Falsch. Der nach Kirsten ruft. Doch die hört ihn nicht, kann nicht mehr gerade sitzen, den Kopf nicht mehr aufrecht halten. Es ist Ines, die aufsteht und zur Tür geht. Wackelige Schritte auf unsicherem Grund.

»Ines!«, ruft Kirsten. »Ines, bleib!«

Kurz stoppt sie. Dreht sich noch einmal zur Freundin um, die fertig und verschwitzt zwischen den beiden Jungen liegt und schwer atmet.

»Bin gleich wieder da«, murmelt sie.

»Ines, bleib, bitte. Mir ist schlecht … Ich kann nicht mehr.«

»Dauert nicht lange.«

Ines schnappt sich Kirstens Jeansjacke, die sie achtlos auf den Boden geworfen hat. Die Jacke, die dunkler ist und enger als die eigene, zieht sie an und geht nach draußen.

»Ines!«, hört sie die Freundin rufen.

Draußen steht unter einer der Eichen auf dem Schulhof Jonas.

»Du bist aber nicht Kirsten«, sagt er, als er sie erkennt. Sie nickt und lächelt. »Stört es dich?«

Er schwankt, lacht. »Ja, eigentlich schon.« Lacht weiter und schüttelt den Kopf. »Ach, weißt du. Am Ende des Tages.« Er legt die Hände auf ihre Hüfte, zieht sie zu sich heran und küsst sie. Lippen und Zunge und warmer Atem. Zigaretten und Bier, süßlicher Schweiß. Zu viel Spucke, ein

Kribbeln zwischen den Beinen, im Bauch, Gänsehaut auf den Armen. Es ist zu viel und viel zu nah.

»Ich glaube, mir wird schlecht«, sagt sie und stößt ihn von sich.

Jonas' dunkle Augen. »Tut mir leid.« Er streicht sich die Haare aus dem Gesicht und schüttelt den Kopf. »Das hier ist wirklich Quatsch, sorry. Bitte sag Kirsten nichts davon, okay?« Er zieht eine Zigarette aus der Schachtel und zündet sie an. »Das hier zählt nicht, ja?« Ines blickt zu Boden. Jonas geht. Bei jeder Bewegung hüpft der Tennisball. Der Ball ist irgendwie geblieben.

Mühsam hat sie sich danach zum Fahrradkeller zurückgeschleppt. In der Dunkelheit erkannte sie nur die Umrisse ihrer Freundin, die auf dem Sofa lag und zu schlafen schien. Alle anderen waren verschwunden. Sie zog die Jeansjacke aus, legte sich auf das andere Sofa und schlief endlich ein. Scham ist eine dicke Decke. Sie muss es ihr sagen.

»Kirsten …« Ines greift nach der Hand ihrer Freundin.

»Was willst du, Ines? Du bist es doch, die gegangen ist. Dabei hatte ich dich gebeten, mich nicht alleinzulassen.« Kirsten zieht ihre Hand zurück, als habe sie sich verbrannt, und verlässt den Fahrradkeller.

Ines blickt sich fragend um.

Das wars? Sie hat Jonas geküsst, der lieber ihre Freundin geküsst hätte? Während Kirsten mit zwei Jungs rumgemacht und Michael sich vor allen blamiert hat? Das ist alles?

»Ey, gehst du schon? Hast du Kirsten gesehen?« Alex und Joey stehen auf dem Pausenhof und winken Ines zu, als sie aus dem Fahrradkeller kommt. »Hast du Kirsten gesehen?«

Noch irgendjemand. »Wir wollten noch anstoßen. Auf alte Zeiten.« Oder: »Hat gar nicht erzählt, was sie jetzt eigentlich macht.« Doch Ines winkt nur ab und lässt alle stehen. Es ist vorbei. Sie hat keine Lust mehr auf alte Geschichten. Nur noch nach Hause. Die Zeitreise, die das Klassentreffen sein sollte, hat nicht funktioniert. Kein Zurück in die Vergangenheit. Keine Nostalgie mit albernem Rumgehopse zur Musik aus ihrer Jugend. Stattdessen die Erkenntnis, dass einen die meisten Menschen von früher einfach nicht mehr sonderlich interessieren.

9

Ines nimmt ihren alten Schulweg. Sie könnte grob überschlagen, wie oft sie ihn schon gegangen ist.

Blauschwarzer Fleck auf gelber Kuh und wandelt durch die Sternennacht.

Sie blickt in den Himmel, wo sich die Gestirne unter das Licht der Straßenlaternen mischen, um eine helle Mondsichel herumwirbeln, sich über die kleine Stadt legen, in der noch einzelne in Häuser geschnitzte Kästchen orange leuchten wie geöffnete Türchen eines Adventskalenders. Von Weitem sieht Ines einen Kirchturm, dessen Spitze an den blauen Schatten kratzt. Die Luft ist klar, die Ruhe wohltuend, und Ines fühlt sich plötzlich frisch und wach. Der Druck hinter den Augen ist verschwunden, alles ist leicht. Nein, sie will sich noch nicht schlafen legen.

Sie steigt die Treppen des Serpentinenbergs hoch, und es

strengt sie nicht an. Vorbei an den Wohnblöcken mit den Betonbalkonen, vorbei an der Straße, in der sie aufgewachsen ist. Weiter zu der nächsten Schicht. Von Weitem sieht sie Kirstens Elternhaus, das dunkel vor ihr liegt. Noch mehr Stufen. Zwischen den Parzellen der Schrebergärten gibt es nur vereinzelt Laternen. Ines muss aufpassen, wo sie hintritt. Eine Nachtwanderung ohne Taschenlampe.

Rund um die Streuobstwiese gibt es gar kein Licht mehr, aber das macht die Sache leichter. Ines' Augen gewöhnen sich an die Dunkelheit, und der klare Himmel über ihr hat endlich Platz, seine ganze Schönheit zu entfalten.

Als sie sich dem zerblitzten Baum nähert, geht sie langsamer. Schon von Weitem sieht sie eine Gestalt, die sich schwarz von dem Nachtblau abhebt. Vorsichtig setzt sie sich neben sie, die ihr eine Schachtel Zigaretten reicht. Marlboro.

»Das sind aber nicht *die*?«, fragt Ines. Kirsten bläst Rauch in die Luft, schüttelt den Kopf, lächelt. »Die sind wohl schon längst verwest.« Sie gibt Ines ein Feuerzeug. »Was ist eigentlich aus der Packung geworden? Ich habe sie mal gesucht, aber sie war weg. Hast du sie genommen?«

»Nein, daran könnte ich mich doch erinnern«, sagt Ines. Unentschlossen dreht sie das Feuerzeug in der Hand.

»Ach, *daran* könntest du dich erinnern? Aber an den Fahrradkeller, an den kannst du dich nicht erinnern?«

Ines seufzt. Sie schnippt, und kurz erhellt die Flamme des Feuerzeugs ihr Gesicht.

»Und an mich hast du dich wohl auch nicht erinnert? Nicht ein einziges Mal hast du mir nach England geschrieben. Warum, Ines? Deine Freundin verschwindet spurlos auf Nimmerwiedersehen. Ist das die Erinnerung, die du haben wolltest? Ist das die Wahrheit, mit der du leben wolltest?« Kirsten schnippt die halb aufgerauchte Zigarette auf den Boden. Das Gras ist trocken, es könnte sich leicht entzünden. Aber sie sind ja da, sie passen schon auf, dass es nicht brennt.

»Ich habe dir doch Briefe geschrieben. Aber ich wusste nicht, wohin ich sie schicken sollte. Weißt du, wie viele Internate es in England gibt? Einen Brief habe ich bei dir zu Hause eingeworfen. Ich war mir sicher, dass du ihn nie erhalten würdest. Deine Mutter …« Ines betrachtet die Zigarette in ihrer Hand und steckt sie schnell in die Packung zurück. Wo ist ihr Bauchgefühl? Was macht sie denn da? »Und du hast dich ja auch nicht gemeldet«, sagt sie schließlich schwach.

»Ach? Nach alldem, nach dem Schulfest wäre es ja wohl an dir gewesen, den ersten Schritt zu tun!«

Nach dem Schulfest? Nach dem Schulfest ist sie aufgewacht und nach Hause getaumelt. Sie hat sich unter die heiße Dusche gestellt, um den Gestank nach Zigaretten und Alkohol loszuwerden. Sie hat sich ein Handtuch um das nasse Haar gewickelt und sich direkt in ihr Bett gelegt. Biberbettwäsche mit Löwenmuster, frühlingsfrisch. Sie hat geschlafen, geschlafen und geschlafen.

Das weiß sie nun wieder. Der Schleier ist gefallen, und sie sieht deutlich ihre Mutter vor sich, die sie am Morgen aus einem dunklen Traum reißt. Sie weiß, dass ihr Schädel dröhnte und Helga ganz aufgeregt war, dass endlich mal etwas passierte in dieser kleinen Welt. Michaels Vater sei am Telefon, sagte sie. Nach dem Schulfest habe jemand die Klassenräume verschandelt, alle seien ganz aus dem Häuschen, ob Ines irgendetwas darüber wisse, ob sie irgendetwas damit zu tun habe? Ines schüttelte benommen den Kopf, während ihre Mutter das Telefon schwenkte.

Es folgten eine Telefonkette und ein angedrohter spontaner Elternabend, falls sich die Täter nicht unverzüglich stellen sollten. Nur wenige Stunden später gestanden Michael und fünf weitere Schüler die Tat.

Ines atmet tief ein. Sie mag den Geruch von Kirstens Zigarette. »Als ich aufwachte, warst du fort. Alle waren fort. Ich lag allein in meiner Kotze, mit heruntergezogener Hose. Mir tat alles weh. Irgendwie habe ich es nach Hause geschafft. Ich finde ja immer irgendwie den Weg zurück, nicht wahr? Als meine Mutter mich so sah, hat sie mir eine geknallt.«

»In der Schule hast du kein Wort davon gesagt.«

Die Autobahn, die Vögel, die Ratten. Über ihnen: die Sterne. Viele schon längst erloschen oder verglüht. Strahlende Grüße aus der Vergangenheit, leuchtende Lügen. Dennoch schön.

»Abends hab ich meine Eltern im Wohnzimmer gehört. Das Kind geht mir nicht mehr in diese Schule! Meine Mutter war außer sich, so hatte ich sie noch nie erlebt. Die kommt aufs Internat!, hat sie gebrüllt. Mein Vater wollte davon erst nichts wissen. Als ob es für ihn einen Unterschied gemacht hätte! Aber meine Mutter war wohl der Ansicht, dass alles besser wird, wenn ich weit weg bin, irgendwo, wo man Schuluniformen trägt und alles möglichst kostspielig ist.«

»Kirsten, was haben sie mit dir gemacht? Was haben die dir angetan, da im Fahrradkeller?«

Von Weitem die Autobahn, die sie daran erinnert, dass sie nicht allein sind auf dieser Welt.

»Ich glaube, Michael wars, der hat damals unsere Kippen geklaut«, sagt Kirsten. »Der ist doch immer so um uns herumscharwenzelt. Irgendwie ist er ein seltsamer Typ, findest du nicht? Und irgendwie fand der deine Mutter immer so toll. Aber als er mich im Wald entdeckt hat, da war er ganz nützlich.«

»Kirsten, bitte!«

»Ines …« In Kirstens Kopf stapeln sich Bilder, Gerüche und Geräusche. Ein Gewicht, das sie niederdrückt. Sie hört Stöhnen und riecht Schweiß. Immer wieder wird ihr schwarz vor Augen. Sie dreht den Kopf, das Sofa auf der anderen Seite des Raums ist leer. Sie will nach Ines rufen. Wo ist sie?

Kirsten weiß nicht, wer in dem Moment auf ihr lag und was er tat, ihr ganzer Körper fühlte sich taub an. Der Film ist gerissen, und in ihrer analogen Vergangenheitswelt gibt es niemanden, der ihn flicken kann.

»Hast du es deiner Mutter gesagt?«

Kirsten schnaubt. »Gott, nein. Ich habe mit niemandem darüber geredet.«

»Warum bist du nicht zu mir gekommen?«

Kirsten springt vom Baum, dreht sich zu Ines um. »Ich habe dich gebeten, bei mir zu bleiben. Ich wollte, dass du bei mir bleibst. Aber du hast mich da liegen gelassen. Und als du zurückkamst, war es zu spät. Du hast dich einfach hingelegt und geschlafen. Und später hast du dich davongeschlichen. Du hast mich einfach zurückgelassen …«

Ein bisschen Schweigen.

»Und dieses ganze Klassentreffen, was sollte das?«

»Ich habe mir Klarheit erhofft. Habe gehofft, dass meine Erinnerung zurückkehrt. Besser gesagt, mein Mann hat es gehofft. Er dachte, ein Fest in der Schule, das könnte mich triggern. Könnte alles wieder hochspülen.«

»Und? Hat es geklappt?«

Kirsten schüttelt den Kopf, zuckt mit den Schultern. »Joey hat nichts getan. Da bin ich mir zumindest sicher.«

»Dann Raoul?«

»Raoul ist tot. Wusstest du das nicht? War nur ein paar Jahre nach seinem Abitur. Ist mit Freunden abends von einer Party mit dem Auto nach Hause gefahren und tödlich verunglückt. Vermutlich war der Fahrer betrunken.«

»Das habe ich nicht gewusst.«

Autobahnrauschen. Bewegung und Fortbestand.

»Muss ich meinen Mann also enttäuschen.« Kirsten zündet sich eine neue Zigarette an. »Ich werde wohl schief bleiben.« Sie kommt zurück zum zerblitzten Baum und setzt sich neben Ines auf den Ast.

»Wie ist es dir denn auf dem Internat ergangen?«, fragt Ines. Die Frage scheint ihr versöhnlich, distanziert genug.

»Es war in Ordnung. Es war irgendwie egal. Weißt du, ich glaube, meiner Mutter war es ganz recht, mich los zu sein.« Sie streicht sich die Haare aus dem Gesicht. »Ines, was mir fehlte, das war nicht dieses verdammte Haus mit Garten. Zuhause habe ich mich da schon lange nicht mehr gefühlt.« Sie schluckt, und Ines legt eine Hand auf Kirstens Unterarm. Ein kleiner warmer Strahl breitet sich aus. Vom Unterarm greift er über auf den Oberarm, auf die kalten Hände, schickt kleine, warme Wellen durch den ganzen Körper. »Du warst mein Zuhause, Ines. Weißt du das denn gar nicht? Weißt du gar nicht, was du mir bedeutet hast? Nirgends war ich lieber als bei dir auf dem Teppich mit Obstteller und allem.«

Ines lächelt. »Ich weiß gar nicht, welche Äpfel meine Mutter gekauft hat. Aber sie sind immer furchtbar schnell braun geworden.«

Kirsten nickt. Ihre Augen glänzen. »Ja, das stimmt. War mir aber egal.«

Ines legt ihren Kopf auf Kirstens Schulter. Wie spät es wohl ist? Kurz denkt sie an Marie und sagt: »Jetzt hast du ja ein neues Zuhause.« Vielleicht ist es auch eine Frage, doch Kirsten antwortet nicht. »Würde ich ihn mögen? Deinen Mann?«

»Nein, ich glaube nicht.« Kirsten blinzelt und blickt zu ihren Füßen. Sie nimmt sich die letzte Zigarette aus der Schachtel, zündet sie an, stößt einen Schwall Rauch aus. »Ines, ich bin aus dem Fenster gefallen. Ich falle immer noch. Im Fahrradkeller, da habe ich dich gehasst. Wie du da gelegen hast. Im Schlaf hast du gelächelt. Ich dachte, ich kann mich auf dich verlassen. Aber du konntest mich nicht ertragen. Keiner konnte mich ertragen.«

»Was? Kirsten, nein. Wenn es nach mir gegangen wäre – wir wären rund um die Uhr zusammen gewesen. *Dir* wurde das doch immer zu viel. Du hattest so viele Verabredungen. Alle wollten ständig was von dir …«

»Ich bin aus dem Fenster gefallen.« Kirsten blickt nach oben, steht auf und geht. Ines versucht ihr zu folgen, darauf bedacht, über keine Wurzel, keinen Stein zu stolpern. Bauchgefühl. Heiliger Kuhfleck.

Kirsten ist schon am Strommast, ehe Ines begreift, was sie vorhat. Sie blickt nach oben, sieht das spinnenartige Geflecht des Masts. »Was meinst du, wie hoch der ist? 40 Meter? 60?«, ruft Kirsten ihr zu, sie wartet die Antwort nicht ab. Schon stemmt sie einen Fuß auf die unterste Sprosse, greift über sich, zieht sich hoch. »Lass den Mist!«, hört sie Ines hinter sich, »komm da runter!«, klettert weiter, spürt schließlich zwei Hände an ihren Seiten, die sich festkrallen und an ihr ziehen. Sie lässt sich fallen und landet weich. Im Gras und neben Ines.

Ines keucht, wünscht sich, dass ihr Atem in der Luft gefriert. Doch da ist nichts über ihnen. Nur gleichgültige Sterne und immer noch die Autobahn voll Menschen, die weiterwollen, wegwollen, einen Start hatten, ein Ziel vor Augen und dazwischen nur Ödnis, blaue Schilder und Sanifair.

»Weißt du noch«, sagt Ines schließlich. »Weißt du noch, wie es war, als Kurt Cobain starb?«

Kirsten brummt.

»Als er die Schrotflinte nahm, sich damit in den Kopf schoss, und wir das irgendwie gut fanden?«

Kirsten sagt nichts, und Ines setzt sich auf. Gras klebt an ihrem Rücken.

»Nichts daran war gut, Kirsten. Nichts!«

Die Nacht schluckt Ines' Stimme. Einen Moment lang bleiben sie so liegen.

»Ich will endlich nach Hause«, sagt Kirsten.

»Ich auch.« Ines reicht Kirsten die Hand, hilft ihr aufzustehen und lässt sie nicht mehr los, führt sie vorbei am zerblitzten Baum und den Schrebergärten. Kirstens Haut fühlt sich kalt an. Ines legt ihre zweite Hand auf den Knoten und führt Kirsten durch die Dunkelheit.

»Kirsten? Wenn du nur noch einen letzten Song hören dürftest – welcher wäre es?«

»All apologies.«

»Wenn du nur noch einen einzigen Ort besuchen dürftest …«

»Mailand.«

»Und wenn du nur noch ein letztes Gespräch führen dürftest …«

»Mit dir.«

10

Es wird Morgen, das wurde es bisher immer. Ines blinzelt. Sonne scheint durch die dünnen Stoffvorhänge des Gästezimmers. Aus der Küche hört sie Maries helles Lachen und die Stimmen ihrer Eltern. Die Waschmaschine klagt aus der Ferne, die Kaffeemaschine sprotzt braune Brühe aus, das Radio quatscht dazwischen. Reihenhaushälftenidylle an einem Sonntagmorgen. Frühlingsfrische.

Vorsichtig richtet sich Ines im Bett auf. Sie verharrt einen Moment und wundert sich darüber, dass ihr nichts weh tut nach ihrer Begegnung mit einem Gespenst. Sie schlägt die Decke zurück, setzt ihre nackten Füße auf den Boden.

Marie stürmt ihr entgegen, drückt sich an ihren Bauch, die kleinen Arme fest um sie geschlungen, jubelt »Mama!«, ganz so, als hätte Ines irgendetwas Großes vollbracht, dabei ist sie einfach nur da, aber vielleicht ist das allein schon etwas Großes, das sie in der Vergangenheit oft genug nicht geschafft hat. Da zu sein. Und plötzlich hat Ines eine Ahnung, was mit *kindlicher Unschuld* gemeint sein könnte. Es sind nicht die Kinder, die unschuldig sind, natürlich nicht. Es sind die Eltern, die sie unschuldig machen. Indem sie die Kinder fernhalten von ihrer eigenen Schuld, sie in einer Blase halten, da sie wissen, dass es eigentlich unzumutbar ist, was wirklich ist. Niemals dürfen sie herausfinden, wer sie eigentlich sind. Sie, die Erwachsenen. Wilde Tiere ungeordnet.

Ines setzt sich mit an den Tisch. Ihr Vater liest den Sportteil der Lokalzeitung, die schon lange nicht mehr lokal produziert wird, doch der Name des Blatts ist immer noch der gleiche, und nach einem kurzen Sturm der Entrüstung einiger weniger Leser, die es kümmert, ist es den meisten doch egal. Solange die Zeitung jeden Morgen im Briefkasten liegt.

Manfred brummt mit vollem Marmeladenmund eine Begrüßung, die Haare sind noch ungekämmt, der Morgenmantel ist, seit Ines denken kann, derselbe, doch er tut ja noch, ist immer noch Mantel am Morgen, warum einen neuen anschaffen?

Sie betrachtet ihren Vater und fragt sich kurz, ob er abends vor dem Einschlafen manchmal an Audrey Hepburn denkt. Ob er sich vorstellt, mit ihr an der Seite durch New York zu spazieren, vorbei an Schaufenstern voll Unbezahlbarem, lustzuwandeln in einer Welt, in der immer irgendwo ein Radio Sinatra spielt.

»Wars denn schön gestern Abend?«, fragt ihre Mutter und streicht sich cholesterinsenkende Margarine aufs Brot.

Ines nickt, erwartbar, und sagt: »Ich habe Kirsten getroffen.«

»Ach, das ist ja schön. Ihr habt euch ja lange nicht mehr gesehen.«

Marie lässt sich fingerdick Nutella aufs Brot schmieren. Darf sie zu Hause nicht. Darf sie nur hier.

»Wer ist Kirsten?«, fragt sie.

»Warum haben wir nie über Kirsten gesprochen?«, fragt Ines. »Darüber, warum sie abgehauen ist?«

Helga gießt Kaffee in Becher, die Unsinn über Sternzeichen verbreiten, und seufzt das Seufzen rechtschaffener Menschen, die auf ein vernünftig vollzogenes Leben zurückblicken können.

»Wir haben darüber gesprochen. Bestimmt weißt du es nur nicht mehr, ist ja auch ewig her. Du warst mitten in der Pubertät und hast wenig Wert darauf gelegt, dich mit uns zu unterhalten. Wir haben oft gar nicht mehr zusammen zu Abend gegessen, so war das halt. Und dann noch die Arbeit, der Haushalt, Anne natürlich …«

»Darf ich noch ein Brot?«, fragt Marie, und Helga sagt, dass das Kind zu viel isst und dass Ines doch ihren Kaffee trinken solle, sie sehe so aus, als ob sie ihn nötig habe, ja, Tee habe man natürlich auch im Haus, *sind ja nicht bei armen Leuten.*

Ines denkt an Kirsten. Es ist nur wenige Stunden her, dass sie sich voneinander verabschiedet haben, und doch hat sich schon wieder ein komplettes Leben zwischen sie geschoben.

Kirsten, die Eine, die fehlt. Die Jahre und Begegnungen haben sich in ihr Gesicht eingebrannt, spiegeln sich wider

269

in kleinen Fältchen, verursacht von Menschen und Orten und Worten, die Ines nicht kennt, nicht begleiten konnte. Unbewusste Babyjahre, Kinderjahre, dann ein halbes Leben mit Kirsten und ein halbes ohne sie. Welche Jahre sind die entscheidenden? Reichen neun gemeinsame Schuljahre für ein ganzes Leben? Reichen die alten Geschichten, oder wird man bald einsehen müssen, dass man sich im Grunde nichts mehr zu sagen hat? Wie viel kann man nachholen?

»Koffer schon gepackt?« Helga blickt auf die Uhr. »Hast du alles, was du brauchst?« Doch Ines rührt nur in ihrem Tee.

Manfred bringt sie und Marie mit dem Wagen zum Bahnhof. Natürlich ist so ein großes Gefährt unpraktisch in der Stadt, aber das Einsteigen sei einfach besser für das Knie, und sie fahren ja nicht viel, zum Supermarkt, zum Getränkemarkt, zum Arzt oder ins Kino. Und wenn die Busverbindung besser wäre, dann würden sie natürlich, aber es ist nun mal, wie es ist, daher der SUV, und wenn die Leute sonst keine Probleme haben, dann sollen sie doch.

Am Bahnhof ein kurzer Kuss für Ines, viele lange für Marie. Gute Reise, es war so schön, kommt bald wieder und meldet euch, wenn ihr angekommen seid.

Sie betreten die Bahnhofshalle, in der nur wenige Menschen warten. Marie klagt über Hunger, »wir haben doch gerade erst gefrühstückt«, aber Ines ist zu müde für Kämpfe und kauft ihr beim Bäcker eine Laugenbrezel.

Der Zug verspätet sich um zehn Minuten. Zehn Minuten, die Ines unendlich lang erscheinen, eine absolute Zumutung, denn sie sehnt sich so sehr nach ihrem Sitzplatz und dem Blick aus dem Fenster und dem Gefühl, das entsteht, wenn der Zug sich in Bewegung setzt, wenn erst der Bahnhof und dann die Stadt aus dem Blickfeld verschwinden, wenn sie sich sicher sein kann, dass das Klassentreffen nun Vergangenheit ist, Haken dran und vorbei und künftig nur noch im Perfekt, Imperfekt, Plusquamperfekt.

Der Kiosk ist geöffnet. Ob sich das lohnt an so einem Tag zu dieser Uhrzeit, muss der Betreiber selbst wissen. Marie rennt zu den in Plastik eingeschweißten Comics, die zu zwei Dritteln aus Werbung bestehen und Spielzeug beinhalten, das wenige Minuten nach dem Auspacken zerbricht, abblättert, zu Staub zerfällt. Ines selbst steht unschlüssig vor den Magazinen und Tageszeitungen. Sie wird in Maries Gegenwart ja doch nicht zum Lesen kommen.

»Na, dich kenne ich doch«, hört sie plötzlich eine vertraute Stimme hinter sich. Sie dreht sich um und blickt in ein altes Gesicht. Alt, aber freundlich, und über das unerwartete Wiedersehen aufrichtig beglückt.

»Entschuldigung, vermutlich sollte ich dich siezen. Bist ja eine erwachsene Frau geworden, und wohl auch Mutter, wie ich sehe? Aber die Macht der Gewohnheit.«

Ines lächelt.

»Es ehrt mich ja, dass Sie mich überhaupt wiedererkennen.«

»Na, man vergisst doch seine ehemaligen Schüler nicht! Wobei. Ein paar schon. Aber an dich, Ines, an dich kann ich mich noch gut erinnern.«

Die Bahn erhöht. 15 Minuten Verspätung.

Er atmet schwer, setzt seinen Koffer ab. Wie alt mag er sein? 70? 75? Einen Anzug trägt er und eine Fliege, wie er sie damals schon getragen hat. Das graue Haar ist nun weiß und schütter. Etwas kleiner kommt er ihr vor, aber vielleicht liegt es an ihr, die in den Jahren über ihn hinausgewachsen ist.

»Wollen Sie verreisen, Herr Schröder?«

»Ja, irgendwie schon. Es ist etwas verrückt«, sagt er und nickt Marie zu, die sich hinter ihrer Mutter zu verstecken versucht. Er blickt von Ines zu Marie, von Marie zu Ines, sucht Parallelen, Ähnlichkeiten zwischen dem Kind, der Schülerin, die er kannte, und der erwachsenen Frau. Dazwischen Durchsagen. Umgekehrte Wagenreihung, außerplanmäßiger Halt, Schienenersatzverkehr, Vorsicht an der Bahnsteigkante.

»Meine Frau ist vor Kurzem gestorben«, sagt er und reibt sich die Hände. »Eigentlich wollten wir in diesem Herbst nach Italien fahren, die Fahrt hatten wir schon vor Längerem gebucht. Wir dachten, das könnte unsere letzte gemeinsame Reise werden. Es kam dann alles anders, ganz plötzlich. Und jetzt, na ja …«

»Jetzt treten Sie die Reise alleine an?« Ines lächelt versöhnlich.

»Genau. Findest du das verwerflich?«

Nur noch zehn Minuten.

Ihr alter Lehrer steht vor ihr, mit großen Augen ihr Urteil erwartend, und der Rollentausch scheint ihm leichtzufallen. Also schüttelt Ines den Kopf und spricht ihn von jeglicher Schuld frei, versucht indes selbst, unterbrochen von Marie, denn: Schau mal, da ist ein Hund, was machen die da?, oder einfach nur Mamaaa, Mamaaa, und dann, unerwartet der Aufmerksamkeit der Erwachsenen sicher, nicht mehr wissend, wie die Frage eigentlich lauten sollte, versucht Ines also, vom Klassentreffen zu berichten.

»Wissen Sie noch, wie Kirsten verschwand?«, fragt sie.

Schröders buschige Augenbrauen heben sich wie zwei freundliche Raupen. »Ja, sicher weiß ich das noch. Ich habe als Lehrer ja einiges erlebt. Schüler, die viel zu früh gestorben sind. Schüler, die von ihren Eltern grün und blau geschlagen wurden. Verheimlichte Schwangerschaften, Probleme mit Drogen und dem Gesetz, und eben auch Schüler, die von zu Hause ausgebüxt sind. Manchmal habe ich das Gefühl, dass man schon in mein Alter kommen muss, um wieder Tragödien solchen Ausmaßes zu erleben wie in seiner Jugend. So viel Unrecht und Abhängigkeit und Unfreiheit. Ach, bitte entschuldige, ein alter Mann gerät ins Schwafeln.« Er lacht, und der Zug kommt in fünf Minuten.

»Erinnern Sie sich auch noch an das Schulfest? Als die Schule vollgeschmiert wurde?«

Schröder nickt. »Ich hatte sogar Aufsicht. Aber eine frühere Schicht. Und natürlich war ich längst zu Hause, als die Jungs durchs Fenster gestiegen sind.«

»Haben Sie mitgekriegt, was im Fahrradkeller geschehen ist? Mit Kirsten?«

Die Raupen senken das Haupt, stoßen mit den Köpfen gegeneinander, sodass zwischen ihnen eine fragende Falte entsteht.

»Mit Kirsten?«

Bahnhofsdurchsage, der Zug fährt ein. »Ist das unser Zug?«, fragt Marie, und diesmal hört Ines zu und nickt.

»Ich kann mich noch erinnern, dass du da warst, dass

273

du draußen im Park warst und Bier getrunken hast, was du natürlich nicht durftest. Aber wir haben ein Auge zugedrückt, haben ja alle in dem Alter gemacht. Und wir waren schließlich auch einmal jung«, sagt Schröder.

»Mama, komm jetzt, der Zug.« Marie zupft am Ärmel ihrer Mutter, die langsam rückwärts geht Richtung Gleise.

»Nein, ich kann mich nicht daran erinnern, Kirsten gesehen zu haben«, hört Ines Schröder noch sagen. »War sie an dem Abend überhaupt da?«, ruft er ihr nach, doch Ines antwortet nicht mehr, der Zug ist laut und übertönt alles Gesagte.

II

Vier Stockwerke über dem Erdboden sind das Mindeste. Von hier aus sieht die Stadt klein und unbedeutend aus. Dafür ist man näher an den Tauben und dem Himmel.

Du bist zu mir gekommen, und ich habe dich behalten. Hielt dich noch, als du schon lange fort warst, hielt dich, als du meinen Namen nicht mehr wusstest und kaum noch deinen. Als du längst eine andere warst, behielt ich dich.

Ein Wochenanfang mit schwarzem Kaffee gegen zu wenig Schlaf und Marie, die im Schlafanzug in ihrem Kinderzimmer sitzt und Plastikpferde über imaginäre Hindernisse springen lässt anstatt sich endlich anzuziehen. Doch Ines will sie nicht drängen und sich nicht beeilen. Die Praxis ihres Gynäkologen öffnet erst in einer Stunde, die Apotheke in einer halben, und solange nichts gewiss ist, wird sie sich noch diese eine Tasse Kaffee gönnen.

Am Kühlschrank hat der Magnet in Ananasform eine neue Bestimmung gefunden. Er hält Kirstens Visitenkarte fest. Ein einst vertrauter Vorname neben einem fremden Nachnamen. Eine dienstliche E-Mail-Adresse, eine Mobiltelefonnummer. Ein vages Versprechen, sich doch einmal zu melden, vorbeizukommen mit der ganzen Familie. Die Stadt sei schön, Marie könnte im Garten spielen. Dahinter die leise Hoffnung, dass es nie so weit kommen werde. Weil sonst verwässern könnte, was einmal war, schön war. Weil die Erinnerung an das Einst bleiben soll. Weil da vermutlich nichts mehr ist, das sie verbindet, nur noch, was sie trennt. Ein unaufgeräumtes Leben, mit dem Ines nichts mehr zu tun haben will. Die ewige Suche nach einem Stück Traum, ein unappetitlicher Wahnsinn, um den sich nun ein anderer kümmern sollte. Sie kann es nicht mehr und will nicht verantwortlich sein.

Ines nimmt eine Serviette und streift die Finger daran ab. Sie beobachtet Martin, der mit spitzen Lippen am Kaffee nippt, seinen Mund bei jedem Bissen unnatürlich spreizt, um nur ja keine Marmelade auf das weiße Hemd zu kleckern, auf die Anzughose, die Seidenkrawatte. Besprechung am späten Vormittag, so lange muss die Kostümierung halten.

»Du hättest dich erst nach dem Frühstück umziehen sollen«, sagt sie und lächelt, aber da sind die Routinen und die Müdigkeit und der Mangel an Flexibilität. Natürlich hat sie recht, es ist ja so offensichtlich, also nickt er nur und versucht es erst gar nicht.

Sie legt den Kopf ein wenig schief, betrachtet ihn, wie er das Brot in sich hineinschiebt, obwohl er geschmierte Brote nicht mag, sie überhaupt nur zu sich nimmt, um morgens *etwas im Magen* zu haben, und um Marie ein Vorbild zu sein, denn das Frühstück ist die wichtigste Mahlzeit des Tages und so weiter.

»Du hasst deinen Job, nicht wahr?«, sagt sie plötzlich.

Er hält im Kauen inne. »Ja, oh ja«, sagt er und schluckt. Er sieht sie an, als habe er Jahre auf diese Frage gewartet.

Ines legt eine Hand auf seinen Arm. »Du musst das nicht für mich machen. Für uns.« Kurzes Nicken Richtung Kinderzimmer und Gewieher. »Wir finden etwas anderes. Versprochen.«

Er schluckt und zieht seinen Arm zurück. »Ich suche seit Monaten. Aber es ist nicht so einfach. Ich habe schon über eine Selbstständigkeit nachgedacht. Aber ...« Kopfschütteln. Aufgegeben.

»In ein paar Stunden wissen wir mehr«, sagt sie, versucht es noch einmal. »Und vielleicht machen wir es diesmal anders. Vielleicht bleibst du zu Hause. Ein Jahr. Zwei? Kommst da erst einmal raus. Und dann.« Und dann.

12

Die Hütte sieht aus wie damals. Ein wenig mehr Moos vielleicht? Die Bäume drumherum: etwas lichter? Die Stürme der vergangenen Jahre, die Trockenheit, die Borkenkäfer. Die Nadelbäume sehen aus wie aus der Problembuchreihe: Waldsterben.

Kirsten blickt nach unten. Ihre Füße, die das trockene

Laub zertreten, sind heute eine Größe größer als damals. Das ist nicht viel.

Sie kann sich noch gut daran erinnern, wie sie nach der Deutschstunde hierherkam, wie sie sich auf den feuchten Holzboden setzte, die Beine anwinkelte und einer Spinne dabei zusah, wie sie einmal quer durch den Fensterausschnitt ihr seidiges Netz spann. Doch was hat sie gedacht, als sie dasaß? Was hat sie gefühlt? Da muss doch etwas in ihr vorgegangen sein.

Kirsten betritt das Halbdunkel der Hütte und braucht drei Schritte, damals wie heute, um die hintere rechte Ecke zu erreichen. Die ist es gewesen. Hier lagen Schlafsack, Wasserflaschen, Brotdosen, Bücher. Welche sind es gewesen? Was hat sie gelesen? Nichts hat sie gelesen! Dagesessen hat sie. Damals wie heute. Eingetaucht ist sie, und auch jetzt: Luft holen und hinein. Heißt es jetzt nicht so? Waldbaden? Aber das hätte sie damals nicht verstanden, versteht es heute noch nicht. Und versinkt doch: in dem Geraschel und Geschabe. Irgendwo klopft ein Specht ein hektisches Tok-toktok, irgendwo huschen Mäuse, Ratten, womöglich Schlangen? Eichhörnchen und Eulen, Käfer und Würmer. Ameisen krabbeln über ihre Hände, ihre Beine. Vielleicht, so der alte Nachtwanderungswunsch, vielleicht, wenn sie nur lange genug dasäße, würde sie Moos ansetzen. Wie ein weiches Kissen würde es ihre Hände überwuchern, sie einhüllen.

Genau in der Nacht wuchs ein Wald in dem Zimmer.

Vielleicht sind da Füchse, Hasen, Wildschweine, Rehe. Damals wie heute: Nichts davon fürchtet sie. Die Bücher: nur Tarnung. Das Gefühl, etwas zu tun zu haben; etwas dabeizuhaben, das man tun könnte. Dabei lagen sie nur neben ihr und eins aufgeschlagen auf dem Schoß, während die Armbanduhr am Handgelenk gleichmäßig tickte, die Zeit dennoch machte, was sie wollte – sich mal dehnte, dann wieder zusammenschnurrte, und urplötzlich vom hellen Nachmittag auf finstere Nacht schaltete und sie immer noch dasaß. Hinter dem silbrigen Spinnennetz ein lustloser Mond und eine helle Nacht, in die sie glotzte, da sie der Nacht noch nie so nahe gewesen war und nicht vor ihr die Augen verschließen wollte. Getuschel, Geklapper, Geklopfe. Und sollten sich sämtliche Tiere des Waldes hier in dieser Hütte versammeln – ihr wäre nicht bang gewesen. Nur eines hatte sie gefürchtet: dass hinter dem silbrigen Netz auf einmal die Silhouette eines Menschen erscheinen könnte. Dass plötzlich ein Mann in der Tür stände.

Hat sie sich denn wirklich nichts dabei gedacht? Als sie da am nächsten Tag rumsaß, irgendwann doch noch in den Schlaf gerutscht und aufgewacht war mit steifen Gliedern und kalten Händen? Hatte sie ein Ziel? Einen Plan? Wollte sie irgendwohin? Einen Zug nehmen nach Hamburg, München, Berlin, Mailand? Sie weiß es nicht mehr. Ihr vierzehnjähriges Selbst ist ihr entglitten. Dagesessen und vor sich hingestarrt hat sie. Irgendwann kam dann Michael. Um sich zu schämen und die Absolution einzuholen, die er brauchte für sein weiteres Leben auf gerade verlaufenden Schienen. Weiße Weste, reines Gewissen, ein anständiger Kerl, die Selbstwahrnehmung erkauft durch einen Schwur und den Nudelauflauf einer bedrängten Mutter.

Kirsten blickt hoch. In der Tür steht ein Mann.

»Du weißt doch, dass ich dich überall finde«, sagt Roland und setzt sich neben sie auf den Boden.

Und Max war einsam und wollte dort sein, wo ihn jemand am allerliebsten hatte.

Da sie nichts sagt, redet er weiter: »Willst du denn nicht wenigstens wissen, wie ich dich gefunden habe?«

Nein. Wozu?

»Deine Mutter hat mir den Tipp gegeben!« Er lacht. »Ausgerechnet.« Er legt seine Hand auf ihre.

Sie sieht ihn verächtlich an. »Fühl dich jetzt nicht so«, sagt sie. »Bild dir bloß nichts ein.«

Er zieht seine Hand zurück, Hände hoch – ergeben! »Tu ich nicht. Ich bin nicht gekommen, um dich zu retten. Ich wollte nur …«

»Findest du es hier auch so schrecklich?«, sagt sie schließlich.

Er verzieht das Gesicht, gibt sich keine Mühe zu antworten.

»Ich will ein Zuhause«, sagt sie.

»Du hast ein Zuhause.«

»Wieso verzeihst du mir?«, fragt sie.

»Weil es mich zu viel Kraft kostet, dir nicht zu verzeihen.«

»Ich will dich keine Kraft kosten. Ich will nicht mehr, dass du mich findest, Roland. Ich will dich einfach überhaupt nicht mehr.«

und es war noch warm.

13

Kann man einen ganzen Lebensabschnitt überspringen? Den Führerschein, den ersten Sex, Berufswahl und -einstieg. Ehe, Kinder, Falten? Kirsten, sind wir gemacht für Teil 3? Für das Alter, das doch der Jugend ähnlich ist – wenig Beiwerk, wenig Pflichten und endlich wieder Zeit für kleine Kreise um die eigene Achse?

Auf einem Trampolin in einem Innenhof springt ein Kind. Ein weiteres schlummert im Bauch, ein drittes unter der Erde, ein viertes wird heiß ersehnt. Vier Erwachsene auf Liegestühlen, neben ihnen selbst gemachte Limonade. Sie winken dem Kind, schießen mit ihren Handys Fotos, drehen kurze Filme. Nichts soll verloren gehen. Wir wollen uns an alles erinnern.

Wollen wir wirklich weiterforschen, Kirsten? Wollen wir, dass die Nacht zurückkommt? Vielleicht werden wir darüber staunen, dass ganz andere Nächte zurückkommen. Wer wird aus dem Dunkel hervortreten? Womöglich ein Unbekannter oder eine Randfigur?

Was sagen denn die Zeugen? Die Zeugen berufen sich auf ihre Jugend und Alkohol. Sie winken ab und lachen. Irgendwer war doch schon immer schräg, und irgendwer ist Kirsten. Kirsten ist aus dem Fenster gefallen. Oder war das ich?

Kirsten, hast du schon einmal daran gedacht, dass es nicht nur schwer ist, du zu sein, sondern auch, dir dabei zuzusehen?

Es ist heiß. Weitere Kinder aus den umliegenden Mietwohnungen spielen im Hof. Ein Kind holt den Gartenschlauch, spritzt die anderen ab. Wasserverschwendung.

Martin: »Marie kommt momentan jede Nacht zu uns ins Bett.«

Kirsten: »Wer kann derzeit schon gut schlafen? In den Schlafzimmern steht die Luft.«

Martin: »Ines schläft wie ein Stein.«

Konstantin: »Irgendwann schläft man eben doch ein, und wenn einen dann morgens ein Wecker aus dem Tiefschlaf reißt, dann weiß man im ersten Moment gar nicht, wo man ist und ob es Tag ist oder Nacht und wie alt man ist oder wer man selbst ist.«

Martin: »Hat Ines immer schon getan. Geschlafen wie ein Stein.«

Kirsten: »Und dann die Enttäuschung, dass man nur man selbst ist.«

Martin: »Manchmal kriege ich die morgens gar nicht wach.«

Konstantin: »Und noch dazu alt.«

Martin: »Ines?«

Kleine Splitter stecken in der Haut. Kirsten, wenn ich dich im Fahrradkeller zurückgelassen habe, wenn ich dich im Wald vergaß, dich und alles, was uns verbunden hat – was habe ich noch vergessen?

Tritte gegen die Bauchdecke. Noch eine Schicht Fleisch zwischen Leben und Himmel. Noch ist Zeit, und so schön wie jetzt wirds nicht mehr.

Vielleicht lügt keiner, vielleicht sind sie überzeugt: So hast du es doch gewollt. Ja, was denn? Raoul ist tot, können wir uns nicht auf ihn einigen und weitermachen? Nein, nicht wie bisher, aber zumindest weiter.

In uns klafft ein Loch, schütt es zu, Kirsten, schütt es doch endlich zu!

Kennst du die Geschichte von der Frau – verheiratet, zwei

Kinder –, die mal Urlaub in Italien gemacht hat? In einer Kirche spielte jemand Orgel. Die Frau erkannte das Lied. Und dann fiel ihr alles wieder ein, und sie weinte bitterlich.

Vielleicht hörst du irgendwann das richtige Lied. Aber vielleicht gibt es auch gar keins, weil nichts gespielt wurde in dieser Nacht an diesem Ort. Vielleicht ging es am Ende doch nur um ein bisschen Einsamkeit im Shebakatzenhaus? Zu viel für dich und von allen unbemerkt. Vielleicht war der Fahrradkeller der letzte Schubser, der dich von der Fensterbank gestoßen hat? Wer läuft schon vor einem so schönen Haus davon und lebt in einer Hütte?

Marie steigt vom Trampolin, schnappt sich den Gartenschlauch, kreischt vor Vergnügen. Die anderen Kinder fliehen. Kirsten lacht. Lachen ist ein Anfang von gut. *Kirsten, dir fehlt die eine Nacht. Doch du fehlst mir das halbe Leben.*

Maries Badeanzug leuchtet rot. In wenigen Tagen wird sie fünf Jahre alt. Kein Kleinkind mehr, doch noch klein genug. Was wird ihr von diesem Nachmittag bleiben? Das fremde Paar? Das Rot ihres Badeanzugs? Das Klirren der Eiswürfel in den Limonadengläsern? Der Geruch des feuchten Bodens? Das Kinderlachen, das von den hohen Häuserwänden im Innenhof zurückschallt? Das wohlige Gefühl auf der Rückfahrt im Autositz einzuschlummern, gar nicht mehr die Kraft zu haben, gegen die Müdigkeit anzukämpfen? Die Erleichterung in genau diesem Moment, in dem sich die Augenlider schließen und der Körper selig erschlafft?

An was wird sie sich erinnern?

An alles?

An nichts?

An uns?

Aus den folgenden literarischen Werken wird in diesem Roman zitiert:

Seite 7: Rainer Maria Rilke: »Erinnerung«, aus:
  Das Buch der Bilder
Seite 131: Rainer Maria Rilke: »Das Karussell«, aus:
  Neue Gedichte
Seite 35, 195 und 277 ff.: Maurice Sendak:
  Wo die wilden Kerle wohnen

Danksagung

Ich begann, dieses Buch zu schreiben, dann kam die Pandemie, und die Welt wurde eng. Ich will meiner Familie dafür danken, dass sie mir neben Homeoffice und Homeschooling Zeit zum Schreiben ließ. Besonderen Dank auch an meine »Testleser« Arne, Claudia und Katja, an meine Agentin Elisabeth Ruge, die IGEL-Gruppe und das gesamte Agenturteam. Und schließlich will ich mich bei meiner Lektorin Meike Behrmann bedanken – auch wenn ich weiß, dass es ihr ein bisschen peinlich ist, in Danksagungen erwähnt zu werden.

Penguin Random House Verlagsgruppe FSC® N001967

Wunderraum-Bücher erscheinen im
Wilhelm Goldmann Verlag, München,
einem Unternehmen der
Penguin Random House Verlagsgruppe GmbH.

1. Auflage
Originalveröffentlichung März 2022
Copyright © 2021 by Cornelia Achenbach
Copyright © dieser Ausgabe 2022
by Wilhelm Goldmann Verlag, München,
in der Penguin Random House Verlagsgruppe GmbH,
Neumarkter Str. 28, 81673 München
Umschlaggestaltung und Konzeption: Buxdesign | München
Umschlagabbildung: Music from the next room (Detail)
von Edward B. Gordon. Mit freundlicher Genehmigung
des Künstlers, www.gordon.de.
Satz: Buch-Werkstatt GmbH, Bad Aibling
Druck und Bindung: Friedrich Pustet, Regensburg
Printed in Germany
ISBN 978-3-442-31606-9

www.wunderraum-verlag.de

Auf Wiedersehen im
WUNDERRAUM

www.wunderraum-verlag.de